毒警官

JN097313

佐野 晶

SANO AKIRA

POISON POLICE

小学館

装幀
大原由衣

写真
FabioFilzi ／ GettyImages
shibainu ／ PIXTA（ピクスタ）

目　次

contents

第一章

1

正月を過ぎても、この冬は寒い日が、ほとんどない。

横須賀《よこすか》から眺める海も、穏やかに陽光を反射している。晩春の海のようだ。

横浜《よこはま》刑務所横須賀刑務支所の講堂では、仮釈放の式典が行われていた。

式典が終わり、仮釈放となる収監者たちが一五人、ぞろぞろと講堂を出てきた。

その中の一人が待合室に向かわずに、深呼吸をしながら海を眺めていた。

仮釈放が決まってから、伸ばしはじめた髪をひと撫《な》でする。利根太作《とねたいさく》は嗅《か》ぎ慣れたはずの、潮の香りに心地よさを感じた。

一カ月の拘束だった。満期なら一二カ月の刑期だったのだが、一カ月だけ早く出ることができた。石鹼《せっけん》工場でも「そんなションベン刑じゃ、仮釈なんてねぇぜ」と複数の受刑者に言われたものだ。

刑務所での非人間的な暮らしは、利根には苦痛以外の何物でもなかった。

利根は生来、生真面目《きまじめ》で気弱で、小心者だ。刑務所での生活を苦痛に感じながらも、むしろ誰よりも深く順応していた。だから当然、模範囚だ。

だが利根は、仮釈放の申請をしていなかった。

＊

収監されて半年ほどが過ぎた頃、刑務所の石鹸工場での作業中に、利根は刑務官に呼び出された。

工場の外の渡り廊下で刑務官は、固い顔のまま問いただした。

「利根、帰住先、身柄引受人はあるか？」

「アパートは引き払っており、親兄弟はなく、親族との付き合いもないので、どちらもありません」

出所後に暮らせる住居、そして利根の身柄を引き受けることを公式に認める人物がいること。それが仮釈放の条件だ、と聞かされていたので、利根は諦《あきら》めていた。

「仮釈放の希望はあるか？」

「え？　申請できるんですか？」

あまりに意外で、利根は身を乗り出した。

「あのな、利根、内緒だぞ。お前はマジメだし、若い。こんなところに一日でも長くいちゃダメな人間だ。知り合いの保護司さんが辻堂《つじどう》にいるんだが、篤志家でな」

「トクシカ？」

「まあ、いい人ってことだ。お前みたいなマジメな子に、仕事や住居を斡旋《あっせん》してくれようとしてる。社会復帰は一日でも早い方がいい。相談してやろうか？」

辻堂は収監前に住んでいた場所だ。勤務先が借り上げていたアパートが辻堂の周辺だった。知り合いなどいないが、土地鑑があるのは嬉《うれ》しかった。

「お願いします！」

「そう言うと思って、仕事内容まで聞いてるんだ。勤め先は辻堂のレストラン。そこで配膳の仕事だ。レストランの二階が住居で、その一室がお前の部屋になるそうだ」

「はあ、以前にファミリーレストランで、アルバイトをしたことがあります」

「そうか。でもアルバイトじゃない。正社員だぞ」

恐らくは、刑務官が利根の様子を見てくれていて、知り合いの保護司に推薦してくれたのだ。こみ上げるものがあって、利根は両目を手で覆った。

「ありがとうございます」

「明日にも、その保護司の方が面会にいらっしゃると思う。小海《こうみ》さんという方だ。涙を拭いてから工場に戻りなさい」

利根は溢《あふ》れ出る涙を押しとどめることができなかった。

＊

「利根」と刑務官に声をかけられ、海をぼんやりと眺めていた利根は「はい」と応じて、すぐに待合室に向かった。

待合室で利根に笑顔を向けているのは、七〇代後半の小柄な老人、小海時雄《ときお》だ。

小海は握手を求めてきた。利根は小海の手を両手で包むように握って、深く頭を下げた。

「おめでとう」

「ありがとうございます」


たかだか一年に満たない収監だったのだから、街の景色に変化はない。

小海の運転する軽自動車の助手席で利根は、車窓から道を行き来する人々を見やりながら、次第に不安を感じはじめていた。

〝前科者〟となった自分に居場所があるのだろうか。いや、自分はまだ〝前科者〟ですらない。

約一カ月の仮釈放の期間中、利根は定期的に保護司の小海と面会して、〝悪事〟を働かずにきちんと生活していることを、報告しなければならない〝受刑者〟なのだ。

仮釈放に際して、保護司が刑務所に迎えに来るのは異例だったが、理由があった。

小海保護司の孫娘である小海友紀《ゆき》が、利根の雇い主かつ、身柄引受人で、帰住先の提供者なのだ。友紀はレストランの経営者だった。

はじめて小海が刑務所に面会に訪れてくれた時、仕事の待遇の条件を記した労働条件通知書が提示された。昇給も賞与もあり、正社員としての採用だ。

その場で就職を願い出て、正式に雇用されることが通知された。

「これから保護観察所に行って、出所後の手続きをします」と小海が車を運転しながら、助手席の利根に告げた。

「はい」

「帰りにどこかに寄ってお昼にしましょう。友紀は……ああ、孫娘ね。今日は忙しくて来られなかった。今晩は、ウチで夕食をとって、泊まっていきなさい」

「すみません」

「呑《の》めるの？　お酒？」

「ああ、まあ……でも、そんな、いいです……」

「洋酒？　日本酒？」

「いやあ……どちらかと言うと洋酒ですけど……」

「ウィスキーがあったな」

「すみません」


保護観察所を出て、利根と小海はファミリーレストランで、ハンバーグ定食を食べた。利根は夢中だった。デミグラスソースが異様なほど濃厚に感じる。感動していた。とはいえ本当は、刑務所の中で、夢にまで見た食事があった。あるチェーン店の中華そばだ。しかし、言い出せなかった。

自分から「こういうものが食べたい。そこに行ってくれ」などと言い出せない小心者だ。そんなことを言い出して、ずうずうしいやつだ、などと思われるくらいなら、やっぱり言えばよかったかなと少し後悔する方が、よほどいい。

でも、ハンバーグにこれほど感動するなら、あの中華そばを食べたら泣いてしまったんじゃないか、と利根はやはり少し後悔していた。

その晩、小海の妻が用意してくれた夕食を食べつつ、利根は出してもらったウィスキーを呑みすぎた。ボトルに半分残っていたウィスキーを空けてしまった。

刑務所で見聞きした話を、利根はいい気分で、ペラペラとしゃべり続けた。

小海夫婦は、その話をニコニコしながら聞いてくれた。

2

翌朝、小海が、また車を出して、レストランのある辻堂駅北口側にある、近藤《こんどう》と呼ばれる地区まで利根を送ってくれた。

その車内で、保護司は無給で、ボランティアなのだ、と知った。

食事代もガソリン代も、すべて小海に払ってもらって、ウィスキーまで飲み干した自分が、恥ずかしかった。しかし、利根は現金をほとんど持っていない。

近藤という地区にはなじみがあった。利根が住んでいた霧原《きりはら》地区からはちょっと距離があったが、格安のスーパーマーケットを利用していたのだ。

近藤の周辺は、畑が多く、田園風景が広がっている。

こんな場所にレストランなどあっただろうか……。そもそも客がそんなに集まるとも思えない。最寄《もよ》り駅からバスで二〇分ほどかかる。

だが小海が車を停《と》めて、利根は驚いた。

洗練された大きなレストランだった。ガラスが店の前面にあって、美しい木枠に嵌《は》められている。その組み合わせがしゃれていた。〝高級店〟という印象だ。

駐車場も広い。ざっと二〇台分はある。

店は二階建てで、二階部分は藍《あい》色のタイルが外壁に使われている。小さな窓が並んでいて、その収まりがいい。

店の脇に紺色の大きなワゴン車が停まっていた。ボディには白い文字で〝レストラン　ヴェレーノ　Veleno〟とある。駅までの送迎用なのだろう。

小海が木製のドアを引き開けると、チリリンと心地よい音でベルが鳴った。

店内も木が多く使われていた。床も板張りでテーブル、椅子、キッチンとホールをつなぐカウンターも磨き上げられた木製だ。

席数は二〇席以上。

広いキッチンからは、スープなのか、良い香りがしてくる。

キッチンで野菜をフライパンで炒《いた》めているのが、小海友紀だ、と利根は思った。

ベルの音に気づかなかったようで、横顔しか見えない。だが、友紀が美しいことは一目でわかった。ショートカットで細身だが、ゆるやかな調理衣の上からでも、女性らしい身体《からだ》の線がわかるほどで、スタイルも抜群だ。

「友紀」と小海が声をかけて、ようやくこちらに顔を向けた。

利根は息をのんだ。細面《ほそおもて》だが、目が大きい。少女漫画から、抜け出してきたような顔だちだった。

昨晩、小海に聞かされた友紀のプロフィールに、利根は違和感を覚えていた。

三二歳で利根と同年齢のはずだが、はるかに若く見える。

イタリアンをベースとして料理全般に造詣《ぞうけい》が深く、和食や中華なども取り混ぜた、無国籍料理が得意で、さらにパティシエの勉強もしっかりしているという。

だが外見には、ガチガチの料理人という印象がないのだ。

利根は、考えを改めた。この大きなレストランのオーナーシェフなのだ。この店を五年も維持しており、利根を従業員に雇うほどに利益をあげている。

「こちらが、利根太作さん」

小海が友紀に紹介してくれる。

「ああ、どうも。小海友紀です」と友紀は手を拭いながら、キッチンから出てきた。

「利根です。このたびは、ありがとうございます。身柄引受人や、いろいろお世話いただいて、おかげさまで無事に出所できました」

利根は頭を深く下げた。部屋や仕事のことにまで感謝を伝えようと思っていたのだが、緊張して〝飛んで〟しまった。

「いえいえ、祖父から色々とお聞きしてます。良い方に来ていただけて、私も嬉しいです。あ、昨日はお迎えに行けず、すみません。予約が何組か入ってしまって」

友紀は声も良かった。高すぎず低すぎず、優しい声音《こわね》だ。

「いえ、とんでもない」と言いながら、利根は頬が熱くなった。

「とりあえず、お荷物、お部屋の方に置かれて、少し休んでください。それから、レストランの、もう一人のオーナーを、紹介します」

〝もう一人のオーナー〟? 初耳だった。利根は一気に緊張してしまった。

「利根さん」

後ろから声をかけられて、慌てて利根は振り返った。

小海が穏やかな笑みを浮かべていた。

「来週に保護司として面会に来ますから、その時まで」

小海が、手を上げて去っていく。

「ありがとうございました。ごちそうさまでした」

昨日から何度も繰り返してきた感謝の言葉を告げながら、利根は深く頭を下げた。

「じゃ、行きましょう」と友紀が、店の奥にある、木製の階段に向かった。


階段を上がると、細長い廊下だ。廊下のすぐ左手にドアがあり、そこに〝特別室〟と札がかけてあった。個室として客に提供されるようだ。

その部屋の前を過ぎると、プライベート空間との仕切りであろう衝立《ついたて》が、廊下にあった。その脇を通ると友紀が立ち止まった。

廊下の奥に見えるのはダイニングテーブルだ。

「あっちがダイニングとキッチンです。朝食はあそこで毎朝八時ごろに、私が簡単なものを作ります。期待しないでくださいね」

「ああ、いえ、すみません」

「その奥にトイレなんかの水回りがあって、お風呂場の脇に洗濯機もあるから自由に使ってください。干すのは裏に物干し台があります。それとダイニングの外がベランダになってて、シャワールームがあって、お風呂が面倒な時は、そこでシャワーを使ってもらっても、いいです。それで……」

友紀が〝特別室〟の隣のドアを引いて開けた。

「ここが利根さんの部屋。狭くてごめんなさい」

たしかに部屋は狭かった。四畳半はない。三畳ほどの部屋だ。

とはいえベッドがあり、小さいながらもエアコンも窓もある。ベッドの下には衣類を収納するケースが置かれている。

「実は、ここ、特別室の物置だったの。だから、特別室側のここが……」

友紀は手を伸ばして、壁を叩《たた》く。鈍い音がした。

「薄いベニヤで間仕切ってるだけ。だからこの壁にはもたれかからないで、たわんじゃうから。お客さんが隣に入ると、音も筒抜けになっちゃって、うるさいと思うけど、お客さんがいる時は、利根さんも働いてる時だから」

友紀が「あっ」と声をあげて、口を手で覆った。

「また、私、タメ口になってるなあ。ごめんなさい。堅苦しいしゃべり方が、どうも苦手で。すみません」

「あ、いや、フランクに、話してもらった方がいいです」

「ありがとう。同い年だしね」

ニコリと美しい笑顔を見せられて、利根はドキリとしていた。

「お店は一一時半からなんで、一〇時半までに下に来て。オーナーに紹介するから」

「ああ、はい」と戸惑っていると、友紀が説明を加えた。

「表向きのオーナーは私だけど、実質的にはもう一人オーナーがいるの」

美しい笑みで答えて、友紀はキッチンに戻って行った。

実質的なオーナーって……と思いながら、利根はスーツケースを開いて、ベッドの下に衣類などを収納しはじめた。

指定された一〇時半まで手持ち無沙汰《ぶさた》で、利根は一〇時には、支給された黒のスラックスとベスト、そして白いシャツの制服に着替えてレストランに下りて行った。

階段を下りると、すぐに友紀が気づいて、キッチンからカウンターに顔を出した。

「お、似合う。男前～！」

利根は、顔が熱くなった。

「まだ来ないから、ゆっくりしてていいよ」

「あ、でも、なにもすることがないんで、お手伝いします」

「じゃ、キッチン入って、洗い物お願い。流しに入ってるやつ」

キッチンに入って、利根はフライパンを洗っていく。大小合わせて三枚の鉄製のフライパンだ。重い。華奢《きゃしゃ》な友紀にはそぐわない重さだ。

フライパンを、水切りカゴに並べ終えると「利根さん」と友紀が呼びかけた。

「はい」と顔を上げた。レストランの入り口に男の姿があった。

一八〇センチを優に超える長身は、細身でしなやかな体つきだ。上下グレーのスウェットを着ている。

外国人なのか、と利根は思った。黒い肌なのだ。湘南《しょうなん》近辺では一年中、日焼けをしている人も少なくない。だが男の肌は、なめらかで艶《つや》があって日焼けの印象がない。

男の顔だちは明らかに東洋系だが、腕まくりをしている腕や手も褐色だ。黒髪は直毛の短髪で脇を刈り上げている。

男は利根にうなずいてみせると、手でテーブルを指し示した。

男は先に椅子に腰掛けて、手にしていた資料をテーブルに広げる。

「あ、利根太作です。私のようなものを雇っていただいて、ありがとうございます」

「阿久津《あくつ》晴也《せいや》です。こんな肌だけど、恐らく日本人。肌のせいで見当つかないだろうけど、年齢は三七歳」

〝恐らく〟という言葉が引っかかったが、利根には問いかける勇気はなかった。

「掛けて」と阿久津は向かいの椅子を指さした。

「失礼します」

利根は座ろうとしたが、緊張のあまりバランスを崩して転げ落ちそうになった。

顔全体が熱くなるのを、利根は感じていた。

その様子を見て微笑を浮かべていた阿久津が問いかける。

「オーナーは友紀さんってのは聞いてる?」

「ええ」

「俺は公務員が正業でな。レストランの共同経営は副業として認められない。だから表向きは、俺は〝お手伝い〟で無給になってる」

オーナーも公務員も、利根には無縁の世界だ。

「そうなんですか」としか利根は反応のしようがなかった。

「罪状は、窃盗未遂と住居の侵入?」

テーブルの上に阿久津が広げているのは、利根の履歴書と身上書だった。

「ああ、はい。すみません」

「どうして?」

詰問調ではない。阿久津の声音は、まるで子供に尋ねるような、優しげなものだ。

「君は、そんなことを、しでかすようなタイプに見えない。不思議でな」

利根は「すみません」と口の中で、もごもごとつぶやいて頭を下げた。

「謝ることはない。もう、罪は償ったんだ」

阿久津の言葉に利根は顔を上げた。阿久津の褐色の顔が、利根を見据えている。

「派遣切りにあいまして……」と利根は口を開いた。

「ああ、自動車部品の工場か」

「ええ、五年も勤めてたんですけど、突然に切られて。理由も伝えられなくて」

「ショックだよな」

「ええ、呆然《ぼうぜん》としてて、毎日ベッドから出られなくなって。すぐにアパートも追い出されちゃって、住居がないと、仕事探しも絶望的で……」

「野宿？」

「いえ、ネットカフェで寝てました。でも、財布に千円しかなくて……」

「そうか。でも、それでいきなり窃盗って……」

「どうしよう、どうしようって思いながら歩いてたら、僕の脇を荷物を抱えた宅配便のお兄さんが走って行ったんです。〝人手が足りないんだな。でも僕は自動車の運転免許もないな〟って思って……」

阿久津は、利根が言葉を継ぐのを、黙って待っている。

「その宅配便の人が、大きな立派な家のインターフォンを押したんです。でも応答がなかったようで、荷物を持ってトラックへ引き返していきました。その家って塀が高くて、門も大きくて高くて……」

「外からの視線が遮《さえぎ》られている」

「ええ、辺りを見回したら人気《ひとけ》がないんです。門の把手《とって》に手を伸ばしてました。もし鍵がかかってたら、やめようって。でも、鍵は、かかってませんでした」

阿久津が身を乗り出す。なぜだか楽しげに見える。

「家の玄関に鍵は、かかってたの？」

「かかってましたけど、開けました」

「どうやって？」

「そのころは家財道具を、すべてスーツケースに入れて持ち歩いてたんです。どこかでホームレスに落ちる覚悟を、してたんだと思います」

うなずいて阿久津が、先を促した。

「なので準備してたわけじゃないんです。偶然思い出してしまったんです。スーツケースの中に、ロックピックのツールが入ってるのを」

「ロックピック？　なんなの？」

「鍵開けのことです」

「ピッキングか。なんでそんなの持ってるんだ？」

阿久津は興味丸出しの笑みを、顔に浮かべている。

「神奈川に来る前に、東京の鍵屋で働いてたんで」

利根は顔が赤らむのを感じて、うつむいてしまった。

「なるほど、偶然思い出したわけだ。鍵屋の道具を持っていることを」

利根はうつむいたまま、返事をしない。

「履歴書には、その経歴が書いてないな」

「消したいような経歴なんで」

利根には窃盗未遂の前科がついているのだ。できれば鍵開けのスキルは隠したい。だがそれだけではなかった。本当に消したいような記憶だった。

「で、その家の鍵は開けられた？」

利根は、赤らんだままの顔を上げた。からかわれた、と思ったのだ。

「開けました。手先は器用なんで」

「そうか。そりゃいい」と阿久津は楽しげだ。

やはりからかっている、と利根は阿久津の顔を見つめて、問いかけた。

「なにが〝いい〟んですか？」

「手に職があるってことだろ？」

利根は激しく首を振った。

「もう二度と戻りません。ヤクザな仕事ばっかりで……」

「ヤクザ？」

「ええ、鍵開けなんて〝言い値〟みたいなもんで、現場でオプション増やして、ふっかけろって命令されるんです。それがすっごく嫌で……」

「テレビで見てると、出張鍵屋のあんちゃんは、好青年ばっかりだ」

「ああいうところもあるんでしょうけど、僕が働いてたところはひどかったです。高額の請求されて困ったおばあちゃんの顔を思い出すだけでも死にたくなります。ひどいことさせられるのに、給料も安いし……」

「そうか。で、なんで捕まったわけ？」

逡巡《しゅんじゅん》したが、利根は小さく吐息をついて、口を開いた。

「家に入って、リビングまで行ったら、窓の外に人が立ってたんです。驚いた顔してこっちを見てて。手にスコップ持った女の人で」

その瞬間の恐怖を思い出して、利根は身震いした。

「庭いじりをしてたんで、宅配便のインターフォンに気づかなかったってわけか」

「ええ、広いお庭で、綺麗《きれい》に花が咲いてました」

「逃げられそうだけどな」

「でも、その奥さんが、ものすごい大声で〝ドロボー！　つかまえて！〟って追いかけてきて。お上品そうで、綺麗な人だったのに……」

「ハハハ。なにか盗んだの？」

「いいえ。自分のスーツケース、抱えて逃げるので精一杯で」

「通行人に、とっ捕まったんだ？」

「さっきの宅配便のおにいさんです。別の家へ荷物を届けて出てきたところに、鉢合わせしてしまって……」

「窃盗未遂と住居侵入で、初犯かあ。いきなり実刑って、ずいぶんと厳しいな」

「だと思います」

「示談は？」

「あの奥さんが受けてくれませんでした。それどころか厳罰にするように上申書まで出して……」

利根は声音が不機嫌になるのを、抑えられなかった。

「ピッキングの技術を持ってたことが、マイナスに働いたんだ」

「弁護士の先生も、そう言ってました」

阿久津は、テーブルの脇に置かれた利根の履歴書に、目を落とした。

「工業高校の電気科を卒業してる。資格をなにか持ってるんじゃないか?」

「一応電気工事士、持ってます。二種ですけど。電気系は強い方です」

「そりゃ、ますますいい。逸材だ」

阿久津の喜ぶ顔を見ながら、利根は不安を覚えた。

「こちらで働かせてもらうのって、ホール係とかって聞いてるんですけど……」

阿久津が不敵に笑う。

「それだけじゃ、あんまり給料あげられないから。時々、俺の趣味の手伝いしてくれないかと思って。後で相談する」

利根は不安に包まれたが〝趣味〟がなんであるのか、尋ねることはできなかった。

阿久津は「んじゃ」と資料を集めると、軽い足どりでレストランを出て行った。

3

一人だけで、ホールを担当するのか、と利根が思っていると、パートの井野《いの》という中年女性が現れた。

井野は話し好きの気さくな女性だった。利根に、配膳の仕方や注文の取り方、キッチンの友紀へのオーダーの通し方などを、丁寧に優しく教えてくれた。

一一時半から客が入りだすと一二時には、ほぼ満席になってしまった。平日なのに、かなりの客足だ。

女性客がほとんどだが、男性客の姿がある。一組だけだが、四人組の男性客なのだった。

「こういうお店で、男の四人組って珍しいですね」と店の忙しさが一段落した午後に、利根は井野に尋ねた。

「あら、知らないの？　すぐそこにあるゴルフ場の客よ」

「ああ、あの広い芝生のトコってゴルフ場なんですね」

「うん。古大《こだい》商事って知ってるでしょ？　古大商事のグループ企業が主体のゴルフ場なの。ほとんどの会員が一流企業ってわけよ。今日は平日だからOBだったけど、金持ち風だったでしょ？」

「ええ。でもゴルフ場の中にも、食べるところってありますよね？」

「あるわよ。でも、カレーとかラーメンとか定食じゃ飽きちゃうんでしょ。友紀さんがあのワゴンで毎日、ゴルフ場に通って営業かけて、引っ張ってきたんだって」

利根はチラリと外に目をやった。店の名が入った紺色のワゴンの運転席に、阿久津が座っていた。かすかにアイドリングのエンジン音が聞こえる。

あのワゴンで、ゴルフ場を往復して客を運んでくるようだ。

利根はキッチンの友紀を見やった。注文の入ったスパゲティを炒めている。

「営業って言ってもね。友紀さんは〝レストランで～す。いかがですか？〟とか、声かけたりしないで、シェフの格好して、ワゴンの横に立ってゴルファーが通ると、会釈してただけなんだって。美人は違うわよね」

「一卓」と友紀が、カウンターにスパゲティを置いた。

「はい」と利根が応じる。

「それ終わったらホールは井野さんに任せて、洗い物入って」と友紀に命じられた。

配膳を終えて利根がカウンターに戻ると、黒く日焼けした七〇代と思われるゴルフ客の男性がやってきて、友紀に声をかけた。

「友紀ちゃん、五時に八人ね。例のアレ、新しいの一本いれといてくれる?」

「はい。吉村《よしむら》さん、肝和《きもあ》えも用意できてますんで、必ずお越しください」

「ありがとう。俺らは、早朝からで、もうプレー終えたから。これから温泉行くけどさ。必ず来るから。浮気はしませんよ」

「あ、じゃ、送迎は温泉に……」と友紀が言いかけると、男性が手で友紀を制した。

「大丈夫、迎えに来た時に、阿久津さんに言ってあるから」

男性はそう言い置くと、阿久津が運転するワゴンで温泉に向かった。

「アレって……?」と利根は好奇心を隠せずに、友紀に尋ねてしまった。

「焼酎。一応イタリアンだから表に出すのはワインだけ。で、焼酎は裏メニュー。ボトルキープも常連さんだけ。ボトルはテーブルに出さずに、一杯ずつキッチンで作ってんの。ボトル代とは別に、一杯ごとに百円いただいてる。アルコール関係の売り上げってやっぱり大きいから、やめられまへんな」

友紀のいきなりの関西弁に、利根は思わず噴き出した。

「年齢が年齢だし、みんな紳士だから、あんまりひどい酔っぱらい方はしないしね。でもトイレ汚すんだよ。今日からトイレ掃除は、私の仕事じゃなくなったけどね」

カウンターから身を乗り出して、友紀は利根の肩を手でポンとたたいた。

友紀の美しい横顔を間近に見て、利根は白い顔を赤く染めた。

驚いたことに、ランチの時間が終わっても、客が途切れることはなかった。ただ客層が変わった。年齢高めの主婦層だ。

パートの井野の解説によれば、ほとんどの客が近隣の住民ではないと言う。

「古大商事の傘下の古大電機ってあるじゃない？　あそこの工場が東海道線沿線に結構あったのよ。それが一斉に、もっと田舎に移ったの」

「はあ。ニュースになってましたね。工場の跡地が、高級住宅街になったとかって」

「そうそう。やっぱり傘下の古大不動産と、古大建設が開発したのよね」

「古大だらけですね」と利根は苦笑した。

「それで、その家を買った人々も、古大商事グループの社員やOBなわけ」

「古大の中だけで、グルグル金が回ってるんじゃないんですか？」

井野は苦笑いを浮かべた。

「つまり、このお店のお客さんも、そういうところから集まってるの。旦那さんがゴルフするでしょ。それで帰りにここで呑んで、帰ってから奥さんに〝いい店があったよ〟って口コミ。ああいう大手は横のつながりも強いから、それが広がって、お茶のお客さんが来てるのよねぇ。つまり富裕層をガッチリ捕まえたわけよ」

するると友紀が、キッチンから出てきた。

「はい、おしゃべりはそれくらいにして。利根さんは、おトイレ掃除して」

「ごめんなさ〜い」と井野は肩をすくめて、空いた皿を下げていく。

客の目の前での噂話《うわさ》は、たしかにないわ、と思いながら利根もトイレに向かった。

四時を過ぎると、レストランの客足は止まった。

しばらくすると、初老の夫婦が来店した。だがそれまでの客層と服装が違っていた。ジーンズ姿でラフなのだ。

妻の方はにこやかに、利根に会釈をしてくれた。だが夫は知らぬ顔をしている。視線を合わせようともしない。

「私の両親。宏《ひろし》さんと時子《ときこ》さんです。手伝ってくれてるの」と友紀が紹介してくれる。

「お世話になります」と利根が頭を下げるが、やはり宏は返礼する気もないようで、キッチンに入ってしまった。

「無愛想でゴメンね。しばらくしたら慣れるから」

小声で友紀がフォローしてくれる。

「どうですか？　初日だから疲れたんじゃないですか？」

時子が気づかってくれた。やはり友紀に似ている。

「いえ、全然ちゃんとできなくて」

時子が顔の前で手を振る。

「私も、いまだに慣れてないんだもの。一緒に頑張りましょうね」

「ありがとうございます」

その時、キッチンから宏が出てきた。胸に〝レストラン　ヴェレーノ〟と書かれた緑色のエプロンをして、緑色のバンダナを頭に巻いている。どことなく滑稽《こっけい》だった。

不機嫌な様子のまま、出て行こうとしたが、その背中に友紀が声をかけた。

「今日、二往復お願い。それと岩川《いわかわ》温泉。阿久津さんから聞いてる？」

「うう」と返事にならない返事をして、宏はワゴンに乗り込んですぐに車を出した。

阿久津の姿が見えなかった。いつのまにか消えていたのだ。


宏が連れてきたゴルフ客が四組、他の客はない。年寄りばかりだが、よく呑んで、食べる。閉店まで利根は動きっぱなしだった。キッチンの友紀もホール係兼調理補助の時子も、井野も忙しく立ち働いた。

ただ宏だけは店を手伝わずに、ワゴンの中にこもっている。

利根はこまめに、トイレ掃除をするように命じられた。

時間が進むにつれて、床に小便がこぼれだした。八時を過ぎると便座を濡《ぬ》らしていた。便座を上げずに小便をして、失敗しているのだ。

利根は酔いが進んでいる客が、トイレに立つと、すぐに確認するようにした。

八時半には最後のゴルフ客が、宏の運転で駅前に送られて行った。彼らは、駅前でさらに呑むのだそうだ。

裕福な彼らが車ではなく、電車でゴルフにやってくる理由が利根にもわかった。

彼らの存在に気づいたのは、友紀だったという。

「出店のリサーチしてる時にさぁ、辻堂駅で待ち合わせしてる男の人たちがいるのに気づいたんだよねぇ」

キッチンを片づけながら、友紀が利根に話しだしたのだ。

「おじさんたち、かなりの数でさ。みんな同じスポーツバッグ持ってんのよ。そのロゴを調べたら古大グループだったの。ゴルフ場がすぐそこにあるの調べたんだよぉ」

「それですぐに営業かけたんですか？」と利根も洗い物をしながら、尋ねた。

「ううん、ゴルフ場って食事処《どころ》があるからね。無理かなって思ったんだけど、一応、おじさんたちの足どりを探ったわけ」

「え？　どうやってですか？」

「駅前に、ゴルフ場の送迎バスの停留所があるの見つけたの。そこで夕方から張ってた、阿久津さんと」

「スゴイ」

「ほぼ全員が帰りに呑んでるの。それも、回ってない寿司《すし》屋とか、チェーンじゃないイタリアンとかの〝高級店〟。常連でさ。激安居酒屋は絶対に行かない。一流企業は違うよね。これは、いけるって思ってね。毎日、ゴルフ場に営業かけたの」

「でも、ゴルフ場と、そこの食事処は嫌がったんじゃ……」

思わず疑問が利根の口をついて出たが、すぐに友紀が「うんうん」とうなずいた。

「最初は嫌がられるだろうなって思って、お菓子作って手土産《てみやげ》にして、ビクビクしながら訪ねたんだよ。そしたらすごいウエルカムでさ。パンフレットも置いてくれて、ウチのワゴンを停める場所まで決めてくれたんだよ。クラブのスタッフさんが直接お客さんにウチを紹介もしてくれて、とんとん拍子だったな。お昼は時間ないのに、ランチに来てくれるお客さんもいるし、スタッフさんたちも来てくれるの」

友紀の美貌に負けたのではないか、と利根は思っていたが口にはしなかった。

「一流企業グループの福利厚生施設みたいなもんだから、儲《もう》けなんか気にしてないんだろうね。あんまりうるさくない。ま、ウチの料理の勝利かもしれないけど」

ちょっと自慢げに語る友紀が、かわいらしかった。

4

初日の仕事を終えて、利根は部屋に戻った。時間は九時半だ。

ベッドメイクして、仰向《あおむ》けに寝ころんだ。まだ緊張しているせいか、それほど疲れは感じない。仕事はそつなくこなしたし、接客もミスはなかった。

ただ井野さんはおしゃべり好きだから、あまり巻き込まれないようにしないとな、と自分を戒めた。利根もおしゃべりが好きなのだ。

友紀の父親の宏と、阿久津は不気味だった。何者なのか得体が知れない。

阿久津もここに住んでいるのだろうか？　友紀との関係は？　姓は違っているから夫婦ではないのか。恋人？　利根にはさっぱりわからなかった。

風呂に入りたいと思ったが、友紀も部屋に引き上げている。どのタイミングで入浴するのか、わからなかった。鉢合わせするのも嫌だし、自分が友紀より前になっても、後になっても気兼ねしてしまう。

ベランダにあるというシャワールームを使おう、とダイニングに向かった。

「シャワー、使わせていただきます」とダイニングから声をかけると、キッチンの奥にある部屋から「は〜い、どうぞ〜」と友紀の明るい声がした。

ガラス戸を開けてベランダに出た。シャワールームは意外に大きなもので快適だ。シャワーを済ませて部屋に戻ると、することもなくベッドに寝ころんだ。すると外でバイクのエンジン音がし、まもなくエンジンが切られた。時間を見ると、一一時を少し回ったところだ。ベランダの外階段を上がってくる足音がした。ガラス戸の開閉音がする。阿久津だろうか？　足音が、ダイニングを出て廊下を歩いてくる。部屋の前で足音が止まって、ノックされた。

「どうぞ」

ドアが開いて阿久津の黒い顔が現れた。

「月曜日は定休日だから、午後から一緒に出かけよう。いいか？」

「ええ、でも、どこへ？」

「買い物。その手伝いをしてくれ」

返事をできずにいると、阿久津が本を差し出した。

ムック本だった。

「それも読んどいて」

返事を待たず、阿久津は、ドアを閉めてしまった。

ムック本に目をやる。『盗撮・盗聴に気をつけろ！　あなたの部屋は大丈夫？』というタイトルがついている。

読みはじめて利根は驚いた。盗聴盗撮の危険を警告しつつも、逆に見れば、いかにして巧妙に盗聴盗撮することが可能か、を指南する本だったのだ。

何をさせるつもりなんだと、おののきつつも、利根は夢中でページを繰った。

盗聴盗撮の技術は、利根の中にある〝職人魂〟を刺激していた。それは鍵を開ける技術に惹《ひ》かれたのと、似た感覚だった。

第二章

1

土曜日は、天気予報通りに朝から、冷え込んだ。

一月も半ばになって、ようやく冬が訪れたようだった。

利根はベッドから出られなかった。薄いベニヤで仕切られただけの、隣の〝特別室〟の冷気が入り込んできて、寒い。

時間は七時半だった。そろそろ起きなきゃ、と思っていると、ドアがノックされた。

「はい」

ドアから顔だけ出したのは、阿久津だった。

利根はフトンをはいで、起き上がった。

「手伝ってほしいことがあるんで、すぐに出かける支度《したく》して」

利根は急いで着替えをはじめた。

ワゴンで出かけるのかと思ったが、店の前にワゴンがなかった。

「昨日スループレーのゴルフ客が早く上がったから車検、出したんだ。午前中には戻るはずなんだけど、急に、江《え》の島《しま》まで魚を引き取りに行くことになって。一人じゃ、運べない量でな」

大きなクーラーボックスを利根は持たされた。阿久津も同じものを肩にかけている。

バス停まで並んで歩きながら利根が問いかけた。

「あの～、どうして急に江の島まで……」

「今日、ゴルフのコンペがあって、その打ち上げをウチでやってくれる。VIPの吉村さんって人、カワハギの刺身が好きなの。後輩の幹事がオーダーし忘れたのを今朝になって思い出したらしくて、早朝に泣きついてきたんだ。でも市場にも、漁協にもなくてな」

「江の島にあったんですか?」

阿久津は前を向いたままでうなずいた。

「ああ、友紀さんが方々に声かけて。知り合いの割烹《かっぽう》の生《い》け簀《す》にあった」

幸いなことにバス停に到着すると、ほぼ同時に小田急線の湘南台駅行きのバスが到着した。

冷え込んでいたので、バス停で待たされると凍えてしまいそうだ、と利根は心配していたのだ。

冷え込みにもかかわらず、小田急江ノ島線の車内は観光客で混んでいた。

利根も阿久津も、座ることができない。

阿久津の容貌は人目をひいた。何人かは露骨に阿久津の顔を凝視している。

阿久津は平然としているが、決して気持ちのいいものではないだろう。

阿久津の横顔を、しげしげと眺めまわす老女に、利根は少し腹が立った。

江の島の入り口となっている弁天橋も、朝から賑《にぎ》わっている。老若男女が海風の冷たさに身をすくめながらも、楽しげに談笑しながら江の島へと向かって行く。

阿久津は歩く速度が速かった。長身で足も長いのだが、俊敏な身のこなしだ。利根は時折小走りになって、阿久津の後を追った。

阿久津が向かったのは、江島神社の参道にある割烹とびうお、という店だった。

店の裏手に回って〝通用口〟と表示のある扉を、阿久津がノックする。

すぐに扉が開いて、真っ黒に日焼けした中年女性が顔を出した。

「おはようございます」

阿久津が頭を下げているので、後ろで利根も頭を下げた。

「あれ？　新顔？」と女性が、利根に問いかける目を向けた。

「あ、ヴェレーノで働かせていただくことになった、利根です」

「なかなか、いい男だなあ」と利根の顔をしげしげ眺めてから、女性は自己紹介した。

「私は牧田《まきた》なつこです。友紀ちゃんのサーフィン仲間でね。ここの女将《おかみ》です」

「よろしくお願いします」と利根は一礼する。

板前と思われる男性が、発泡スチロールの大きな箱を二つ運んできた。

「こっちがカワハギで、そっちがカンパチと鯛《たい》ね」

なつこはフタを開けて見せている。カワハギが四尾、鯛とカンパチは一尾ずつだが大きい。

「鯛とカンパチは、血抜きしてあるから。結構重いよ。二人で持てる？」

「ええ、この人が、意外に力持ちなんで」

阿久津がニヤリと利根に笑いかけた。

クーラーバッグが肩に食い込む。魚の大きさからして、利根が抱えている鯛とカンパチは、阿久津が持つカワハギの、倍ほどの重量があるように思えた。

弁天橋は、まだ江の島に向かう人々で溢れていた。

利根と阿久津は、クーラーバッグを担いで逆行することになる。

不思議なことに気づいた。行きよりも、歩きやすい。

やがて理由がわかった。阿久津を、前から来る人々が避けているのだ。行きは江の島から向かってくる人はほとんどいなかった。

やはり黒い顔のせいだろう。

「あ、阿久津さん、駅、こっちじゃないですか？」

「いや、大船《おおふな》で寄るところがあるから、砂場《すなば》通りからモノレールに乗る」

細い砂場通りの両側に並ぶのは、食堂などがほとんどだが、古式ゆかしい旅館もあり、かつての往来を忍ばせる。こちらも人の数が多い。

突然に阿久津が立ち止まって、右手で顔を覆った。

「どうしたんですか」と利根が声をかけたが、阿久津は険しい顔で脇道に目をやった。

利根も阿久津の視線を追う。

脇道にある建物の地下から、よろよろと若い男が階段を上がってくる。男はその場で両手をついて、四つんばいのまま動かなくなった。

阿久津が素早く動いた。脇道へ走って行く。

通行人の青年二人も、異変を察したようで阿久津に続く。

恐る恐る、利根も脇道に足を向けた。

脇道に入ってすぐのビルの地下に、レスリング団体の道場があった。「江の島プロレス」と看板がある。前面がガラス張りで、上からでも中が見通せた。リングやベンチプレスの器具がある。

階段を上がってきて、四つんばいになっている男性に、阿久津が問いかけた。

「どうした?」

男の視線が阿久津に向けられた。だがその目の光りは弱い。焦点があっていない、と利根にもわかった。

「具合が悪いのか?」

阿久津の言葉に、男の目が次第にはっきりとしてきた。

「中で会長たちが倒れてるんです。助けようと、ドアを開けたら、目が回って頭が痛くて……」

男は大手牛乳メーカーのジャンパーを着ている。牛乳の配達中だったようだ。

その時、阿久津の後に続いてきた青年の一人が「おお」と声をあげて、地下室へと続くコンクリートの階段を下りていこうとした。

プロレス道場の入り口のガラス戸が、少し開いている。

「待て!」

阿久津が鋭く男を制した。

男は階段の途中で足を止めて、阿久津に怪訝《けげん》そうな目を向けた。

「中で人が倒れてます」

室内を指さす男に阿久津は、ゆっくりと首を振った。黙ったまま、阿久津は手で上がってくるように命じた。阿久津の目には切迫した力があった。

男はゆっくりと、階段を戻ってきた。顔には恐怖が、張りついている。

阿久津が辺りを見回す。ビルの壁に長い柄のほうきがあった。阿久津はそれを手にすると、階段の半ばから、地下室のガラス戸を閉めた。

阿久津は道場の中に目を凝らしている。利根も手をかざして陽光を遮り、中を見た。

リングの脇に、倒れている人々の姿があった。半裸だ。六人。レスラーとおぼしき筋骨隆々とした若い男性が四人。ジャージを着た中年男性は〝会長〟だろうか。そして幼い男の子とおぼしき姿もある。いずれも身動きはしていない。

道場の中には、大型の石油ストーブが二基。さらにリング脇にカセットコンロと鍋がある。鍋の中には炭化した具材があるように、利根には見えた。いずれも火が消えている。

「一一九番に……？」

階段を降りかけた青年が、道場の中の惨状を見て震える声で、阿久津に問いかけた。

「ちょっと待て」と落ち着いた声で、阿久津は青年を制した。

そのまま阿久津は、道場の入っている古びたビルを見上げた。四階建てだ。上は住居になっているようで、洗濯物がベランダに見える。

利根は、阿久津の後ろについてビルの周りを歩いた。特に異状は見られない。

阿久津は、さらにビルのエントランスに足を踏み入れた。利根も続く。

エントランスといっても密閉はされていない。壁が取り払われていてオープンスペースだ。阿久津が、床に目をやって立ち止まった。

足元に大きな換気扇があった。地下室の道場のためのものだろう。利根は顔をしかめた。ひどく無様な電設工事だった。

地下室は完全な地下ではなく、上部が一階の床より五〇センチほど立ち上がっている。いわゆる

〝半地下〟の構造になっている。その立ち上がり部分に無理矢理に穴を開けて、換気扇を後付けしたようだ。

これが原因だ、と利根は判断した。

換気扇のシャッターが閉じていて、換気が行われていないのだ。

阿久津が、利根に問いかけるような視線を向けてきた。

「漏電かなにかで、換気扇が作動してなかったんだと思います。換気がされなかったんで、ストーブが不完全燃焼して、一酸化炭素が充満したんじゃないですかね」

阿久津はうなずいて、なおもエントランスの入り口付近まで、足元を見ながら戻る。そこには地下室のため、と思われる換気口があった。阿久津は手をかざして見ている。

「やはり空気の流れはない……」

言いかけた阿久津が、目を閉じてしまった。

「どうしたんですか？」

「いや、ちょっと目眩《めまい》がした。多分、なにかの薬品がごくわずかだが、この換気口から漏れてる。さっきも歩いていて同じ甘い匂いがして、目眩がしたんだ。多分、あの牛乳屋がドアを開けた時に拡散した」

利根は恐《こわ》くて、一歩あとずさってしまった。

「一酸化炭素が、漏れ出してるんじゃないんですか？」

「いや、違う。俺は薬物を吸入すると陶酔を感じる特異体質なんだ。一酸化炭素は強力な毒物だが、陶酔は覚えない」

「トウスイ？」

「酔っぱらうんだ。快感を覚える」

麻薬ということだろうか、と利根が考えていると、阿久津が、換気口の前の床を指さした。

「なんで濡れてるんだ？」

「鍋やってたみたいだから、結露じゃないですか？　それで換気扇も漏電ですよ」

「そうだな」と阿久津は立ち上がって、道場の正面に回った。

まだそこには、さきほどの青年が二人で、上から道場の中を覗《のぞ》いている。牛乳配達の男性も立ち上がって中の様子をうかがっている。回復したようだ。

「君たちは、時間ある？」

阿久津は、青年二人に問いかけた。二人は同時にうなずく。彼らは友人なのかもしれない。

「だったら一一九番して、伝えてくれ。一酸化炭素中毒の恐れがある。道場に入る前に、それなりの装備が必要になる」

阿久津は少し迷うような表情になったが、青年たちに指示した。

「通行も制限が必要かもしれない。牛乳屋の君も、おそらく軽度の一酸化炭素中毒だ。その症状から推して、かなりの濃度の一酸化炭素が、道場の中に充満している。中の人たちはすでに亡くなっているだろう。誰も近づけるな」

早口で指示すると、阿久津は立ち去ろうとした。利根も続く。

「お医者さんですか？」

利根と阿久津が振り返る。青年たちは阿久津を見ていた。

「いや」とだけ答え、阿久津は身を翻《ひるがえ》すと、人込みの中に消えた。

置いていかれた利根は、残るべきか、と一瞬ためらったが、人をかき分けるようにして、阿久津の後を追った。

警察に事情を聞かれるのが恐かったのだ。

モノレールの車内は空《す》いている。阿久津と二人、ゆったりと並んで座れた。

「これ本当にモノレールなんですねぇ。どうやってすれ違うのかな。どう考えても上りと下りが衝突しちゃうよなあ」

「ちょっと、君、さっきから話しっぱなしだけど、なんだ？　あの惨状を見て逆に興奮しちゃったか？」

死体を見た時点で、利根はパニックになっていた。しゃべることで恐怖を紛《まぎ》らせたかった。

「すみません……」と利根は謝った。

「謝ることじゃないさ」と阿久津は腕組みをして、目を閉じてしまった。

モノレールの謎の答えを利根は知った。上下線のすれ違いは複線化されている駅で行われるのだった。

2

利根と阿久津が、レストランに帰り着くと、友紀が、仕込みをはじめていた。

時間は一〇時近くになっている。

「お帰りなさい。遅かったじゃない」

友紀がスープの味を見ながら言った。

「ちょっと、あって……」

阿久津がクーラーボックスを、キッチンとフロアの境にあるカウンターに置く。

「こっちがカワハギ」

利根もクーラーボックスをカウンターに上げた。

「そっちがカンパチと鯛」

「ありがとう。なつこさんトコにあって良かったあ。なかったら、また吉村さん怒りだしちゃうもん。助かった」

「吉村さんじゃ、多少の無理も仕方ないな」

「そうなの。あ、朝御飯食べてないよね？　おにぎりあるから、食べて」と友紀が皿を取り上げてカウンターに置いた。海苔《のり》の巻かれたおにぎりが六個ある。空腹のはずだったが、食欲がなかった。プロレス道場の死体に予想以上にショックを受けているのだ、と利根は気づいた。それでも友紀の好意を無下にできないと、おにぎりに手を伸ばした。

「全部おかかだから。一人三個ずつ……」

友紀が探るように阿久津を見ている。

「どうしたの？　なんか暗い」

「うん、事故で人が死んでた」

「交通事故？」

「一酸化炭素中毒だ」

友紀が考える顔になった。真顔になると美形の本領発揮だ。

「どこで？」

「プロレスの道場でな。ストーブの不完全燃焼のようだった。さらに、朝の練習終わりにチャンコをしてたようで、カセットコンロに鍋もあった」

「あ！　江の島プロレス？　地下に道場のあるところでしょ。換気してなかったの？」

「換気扇はあったが、回されてなかった」

地下室は、空気がよどみやすく湿気も多い。湿度の低い冬場は換気扇を回しているのが普通だ。ましてストーブを焚《た》いていたとすれば、なおさらだった。

「何人？」

「六人だ。幼い男の子もいた」

友紀の大きな目が見開かれる。

「え？　いくつぐらい？」

「小学校に入るか、入らないかぐらいだ」

友紀の目に涙がにじんだ。

「かわいそう」

阿久津は友紀から目をそらすと、クーラーボックスからカワハギを取り出した。

「なつこさんが、鯛とカンパチは血抜きしておいたって」

「そう」と友紀は大きくため息をつくと、カワハギを手にして、頭に包丁を入れて、一気に皮を剝いだ。見事な手際だった。

利根も感心して見入っていたが、阿久津の様子を盗み見ると、友紀の手先を見ながら、顔が緩んでいる。だが直後に表情が曇った。

「一つだけ、引っかかってる」

「なに？」

「その道場の戸を開けた男には、一酸化炭素中毒の症状が出ていた。おそらく戸を開けた瞬間に、中にあった薬物が同時に放出されたんだと思う。俺は目眩がした」

「なに？　毒？　一酸化炭素じゃなくて？」

友紀は調理の手を止めずに訊《き》いた。同じことを訊いていると、利根は思った。

「一酸化炭素は無臭だが、甘い香りがした。俺にしか感じ得ない量の薬物だ」

「その鍋の中身かなあ。甘いっていうと何かな。八角とか……」

「違う。鍋の中身は黒こげになっていた。あれだと焦げた匂いしかしない」

「焦げた匂いは、したの？」

「したかもしれないが、俺の身体は反応しなかった。甘い匂いを嗅いで、俺はかすかに目眩がして陶酔しかけてた。何かの薬物だと思う。一酸化炭素で陶酔はしないはずだ。酸欠は、さすがの俺も死ぬ」

「じゃ、やっぱり、なにかの毒じゃない」

「わからない」

友紀はカワハギの肝を取り出して、その重みを手で量るようにしている。

「江の島プロレスって、なつこさんが応援してたんだよ。あの道場の上に住んでんの。だから興行のチケット買ってあげて配ってたんだもん。ショックだろうな、なつこさん」

阿久津は、友紀にビニール袋を差し出した。途中で買った和菓子屋の袋だ。

「あ、大船の？　ありがたい！」

友紀はとびきりの笑顔を浮かべて、ビニールの中を覗き込んだ。

「お昼、お餅焼くね。利根さん、お餅大丈夫だよね？」

「はい」

友紀の笑顔に和みながらも、利根は〝毒〟という言葉に引っかかっていた。

阿久津をちらりと横目で見た。阿久津の表情は読みづらい。だがおにぎりに手をつけようとしなかった。

平然としているが、やはりショックなのか。

すると友紀が阿久津に呼びかけた。

「阿久津さん、無理して食べなくていいよ。後で焼きおにぎりにしてあげるから」

阿久津は「すまん」と言って、レストランを出てしまった。利根は一人だけおにぎりを食べているのが恥ずかしくなった。

「利根さんも顔色悪い。無理しなくていいよ」

友紀の優しい気づかいと笑顔に、利根は心癒《いや》されていた。

「ありがとうございます」

すると友紀がチラリと阿久津が去った方に視線をやって笑った。

「ちょっと最初はアレだけどね。案外に繊細な人。恐くないから」

利根は微笑《ほほえ》みを返しながらも、疑念が渦巻いていた。

阿久津と友紀の関係は一体なんだ？　尋ねたい衝動に駆られたが、それは我慢した。

レストランの裏手には、大きな庭があった。その半分は畑で、白菜などの冬野菜が育っている。

本格的な有機栽培で、レストランでも使われる。

畑の奥にはビニールハウスがある。半透明のビニールで周囲が覆われていて、外からは中の様子がうかがえない。

ハウスの前に、阿久津の姿があった。入り口の南京錠《ナンキン》を開けると中に入って行く。

大きな棚がいくつもあって、びっちりと鉢やコンテナが並んでいる。

鉢で栽培されている一部は違法な植物だ。青々と繁《しげ》った大麻が目立つ。毒草もかなりある。ドクゼリ、トリカブト……。美しい花をつける多年草が多いが、今、花をつけている草はない。

阿久津はハウスの隅にある大きな瓶《かめ》から、ジョウロに水を汲《く》んだ。

水撒《ま》きを終えると、ハウスの温度をチェックしている。

ハウスを出て、隣にある倉庫に向かう。プレハブではあるが、軽量鉄骨製のしっかりとした倉庫だ。大型の換気扇が二基ついているが、窓は一つもない。

金属製のドアの鍵を開けると、阿久津は中に入った。

左右の壁には、天井まで届く金属製の堅牢《けんろう》な棚があった。棚には箱が数えきれないほど、収納されている。すべて毒物だ。

部屋の突き当たりには、業務用の上開きの冷凍庫がある。マイナス四〇度に保たれて、各種の細菌やウィルス、そして生物から採取した毒が凍結保存されていた。

冷凍庫の脇には、ステンレス製の幅の広いテーブルがあり、試験管やビーカー、ガスバーナーなどの科学実験の用具が整然と置かれている。

阿久津は、倉庫中央にあるテーブルの引き出しから小瓶を取り出す。スポイトで、無色透明の液体をわずかに吸い上げた。

阿久津は口を開くと、舌下に一滴、スポイトから垂らして、ソファに横たわった。

閉じていた阿久津の目が、見開かれた。口もうっすらと開かれ、その褐色の顔に小さく笑みが広がった。やがてその笑みが崩れていく。開かれた目は半ば閉じられ、口はだらしなく開いていく。エロティックだった。

阿久津は陶酔と官能に浸って、ソファの上で身をよじっている。

阿久津が口にしたのはベラドンナの根をすりつぶして、アルコールで割ったものだ。ベラドンナは毒草だ。摂取すれば、嘔吐《おうと》、錯乱、幻覚、呼吸困難を引き起こし、死に至ることもある。だがその反面、胃けいれんや喘息《ぜんそく》の患者の鎮痛・治療薬としても用いられる。つまり薬でもあるのだ。

阿久津は特異な体質を持っていた。毒物を摂取することで陶酔と官能を覚えるのだ。アルコールや麻薬の類《たぐい》では、あまり快感を得ることができない。致死毒だと身体が判断すると、陶酔するようなのだ。毒性が強いほど、その快感も増す。

阿久津はソファから身を起こした。その顔には微笑が浮かんでいる。

阿久津は時計を確認した。毒を摂取してから一五分が経過していた。

ソファから立ち上がると、阿久津の顔からは笑みが消えていた。

第三章

1

日曜日もレストランは忙しかった。開店の一一時半から客が現れて、すぐに満席となり、二階の特別室を開放することになった。

休憩時間に部屋に戻っても、利根は休めなかった。特別室の客の話し声が筒抜けで、それが気になるのだ。結局、裏庭に出て時間を潰《つぶ》すことになった。

阿久津は二時ごろまで送迎を行ったが、昨日と同じく、いつのまにか消えていた。


夜の九時に私室に戻ってベッドに倒れ込むと、利根はしばらく身動きがとれないほどに疲れを感じた。心地よい疲れだ。刑務所の石鹼工場での〝作業〟の疲れとは違う。

しかも明日は、はじめての休日だ。スマホの開通をしたかったが、金がまったくない。

全所持金は千五百円。夢にまで見た中華そばも、まだ食べられていない。

自分用の洗濯洗剤とシャンプーと石鹼、広がってしまった歯ブラシも新しいものを買いたい。千円ぐらいは消えてしまう……。

金のことを考えると暗澹《あんたん》たる気分になった。給料は月末払いと聞かされている。手取りは一二万円だ。だが贅沢《ぜいたく》は言えない。食費も住居費も引かれているのだ。

夢中で考えに耽《ふけ》っていて、足音に気づかなかった。ドアをノックされて驚いた。

「はい」と利根は起き上がる。

ドアが開いて、阿久津が部屋の中を指さした。

「いい？」

「あ、どうぞ」とベッドから下りた。

時計を見ると、いつのまにか一一時を回っていた。

阿久津は手に、焼酎と烏龍茶《ウーロンちゃ》のボトルと、コップを二つ持っていた。

「呑めるんだよな？」

「はい、多少は」

「多少、なんて言うヤツは、たいてい呑兵衛《のんべえ》だ」

阿久津の言葉に利根は苦笑した。工場をクビになって、部屋にこもっていた時は酒びたりだった。ネットカフェでも、カップの焼酎を欠かさなかった。食事を我慢しても酒を選んだ。暗い現実から目をそらせる、唯一の時間だった。

阿久津は折り畳みテーブルの前であぐらをかいて、焼酎の烏龍茶割りを作った。

利根は恐縮して頭を下げながら、テーブルの前に座った。

「この本は読んだ？」と阿久津はテーブルの上の、ムック本に目を向けた。

「はい」

「どうだった？」

「凄《すご》く細かく盗聴盗撮の手口を説明してて、面白かったですけど、悪用もできますね」

阿久津が薄く笑った。

「その悪用をしたい」

「え？」と口に運ぼうとしていたコップが、止まってしまった。

「いや、悪用は言葉が悪かった。薬と同じだ。病人には薬になるものが、健康な人には毒になる」

「はあ……」

「仕事の関係で、子供の虐待を知った。かなりひどい。通報しても児童相談所なんかは、なかなか踏み込めない。監視したい。忍び込んで盗聴盗撮機器を設置したいんだ。そのための道具を、明日の午後買いに行く。で、その足で盗聴盗撮機器を設置する」

仮釈放中の人間に、違法行為をするように阿久津は求めているのだった。それを指摘しようと、利根が口を開きかけたが、阿久津に手で制された。

「大丈夫。君が捕まるようなことは絶対にさせない。それは俺が保証する」

「保証かあ」と利根は小さく笑った。皮肉な笑みだ。

「なんだ？」と阿久津の目が鋭くなる。

「勤めていた工場の場長が〝絶対にあと五年は切らない。保証する〟って僕に言いました。その年に切られたんです」

阿久津は考える顔になった。やがて一つうなずく。

「公務員と言ったが、実は俺の本業は、警官だ」

驚いて利根は、阿久津の黒い顔を見直した。

「一国《いちこく》のところに鳩《はと》裏交番ってあるの知らない？」

国道一号線に面した交番から駆けつけた巡査に、利根は手錠をかけられたのだ。

「知ってます」

「あそこにいるんだ。君が忍び込んだのは興津《おきつ》さんって家だったろう？　現場検証の時に、俺も現場に呼び出された」

「ええ……」

「たいていのプロの泥棒は一戸建てだと、サッシ戸のガラスの焼き切りで忍び込む。でも君は家をどこも傷つけていなかった。トウシロの泥棒は、鍵穴にドライバーを突っ込んだりして、ドアを破壊する。でも君の仕事は完璧《かんぺき》だった。痕跡《こんせき》がなかった」

利根は言葉を失っていたが、やがてあることに気づいた。

「僕がここに居るのは、阿久津さんが呼び寄せたってことですか？　鍵を開けて忍び込ませるために」

阿久津はしばらく黙っていたが、やがて大きくうなずいた。

「ああ、そうだ。前に雇ったヤツも窃盗犯だった。だが警察でも俺みたいな下っぱは、犯行手口の詳細までは調べられない。身柄引受人がない窃盗犯という条件で、何人かリストアップしてた。その中でいちばん若いヤツに目をつけた。窃盗の再犯でな。友紀さんのじいさんに頼んで、刑務官に尋ねてもらったら、鍵を開けるスキルがある、とそいつは答えたんで、身柄引受人になって仮釈放させたんだ」

刑務所で利根に声をかけてくれた刑務官は、阿久津の指示を受けていた、ということだ。

ショックだった。利根はコップを手にして一気にあおった。

「いい呑みっぷりだ」と阿久津が笑って、もう一杯、烏龍茶割りを作ってくれた。

利根はすぐに、それを呑み干してしまう。

「ところが、こいつは根っからの盗人《ぬすっと》だった。初日からレジが合わない。そいつがレジからくすねてたんだ。それに客から預かったコートのポケットを探ってやがった。注意したら、昔クリーニング屋で働いていた時の癖だ、なんて言い訳しやがって」

焼酎を阿久津が注《つ》ぐと、割らずにそのまま利根は呑んだ。

「突っ込んで話を聞いたら、君のようなピッキングのスキルがなかった。ヤツは窓ガラスの焼き切り専門だったんだ。とんだ嘘《うそ》つき野郎だ」

阿久津が、利根のグラスに焼酎を注いだ。また一息で呑む。

「それでも、まともにレストランの仕事してくれたんなら良かったんだが、レジの金をくすねるところを、とうとう井野さんが見つけてな。問い詰めたら認めて謝った。でもその夜にトンズラだ。俺のバイクとヘルメットを盗んでさ。三日後にバイクは下関《しものせき》で見つかった。でも目茶苦茶に破壊されてた。ヤツはいまだに捕まってない」

利根は酔いを意識した。不穏な状況のはずなのに、なぜか気分がいい。

「だから人選に慎重になった。その結果、君を見つけた」

利根はふわふわとした酔いの中でうなずいた。

「虐待が疑われる家庭の行動確認は、もうできている。月曜日の午後は六時くらいまで完全に留守になる。昼から横浜の電気店に出かけて機器を揃《そろ》えよう」

阿久津がポケットから、折り畳まれた紙とペンを取り出して笑った。

「これが誓約書。お読みの上で納得なさったら、サインをお願いします」

酔いが急速に回っていた。ふわふわとした気分だったが、誓約書には目を通した。

〝利根太作は阿久津晴也から仕事の依頼を受けた場合、必ず請け負います。また遂行中に利根太作に不利益や損害などが発生した場合、阿久津晴也がその全ての責任を負うことを約束いたします……〟

阿久津の署名がある。その下に空欄の署名欄があった。そこに利根が署名すれば誓約書が完成するのだろう。

一見すると利根に危険が及ぶことはないような文面だったが、阿久津が責任を負うという保証とその方法がまったく書かれていない。逮捕されたらどうしてくれるのだろう？

危険な契約だ、と利根の頭の中で警戒音が鳴り響いていた。

「サインしてくれるよね？」

利根は口を開こうとしたが、声が出ない。

「子供が虐待されて、殺されるかもしれない。それを阻止するために、君のスキルを活《い》かしてくれって、警官の俺が頼んでるんだぜ。ためらう理由なんかないだろ？」

酔いが、頭の中の警戒音を押しやった。利根の中の何かが崩れたような気がした。なま温かい物が脳の中に広がるような、抗《あらが》えない気持ちに突き動かされていた。

阿久津が差し出しているペンを手にしていた。促されるままに誓約書に署名する。

阿久津は誓約書をポケットに戻すと、代わりに封筒を取り出した。

「これは当面の生活費だ。二〇万、入ってる」

利根は驚いて首を振った。恐ろしい契約を取り交わしてしまったのではないか。

「いや、いいんだ。スマホって、刑務所に入ってる間に強制解約になってるだろ？　再契約するには滞納分を収めた上で、預託金が必要になる。だいたい一〇万円だ。その金で明日の午前中に、スマホを開通してくれ。仕事でも必要だから」

阿久津は封筒をテーブルに置くと、立ち上がった。焼酎も取り上げる。

「呑み過ぎちゃいけないな。明日も仕事だし」

笑みを浮かべると阿久津は、焼酎をぶら下げて部屋を出て行った。

利根は呆然としていた。なぜ軽々《けいけい》に署名などしてしまったのだろう、と思いながらも、心のどこかでそれを受け入れていた。おおらかで解放的な気分だった。


早朝に目が覚めてしまった利根は、やけに頭がすっきりしているのを感じた。

まだ六時前だ。利根は着替えて〝ちょっと買い物に出かけます。朝食はいりません。昼までに戻ります〟という書き置きを、ダイニングのテーブルの上に残した。

近所に二四時間営業のドラッグストアがあるのだ。買い物がしたい。そしてなにより中華そばを食べたかった。大通り沿いのチェーンのラーメン店は二四時間営業だったはずだ。歩くとかなりの距離があったが、その中華そばを、どうしても食べたかった。

寒い朝だ。周囲に人の姿はない。広い道を早足で歩くのは気持ちが良かった。

署名してしまった誓約書が気になったが、意識的にそれを考えないようにしていた。

刑務所で同房の男が、つぶやいた独り言が頭から離れなかった。

「外を、思いっきり走り回りてぇなあ」

切実な言葉だった。刑務所の中での、不自然に両手両足を高く振り上げる歩き方は、屈辱的なのだ。人間として自然に歩くことを、禁止されているようだった。

利根は走り出した。まずはゆっくりと。次第にストライドを広げていく。

走るのは本当に久しぶりだ。冷たい冬の朝の空気が胸を満たしていく。

しばらく走ると、大葉《おおば》地区に出た。このあたりは住宅街で、バス停にたくさんのコート姿のサラリーマンが並んでいる。視線を気にして走るのをやめた。

バスに乗れば目的のラーメン店までの時間を半減できるが、サラリーマンで満員のバスに乗る気がしなかった。劣等感を抱いてしまう。

早足で一時間半も歩いてしまった。目的のラーメン店が見えてきた。黄色の看板がある。

利根の弾むような足どりが、止まった。

まだ開店前だった。店はブラインドが下ろされている。開店は一〇時四五分とあった。深夜に営業していたので、二四時間営業だと思い込んでしまっていた。

絶望と空腹で、利根は座り込んでしまいそうになったが、かろうじて堪《こら》えた。

利根はかなりの長距離を歩いて移動した。できるだけ金を節約したかったのだ。二時間歩き回って買い物を済ませ、最後にたどり着いたのが携帯電話のショップだった。

再契約の旨を受付で申し出た。阿久津が言っていた通りだった。ショップで再契約するには一〇万円の預託金が必要だった。預託金を預けると、しばらく待たされたが、スマホが開通された。

お礼をかねて、教えられていた阿久津のスマホの番号に電話をしてみた。

「利根です。ありがとうございます。預託金を預けてスマホが開通しました」

〈おお、昼飯はどうするって、友紀さんが言ってるぞ〉

「お願いします。一二時までには戻ります」と告げて利根は、電話を切った。

一二時ちょうどに利根は、レストランに戻ることができた。

レストランのキッチンでは、友紀と阿久津が並ぶようにして調理していた。

良い匂いが漂っている。ラーメンだ、と利根は直感した。

友紀は明日の下ごしらえで、ブイヨン作りをしていた。その隣で阿久津が即席ラーメンを作っているのだ。醬油《しょうゆ》ラーメンに野菜炒めを載せている。

三人でテーブルを囲んでラーメンをすすった。

利根が夢中で食べていると、阿久津が問いかけた。

「買い物ってどこも開いてなかったろ？　どこまで行ったんだ？」

「新道のラーメン屋に行ったんですけど、閉まってて。仕方ないから牛丼食べて、それからドラッグストアで買い物して、藤沢《ふじさわ》でスマホ開通して戻ってきました」

聞いていた阿久津が「凄い距離」と口の中でつぶやいてから、考える顔になった。

「原付の免許は、あったよな？」

「はい」

「警察に行く時には俺が乗るけど。その時間外だったら、バイクもヘルメットもあるから使っていい。チャリンコも二台ある。ママチャリは、俺のだからいつ使ってもいい。赤い電動のは、友紀さんのだから、訊いてから借りな」

「ありがとうございます」と利根は深く頭を下げた。

するとと友紀が笑顔を利根に向けた。

「自動車の免許とりなよ。三〇万円くらいかかっちゃうから、援助してあげる」

「ええ？　そんなあ。お給料いただいてますから……」

「あのワゴン、一〇人乗りだけど、普通免許で運転できるの。半分ぐらい業務命令」

そう言って友紀がニコリと笑った。今日は調理衣姿ではなく、コットンの白いシャツにジーンズで、ボーイッシュだ。メイクもしていないが、透き通るように美しい。

阿久津が席を立ちながら、利根に告げた。利根は意識的に目をそらした。

見つめてしまいそうになって、利根は意識的に目をそらした。

「そろそろ行こう。食べ終えちゃってくれ」

慌てて利根は、ラーメンの残りをすすり込んだ。

2

横浜駅の北口から二〇分ほど歩いたところに、その古びたビルはあった。〝電気百貨店〟と手書きの看板が、入り口にある。ビルの外壁はくすんだ灰色で、ところどころ壁のモルタルがはげ落ちていた。

一人でぶらりと訪れる気にはなれない。建物自体が妖気のようなものを醸しだしているかのようだ。

エントランスには、案内板があった。六階建ての各フロアにびっしりと、電気部品などを扱っていることを予想させる店の名がある。

階段を上がって行く阿久津について、利根は三階にやってきた。細長い廊下の両側に、茶色く塗られた鉄製の扉がズラリと並んでいる。

〝盗撮しても委員会〟と看板を出している一室の前で、阿久津はドアをノックした。

「はいはい」と顔を出したのは、青白い顔をした初老の男だった。

分厚いレンズの奥の細い目が、驚いたように見開かれる。阿久津の容貌を見て人種を見定めようとしているようだ。

「いらっしゃい」と阿久津たちを招じ入れてくれる。

部屋の中は一〇畳ほどの広さで、小さなテーブルと丸椅子が一脚。それ以外のスペースには棚が天井まであって、盗撮のためと思われる機器が陳列されている。

「何をお探しですか？」

店主の男が尋ねた。

「家の中を、外部からモニターできる機器がほしい」

店主は「うん」とうなずいて、棚から小さなカメラを取り上げた。

「これは、広角でズームも可能です。クラウドに映像を上げてくれますんで、ネット環境があれば、どこでもモニターできます」

阿久津が店主の説明を聞いて、利根に顔を向けた。

「それは電気工事が必要なものですよね」と利根が尋ねる。

「そうですね。簡単な配線だけど」

利根は悩んだ。どこまで話していいものか。店名から察するに緩そうだが、違法だと店主が判断したら追い返されたりするのだろうか、と思って、また後悔に包まれる。

署名してしまった誓約書に法的な拘束力があるとは思えなかった。だが、ここでいきなり〝やめる〟と言い出す度胸は利根にはない。

慎重に言葉を選んで、店主に頼んだ。

「部屋の主に気づかれたくないんで、できたら小型で、電池式のものがあれば」

「なるほど」と店主は別の棚から、消しゴムを取り上げた。

「これ消しゴムなんだけど、ここに穴が空いてるでしょ。これがカメラ。ただかなりピンポイントになっちゃいます。レジの監視なんかですね」

阿久津が、消しゴム式の盗撮機を手にした。

「電池式だと、どれくらい撮影時間があるの？」

「最大で六時間」

「六時間を超えたら？」

「ただの消しゴムですね」

店主がニヤリと笑った。阿久津から消しゴムを受け取ると、店主は続けた。

「でも充電すれば百回は使えますよ」

阿久津が利根に、問いかけるような視線を向けてきた。利根は首を振った。電池が切れるたびに、部屋に侵入するリスクを負う気はない。

思い切って利根は踏み込んだ。

「工事の必要がなくて、常時給電ができて、見つけづらいカメラってあります？」

店主は利根の顔を、メガネのレンズ越しにじっと見つめた。

利根は窃盗未遂で捕まった時に、取り調べにあたった刑事を思い出していた。それまで事務的に淡々と取り調べをしていた刑事が、最後に「他にやってねぇだろうな」とすごんだのだ。恐ろしい圧力だった。だが店主は笑顔になった。

店主は棚から電源タップを取り上げた。三個口で直接本体をコンセントに差し込むタイプだ。どここでも売っているものに見えた。

「これですね。コンセントから給電して、クラウド仕様です。ズームもできます。限りがありますが、カメラも左右に動かせます。暗視機能もあります。ただ、コンセントの位置が下の方にあるんで死角ができやすい。音声だけなら問題ないんだけど」

阿久津が利根に視線を送ってきた。

利根がうなずく。ここまでの機能を持った機器は、盗撮のムック本にも載っていなかった。現状コンセントに差さっているプラグを抜いて、この電源タップを差した上で、プラグを差し直せば目立たない。視界が狭まるが、これは仕方ない。

「いくつ必要だ？」と阿久津に尋ねられた。

「部屋の配置にもよります」

「六畳の和室と、四畳半のキッチンだ。そこに三人」

「とりあえず二つあれば」

阿久津が店主に問いかける。

「一ついくら？」

「四万五千円になります。それとＷｉ‐Ｆｉだけでもいいですが、ＬＴＥも……」

店主の説明を、阿久津は理解できないようで、皆まで聞かずに笑った。

「よくわからないんだけど、それを全部頼む。三台買うよ」

店主はうなずいた。

利根は血の気がひくのを感じていた。恐ろしいような金額だった。なによりもう後には退《ひ》けない。

違法行為への恐れが、ひしひしと押し寄せてきた。

店主がセッティングをして、操作方法を教えてくれる。

阿久津と利根のスマホに、アプリをインストールした。カメラを三台コンセントに差し込んで、それぞれの画像がスマホの画面に三分割で表示される。

ズームもカメラの移動もスムーズだった。

「動いてみて」と阿久津に命じられて、利根は狭い棚の間の通路を縫うように歩いた。

「飛んでみて」と阿久津に言われて利根はジャンプした。

「冗談だって」と阿久津は鼻で笑っている。

利根は頬が赤くなるのを感じた。

帰りがけに店主が、いきなり阿久津に尋ねた。

「あなた、それは日焼け？　それともハーフですか？」

利根は恐ろしくて、阿久津の顔を見ることができなかった。

「日焼けでもないし、ハーフでもない……だろうって言われてる」

「だろう、ですか？」と店主は物怖《ものお》じすることなく、突っ込む。

「ああ」と阿久津も平然と答えていて、利根は少し安心した。人が不機嫌になったりする姿を目にすることが、とにかく苦手だった。

「父親が誰か、わからないんでね。父親が黒人かもしれない」

「へえ、そうなんですか。わからないってことがあるんですね。へえ」

店主は面白がっているようだ。その店主に阿久津が問いかけた。

「メラニンって知ってる？」

「色素ですね」と店主はうなずいた。

「白人は少なくて黒人は多い。それは遺伝的なものだ。だが色素異常症でメラニンが多くなったり少なくなったりすることもある。突然変異ってヤツだ。黒人の親から白人のような肌を持った子が産まれて……」

「アルビノですね」と店主はすっかり夢中になっているようだ。

「そう。その逆のようなもんだな、俺は。俺が腹の中にいた時に、母親がワケのわからない薬をやってたらしくて。遺伝子情報が傷ついてメラニン色素に異常が起きて、肌が黒いんじゃないかって、医者には言われてる」

店主はしげしげと、阿久津の顔を見つめて笑っている。阿久津は店主の青白い顔を見つめ返した。

「あんたのように色素が薄いと紫外線にさらされると弱い。皮膚ガンには気をつけな」

阿久津がニヤリと笑いかけると、店主は急に不機嫌そうな顔になった。

阿久津は店主の表情に満足したようで、店を後にした。


「君は、母親と死別してるんだよな？」

履歴書には児童養護施設に入っていたことは、書いていない。偏見にさらされるのはわかっているから、決して自分から施設育ちだと口にもしない。

ただ身柄引受人には、利根の詳細な生い立ちが届いているのだろう。

横浜駅へと向かう道は、閑散として白茶けて見えた。

阿久津と並んで歩きながら、利根は苦しげな声になった。

「家を出て行った父親は、どこかで生きてるかもしれませんが、行方《ゆくえ》も名前も知りません。母親は、ガンを患って、僕が中二の時に亡くなりました」

「そうか。じゃそこから施設育ちか。中二からだと辛《つら》かったろう。施設にゃ筋金入りのイジメ野郎がいるから」

「ええ。きつかったですけど、優しい職員さんがいて、それが救いでした。あまり直接的なイジメのターゲットには、なりませんでしたし」

「大舎《だいしゃ》だった？」

「いえ、グループホームです。子供は五人しかいなくて」

「それはいいな。和気あいあいでアットホームなんだろ？　うらやましかったよ」

「そんなに、いいもんじゃなかったですけど、生活に困らないってのは、ありがたかったです」

「俺は大舎だったからきつかった。ま、でも、暴力に対する恐怖やビビリなんかは、まったく感じなくなった」

さらりと言ってのけた阿久津の言葉に、利根は息をのんだ。大型の施設では、子供同士の喧嘩《けんか》やイジメは、当たり前だと聞いていた。さらに職員による虐待も多いと噂されていた。特に両親がいない孤児には、厳しく当たる職員が多いとも聞いた。

「阿久津さんは、何歳から施設だったんですか？」

「三歳で母親が事故死してる。表向きは事故死ってことで、曖昧に処理されてるけど、実際はオーバードーズだ」

「オーバー……？」

「薬物の過剰摂取だ。ジャンキーだったそうだ。ほぼ母親の記憶はないが、一つだけ。俺は一人座っておにぎりを食べてた。畳の部屋で日が差し込んで暖かい。すると、いきなり笑顔の母親が現れる。綺麗なんだけどな。その笑みはどこか崩れてる」

阿久津は吐息を一つついて、続けた。

「母親が、俺に手を差し伸べた。抱っこしてくれようとしてると思って、俺も手を伸ばした。だが母親の腕の血管に、注射針が刺さってる。ポンプが抜け落ちちゃったんだな。針から血がダラダラ流れ出てて……」

利根は横目で阿久津の様子をうかがった。驚いたことに阿久津は懐かしそうに微笑んでいた。

「それから抱きしめられたのも覚えてる。恐かったが、温かかった」

利根も、母親の笑みを思い出して頬が緩んだ。

利根は阿久津の姿を、チラリと盗み見た。阿久津の言葉は男性的で〝押し〟が強かった。だがどこかに女性的な……いや、中性的な印象があるように思えてならないのだ。だが具体的に睫毛《まつげ》が長い、とか身のこなしが、というようなモノではない。しなやかで滑らかな歩き方だし、身のこなしもスムーズだが……。

「なに?」

盗み見ているつもりが、凝視していたようで、阿久津が問いかけてきた。

「いえ」と利根は、顔を赤くして視線を落とした。

3

利根と阿久津がレストランに戻ると、二時を回っていた。すぐに阿久津はバイクに飛び乗って
「三時。遅れないでくれ」と利根に言い残して出かけてしまった。
待ち合わせの場所は、大葉地区の片隅の、とあるアパートだ。

阿久津が同行する、と思っていたので意外だった。盗撮の機器もすべて託されてしまっている。まさか一人で、すべてを遂行しろということか。

警官として勤務中なら、抜け出すことは、できないだろうし……。

レストランの前で、ぼんやりそんなことを考えていると、呼びかけられた。

「利根さん」

振り向くと、ウエットスーツに身を包んだ友紀だった。真っ赤な電動自転車にサーフボードを積んでいる。帽子をかぶっているが、髪が濡れていた。寒そうだ。

「もう帰って来たんだ。ゆっくり遊んでてもいいのに」

「あ、いや、阿久津さんのお手伝いがあって……」

友紀が笑った。

「アレねぇ。でも無理しないでね。そっちとレストランの仕事は別だから」

友紀は〝仕事〟の内容まで知っているようだった。

ウエットスーツに身を包んだ友紀の姿は、見とれてしまうほどに美しかった。モデルとしても通用するだろう。

友紀は洗い終えたボードを、店の脇の壁に立てかけた。

「今日は、いい波だったの〜」

「僕はやらないんで、そういうのわからなくて……」

利根は目のやり場に困った。友紀を直視しては、いけないような気がした。

「ごめん。そうだよね」と友紀は、ベランダにあるシャワー室に向かった。

すぐにお湯が流れる音がした。

思わず友紀のシャワー姿を想像してしまって、頬が熱くなる。

シャワー室の脇を通って部屋に戻るのも、ためらわれる。利根は店の裏に回った。阿久津の自転車があった。変速機のない、いわゆるママチャリだ。

自転車を借りると、利根は漕《こ》ぎだした。


虐待が行われていることを、暗示してでもいるかのような、陰惨な姿のアパートだ。

アパートを前にして、利根はそっとため息をついた。

傷みが激しい。見ようによっては廃屋に思える。

二階建ての外階段のアパートで、玄関の化粧板が剝がれて、下地のベニヤがむき出しになっていたりする。

目的の部屋は一階の右端だ。玄関脇に洗濯機が置いてあるのは、この一戸だけだ。

裏に回ってみると、他の五戸は雨戸が閉められているので、空き部屋のようだ。

三時五分前だった。三時を過ぎて阿久津が現れなかったら帰ろうと、利根は、心に決めていた。

仮釈放中に逮捕される危険を冒す義理はない。そう思ったものの、もう半分以上使ってしまった二〇万円が、頭をよぎった。

部屋の前で待っていると、自転車に乗った阿久津がやってきた。警官の制服を着て、制帽をかぶっている。腰を見ると拳銃を収めた帯革がある。

「よお。早速はじめてくれ」

アパートの周囲には塀がない。前の通りを往来する人から丸見えになってしまう。

利根がためらっていると、玄関ドアの脇に阿久津が、仁王立ちになった。

「警官が立ち会いのもと、通報のあった居住者の存否確認だ。君は鍵屋」

「はい」と答えて利根は、ピッキングの道具を用意すると、玄関ドアの前で片膝をついた。

古い鍵だった。一分で開く、と利根は算段したが、まずドアノブを回してみた。

開いた。無施錠だ。

室内の物音に耳を傾ける。無音。

ドアを細く開ける。人の姿はない。

異臭に、利根は顔をしかめる。カビと腐敗臭、ほこりと体臭が入り交じった匂いだ。

入るとすぐに四畳半のキッチン。そして左に六畳の和室がある。

玄関を入ってすぐの場所に、黒いランドセルと黄色い学校の帽子があった。

キッチンには、小さなテーブルと椅子が二脚あるが、ゴミで埋まっている。床には、得体の知れないビニールの類が山積みだ。それを踏みつぶして歩いているらしく、獣道のように動線がわかる。流しには汚れた食器類が、積みあげられていた。一口のガスコンロがあるが、そこも汚れた食器で埋まってしまっている。

テーブルの上に電気ポットがあって、保温中を示すライトが点灯していた。

六畳間には、フトンが二つ敷きっぱなしだ。部屋の中央に折り畳みの安っぽいちゃぶ台があり、そこに弁当の空箱やスナック菓子の袋などが散乱している。

ひどいありさまだった。住人の〝人生〟をそのまま反映したような部屋だ。

トイレがキッチンの奥にあるようだが、利根はドアを開けてみる勇気が出なかった。

六畳間のちゃぶ台の前に、焼酎の四リットルのペットボトルが何本か転がっていた。倒れているものは空だが、立てられているボトルには、半分ほど焼酎が入っていて、隣には水のペットボトルがあった。

フトンに座って酒を呑み、酔いつぶれて、そのままフトンに寝てしまうのだろう。自堕落を絵に描いたような暮らしぶりだ。

背負っていたバッグから、盗撮用の電源タップを一つ取り出す。

六畳間を見回すと、コンセントは一カ所しかない。だが幸いなことに視界を遮る家具がなかった。

部屋の隅にあるランドリー用のカゴの中に詰め込まれているのが、恐らくは洗濯済みのものだ。脱いだ下着などは部屋の隅に投げ捨ててあり、山になっている。

コンセントには、小さなテレビと、電気ストーブのプラグが差さっている。

テレビの電源を抜いて、タップをコンセントに差した。

これですでに、クラウドに映像を送っているはずだ。

スマホを出して確認する。画面に自分の顔が映し出されて驚いた。

画面を操作してカメラを左右に振ってみる。部屋のほとんどをカバーしている。だが、下の方についているために、利根が立ち上がると顔が切れてしまう。

外で阿久津も見ているだろう。電話してみる。

「これで大丈夫でしょうか?」

〈いいと思うが、念のためにキッチンにも、もう一つ設置してくれ〉

キッチンのコンセントも一つだ。電気ポットのプラグが差さっている。やはり床に近い。テーブルの後ろにしゃがんで、コンセントから電気ポットのプラグを抜いた。

タップを取り付けると、スマホの画面が二分割された。かたや焼酎のボトルを映し出し、もう一つの新しい画面は、キッチンの散らかり放題の惨状を映し出している。

「オーケーですかね？」とドアに向かって阿久津に声をかける。

「ああ、出てきてくれ」

外に出ながら利根は、嫌なことに気づいた。この部屋には、虐待されている子供がいるはずなのだ。だがランドセルと帽子以外は子供のものがなかった。

ただ不思議なことにキッチンの天井にフックがあり、そこにタオルがかけてある。タオルに包まれているのは、小さなプラスティック製のボールだ。鮮やかなグリーンだが、遊び道具には見えなかった。

玄関から外に出て、利根は深く吐息をついた。

「中、臭《くさ》い？」

阿久津が問いかける。

「ヤな匂いです。自堕落の匂いです」

利根の言葉に阿久津が「自堕落」と言って、ひとしきり声を立てて笑った。

「まず男が六時、女が七時に帰ってくる。子供は何時になるか、わからない。居場所がなくなるまで、外に居続けているようなんだ」

部屋を見ればわかった。子供はまともに食事を与えられていない。友人の家にでもいた方が、食事を出してもらえる可能性が高い。

「子供は一〇歳。小学四年生の男子。男の連れ子だ。男は妻と四年前に死別。四二歳。配送センターのバイトだ。女とは二年前から同居している。女はパチンコ屋のバイトだ」

そこまで調べがついているのか、と利根は不思議に思った。その気持ちが表情に出たのだろう。阿久津が一つうなずいた。

「〝全件共有〟って知ってるか？」

「聞いたことないです」

「児童相談所への虐待の通報なんかを情報として、すべて警察と共有するって制度だ。神奈川では採用されている。君が刑務所に入ってる間に、さらに面倒くさいことになった。児相が通報に応じて家庭訪問する際に、必ず警察官が立ち会う〝全件同行〟って制度ができて、真っ先に神奈川県警は飛びついた」

「そうなんですか？」

「そんなこと、いちいちやってられるかよ」

吐き捨てるように言って、阿久津は黒い顔を歪《ゆが》めた。

「しかも児相の職員が、親にぶん殴られでもしなきゃ、ただ突っ立ってるだけなんだぜ。親が拒否すりゃ、子供の様子だって見ることもできねぇ。警官に強制力は、まったくないんだ。要は職員のボディガードでしかない」

阿久津の怒りが、ひしひしと感じられた。確かに理不尽だ。だが警官が同行することで、虐待をする親が、圧力を感じるのは間違いない。抑止力にはなる。

「俺がこの家の子供を見つけたんだ。夜の九時過ぎに一人で歩いてたんで、声をかけた。見たところ男の子の栄養状態は不良だった。服も汚れていて、髪もボサボサだ。何を聞いても話そうとしない。名前も言わない。〝帰りたい〟って繰り返すだけだ」

「それでどうしたんですか？」

「そのまま帰した」

「え？　児相に知らせなかったんですか？」

「顔にはなかったが、手首に強く握られたようなアザがちらりと見えた。俺が見た瞬間に男の子は、それを慌てて隠したんだ。児相は善くも悪くも慎重でな。はっきりとした証拠がないと動かない」

「でも、それじゃ、問題解決には……」

「俺が、男の子の後をつけた」

「え？」

「彼はまっすぐに家には帰らなかった。コンビニでずっと立ち読みしてるんだ。店員に声をかけられて、店を出たのは一一時だ」

「虐待を恐がって帰らないんですか？」

「そうだ。外での居場所がなくなると、仕方なく〝自堕落な部屋〟に戻る。でもすぐには部屋に入らない。部屋の前で息をひそめて、中の様子をうかがってるんだ。まるで泥棒のように、静かにドアを開けて、足音を忍ばせて部屋の中に入って行った」

〝泥棒〟という言葉に利根は眉をしかめたが、かまわず阿久津は続けた。

「俺はしばらく部屋の前で、中の様子をうかがっていた。だが何も聞こえなかった。部屋の電気は消えたままだ」

「親は寝ちゃってたんですね」

「そうだったようだ。翌日に児相に通報した。やはり虐待の通報があって、この家を何度か訪問していると言う。だが親は決して男の子を〝見せない〟んだそうだ」

「それ以上は、なにもできないんですか？」

「児相は強制力も持ってはいるが、まず行使しない。今回も〝適時訪問して経過観察する〟んだってよ。つまり放置だ」

阿久津が腕時計を、ちらりと見た。

「もう戻らないとならない。六時には父親が帰宅する。用事がないようだったら、モニターしておいてくれ。俺は暇だけど、ずっと携帯を覗いてるわけにはいかない。なにか異変があったらメールしてくれ」

「わかりました。部屋で見てます」

「頼む」と阿久津は、自転車にまたがって去って行く。

「本当に警察なんだ」と阿久津の後ろ姿を見送りながら、利根はつぶやいた。

4

五時に部屋に戻ると、すぐに友紀が食事の用意ができた、と知らせてくれた。

二人きりで向かい合って食事する、と考えただけで、利根は緊張していた。

ダイニングに入ると、すぐに友紀が「手抜き」と言って笑った。

テーブルの上には、アサリの炊き込みご飯、大根の味噌汁《みそしる》、ベーコンとパプリカの炒めものがあった。

友紀は、きっちりメイクをしていて、外出するようだった。

「今日、サーフィン仲間の呑み会なの。ごめんね」

「あ、すみません。お出かけなのに食事作ってもらって」

「食費もらってるからね。あ、そこの鍵は阿久津さんから、もらってるよね?」

友紀は、ベランダのガラスドアを指した。

「はい」

「出かける時は、鍵、お願いね」

友紀は、鮮やかな水色のコートを羽織ると、ベランダから外に出て行く。

「じゃあね」

利根は「いってらっしゃい」と頭を下げた。自分の言葉に心の中が温かくなった。〝いってらっしゃい〟という言葉を、長らく口にした記憶がなかった。あやうく落涙しそうになって咳払《せきばら》いをした。

窃盗未遂とはいえ、前科のついた自分に、鍵を預け、留守番をさせるという阿久津と友紀の寛容さに改めて感じ入っていた。でも……と利根は思った。

前科者を引き入れたのは、阿久津なのだ。前科者が職を得ることは難しい、という〝弱点〟も利用しているのでは……。

誓約書にサインしてしまったことが、頭をよぎった。

「仕方ないか」とつぶやいて、テーブルの上のアサリの炊き込みご飯を口にした。

アサリのだしが利いていて、とてもおいしかった。また涙ぐみそうになっていることに利根は驚いていた。


利根は部屋で、スマホの画面をちらちらと見ていた。六時すぎだ。自堕落な部屋の映像に、変化はない。暗視機能が正常に作動しており、映像はモノクロだ。

キッチンの映像がカラーになった。明かりが灯《とも》ったのだ。

ジーンズに赤いダウンジャケット姿の男が、映し出された。スーパーのレジ袋を手にしている。

六畳の和室の電気も点灯された。ちゃぶ台の前に座って電気ストーブを点《つ》けて、テレビを見はじめた。

すぐにスーパーの袋から、弁当を取り出している。焼酎のペットボトルを取り上げて、コップに注いで、水で割った。コップが薄汚れていたのを利根は覚えていた。

はっきりとカメラは、男の顔を映し出している。細木四郎《ほそきしろう》だ。四二歳のはずだが、かなり老けて見える。伸び放題のくせっ毛も白髪が目立つ。

弁当のおかずを肴《さかな》に、焼酎をあおった。台に肘《ひじ》をついて、まずそうに食べては呑む。単調な映像だった。テレビもまともには見ていない。

一時間ほど呑むと、四郎は居眠りをはじめ、フトンの上に倒れ込んで眠ってしまった。

それに続くようにキッチンで物音がして、女が現れた。ジーンズに赤いダウンジャケットが四郎とお揃いだ。メイクもしているし、セミロングの髪も手入れされているようにみえる。有木薫子《ありきかおるこ》だ。三八歳。かなり肥満している。

彼女もスーパーの袋を手にしていて、ちゃぶ台の前に座ると、弁当を取り出した。眠っている四郎には目もくれず、弁当を肴にマグカップで焼酎を水割りにして呑みはじめた。マグカップの底に、得体の知れない茶色の物体が、こびりついていたのを思い出して、利根は身震いした。

つまらなそうにテレビを眺めながら、薫子も酒をあおり続ける。

画面に変化があった。

薫子がダウンジャケットを脱いだのだ。さらにジーンズとシャツも脱ぎ、ブラジャーを外す。薫子は肥満だったが、胸は小さい。利根は正視できずに、画面から目をそらした。

まったくエロティックではなく、利根はなぜか恐怖を感じた。

薫子は洗濯カゴの中から、グレーのスウェットの上下をよりだして身につけた。ちゃぶ台の前であぐらをかいて座ると、スーパーの袋から、さらにおにぎりを三つ取り出した。慣れた手つきで包装を剝《む》くと、むしゃむしゃと食べる。

おにぎりを食べ尽くすと薫子は、倒れ込むようにして掛けブトンにくるまった。すぐにいびきが聞こえてくる。

テレビも電灯もストーブも点けっぱなしだ。

時間は二二時半。玄関が音もなく開いた。一〇歳には見えないほどに小さくて細い少年が、身をかがめて足音を忍ばせて、キッチンに現れた。細木卓《たく》だ。

ぼさぼさに伸びた髪、くたびれて汚れた服。これで学校に通っていたら、かなり異質な存在だ。だが、阿久津の話では虐待の通報は学校ではなく、近隣住民からだということだった。

卓は、静かに動いて六畳間を覗き込んだ。まるで野生動物が獲物を狙《ねら》っているかのような、俊敏にして慎重な動きだった。

卓は足音を忍ばせて、ちゃぶ台に近づいた。

阿久津に連絡しなければ、と利根は思ったが、画面から目を離せなかった。

卓は身をかがめたまま、ちゃぶ台の上を見回す。すぐに手を伸ばして四郎が食べ残した弁当を手にして、キッチンへと戻った。素早い動きだ。

キッチンのカメラが、弁当の中をとらえていた。おかずはほぼない。漬け物と、かぼちゃの煮物があり、ご飯は半分ほど残っている。

卓は素手でご飯をつかんで、口に押し込んでいる。夢中で食べているのがわかった。

おそらくお昼に給食を食べて以来、なにも食べていなかったのだ。四郎が弁当を食べ残していれば、食事にありつけるということか。

利根はネットカフェで過ごした日々を思い出して、苦しくなっていた。空腹で夜中に目が覚める辛さ。空腹のことしか、考えられなくなる苦しさ。

画面の中で、卓が身体をビクリと震わせて動きを止めた。

六畳間で、ひときわ大きないびきの音がしたのだ。薫子が寝返りをうった。

かぼちゃを、卓が口に押し込んだ時だった。

〈てめぇ……〉

卓が顔を上げる。布団の中から薫子が、卓をにらんでいるのだ。恐ろしい形相《ぎょうそう》だ。

卓は弁当を放り出すと、薫子が起き上がる前に、六畳間に走り込んで、押し入れの襖《ふすま》を開けて上段に飛び込み、襖を閉めた。

薫子が起き上がって、襖を押し開こうとしたが、中で卓が押さえているようだ。少し開くが、それ以上は開かない。薫子が怒鳴る。

〈お前、流しを綺麗にしとけって言っただろ！　髪、洗えねぇだろ！　出てこい！〉

するといきなり、四郎が唸《うな》り声をあげて、起きあがり〈うっせぇ！〉と薫子の髪をつかんで引き倒した。

〈いてぇな、馬鹿！〉

倒れて起き上がれないままに、薫子が四郎に怒鳴った。

〈うっせぇ！　黙れ！〉

口調は激しいが、確かに四郎は声を抑えている。

四郎が襖に手をかけて、一気に押し開いた。だが直後に卓は、押し入れから飛び出して、キッチンに逃げる。ここでも卓は、野生動物のようにすばしこい。

四郎が恐ろしい形相で、卓に向かって行く。

卓はいきなり絶叫しだした。物凄い高音で〈アアアアアー！〉と叫んでいるのだ。四郎が卓の腹部を蹴った。卓は機敏にかわしたものの、腰を蹴られて一瞬叫び声が途絶えた。

それでも卓は叫び続ける。

恐らくは、近隣住宅に響きわたっているであろう大音声《だいおんじょう》だ。

力ではかなわない卓の、唯一の武器なのだろう。悲鳴のような強烈な叫び声だった。近隣住民が通報することで、一時的とはいえ暴力から逃れられる、と卓は知っているのだ。

四郎は〈うるせぇ〉と声を落として罵《ののし》ってから、テーブルの上にあったグラスを卓に投げつけた。

卓の足に当たって、グラスは床に転がった。

〈もうやめろ！　流しを片づけて、寝ろ〉

四郎は六畳間に戻って、ちゃぶ台の前でまた焼酎を呑みはじめた。

卓は薫子を見つめながら、叫び続けている。いらだたしげににらんだ末に、薫子も四郎の横に座って、焼酎を呑みだした。

それでようやく卓は、口を閉じた。

卓はのろのろと、椅子を流しの前に持っていき、その上に乗って食器を洗いだした。

〈水、出しっぱなしで洗うなよ！　タダじゃねぇんだぞ！〉

薫子がイライラと卓に怒鳴りつける。卓はまったく応じない。六畳間からのカメラが卓の様子を小さく捉えていた。まるでゾンビのように表情がない。返事もしない。

水道は止めずに、緩慢な動きでスポンジで皿を洗い続ける。

〈水、止めろって！　ふざけんなよ！〉

薫子が怒鳴っているが、卓は水を止めない。

〈卓！　止めろ〉と四郎も怒鳴る。

卓はぼんやりとしながらも、手を動かして皿を洗い続ける。半ば眠ってしまっているようだ。一〇歳の子供が、こんな深夜まで仕事をさせられているのだ。

〈てめぇ！　誰が金、払ってると思ってんだよ！〉

薫子の大声に驚いて、眠りかけていた卓は、椅子から転がり落ちた。金属製の椅子が盛大な音を立てる。

それがきっかけになった。四郎と薫子が顔を見合わせると同時に立ち上がって、卓に殺到した。

二人の顔には瞬時〝精気〟のようなものが浮かんだ。

卓は叫び声を上げようとしたが、間に合わなかった。四郎が手にしていたのは、天井からぶら下がっていた、タオルとプラスティックのボールだった。

慣れた手つきで、卓の口にボールを押し込み、タオルで猿ぐつわをした。

いつのまにか、薫子も手に金属製の定規を握っていた。

四郎が暴れる卓の身体を押さえつけると、シャツをめくって上半身の肌を露出させた。体中に内出血の跡があった。赤、茶、青……。それはつまり常態的に長い時間にわたって、激しい暴力をうけている証拠だった。

〈この野郎！　この野郎！〉

何度も繰り返し罵りながら、薫子が金属製の定規で、卓の身体を全力で叩く。

その度に、卓が身体を震わせる。見る見る肌が赤くなり、内出血しはじめた。

四郎も押さえつけながら、空いた手で、卓の身体を殴りつけている。

利根はもう見ていられなかった。画面を切り換えると阿久津に電話した。

〈おお〉

「もうこれは止めましょう。一一〇番に通報します。いや、今から僕が……」

〈もう、アパートの前にいる。今からドアをノックする〉

もう一度スマホの画面を切り換えた。

強く激しくドアをノックする音がした。

四郎も薫子も動きを止めた。卓がうめき声を漏らしながら、身をよじっている。

〈何時だと思ってんだ！　いい加減にしろ！　通報すんぞ〉

間違いなく阿久津の声だった。

四郎と薫子は、顔を見合わせている。声も立てず、身動きもしない。

かすかに卓のうめき声がしている。

阿久津が遠ざかる足音がした。

四郎と薫子は、目を見合わせて、小さくうなずいた。

四郎が卓を、乱暴に床に投げ出した。

〝精気〟を失った四郎と薫子は、六畳間に戻って布団にもぐり込む。

それを見ていた卓は、静かに猿ぐつわのタオルをほどいて、口の中からグリーンのボールを吐き出した。痛いのか、顔がゆがんでいる。ボールとタオルを、物が溢れたテーブルの上においた。隠したりすれば、それを理由にまた暴力を受けるのだろう。

卓は床を見回した。そして床にひっくり返っている弁当箱を拾い上げて、床に落ちていた一塊のご飯と漬け物をつかんで、口に押し込んだ。

食べながら、卓は流しで洗い物を続けた。今度は水を流しっぱなしにしていない。

利根は、画面の中の卓の姿を見つめながら、泣いていた。ぴくりとも動くことができず、涙だけが頬を伝い落ちていく。

洗い物が終わったのは二〇分後だった。

卓はキッチンの明かりを消し、六畳間のストーブなどを消して、押し入れに入った。

白黒の画面の中に静寂が訪れた。


利根は溢れ出る涙をぬぐった。

ドアがノックされた。返事をする前にドアが開いて阿久津が入ってきた。

「明日、俺が一人であのアパートに行ってもいいんだが、施錠されてたらお手上げになってしまう。友紀さんには話してあるので、明日の午後四時までに、仕事を抜けてあのアパートに行ってくれ。その時に、こいつを持って行って、あそこの飲みかけの焼酎のボトルと替えてきてくれ」

そう言って阿久津は、四リットルの大きな焼酎のペットボトルを床に置いた。四郎の部屋にあったボトルとおなじ銘柄で、焼酎は半分ほどしか入っていない。

「でも児童相談所に、この映像を見せたらどうなんでしょう？　これだけ明らかな虐待の映像があれば、さすがに動くんじゃないですか？」

阿久津は首を振った。

「動くと思う。だけど時間がかかる。緊急だってわかるだろ？」

利根は大きくうなずいた。一秒でも卓を、あの状態に放置してはおけない。

「警察はどうですか？　映像提供したら」

するとと阿久津は、薄く笑みを浮かべた。

「加工されてない映像は〝最強の証拠〟って言われているが、匿名で盗撮の映像を送りつけられても、警察は動かない。逆に盗撮の捜査に乗り出すのが関の山だ」

「阿久津さんが、知り合いの刑事さんに、お願いすればいいんじゃないですか？」

阿久津は、また薄笑いをした。

「俺は〝ごんぞう〟って呼ばれててな。警察の中で爪弾《つまはじ》き者なんだ。誰も俺の言うことを聞かない。聞いたら、そいつは裏切り者扱いされる。だから無駄だ」

利根はあっけにとられていた。

「ごんぞう、ですか……」

「ああ、警察の隠語だ。仕事をしない警官のことだ。まあ、割り切ってしまえば楽なもんだ。だけど〝全件共有全件同行〟なんてものが施行されて、目の前に看過できない事象が次々と現れて、目障りで仕方ない。そんでこんなことを、はじめようとしたわけだ。君のような優秀な人材が入ってくれて、ようやく実現しそうだ」

つまり私刑をしよう、というのか。利根は焼酎のボトルに、目をやった。

「大丈夫。ちょっとお灸《きゆう》をすえる程度のことだ。面白いし」

犯罪行為を重ねろ、ということか。

「やっぱり一人では、やりたくない……」

すると阿久津が手を伸ばして、利根を黙らせた。

「わかった。都合をつけて、行くよ」

「すみません」と謝ってから、利根は気になっていたことを、阿久津にぶつけた。

「卓くんは、どうして家に帰ろうとするんでしょう？　児童相談所には一時保護所なんてのがあったと思います。少なくとも、あれほどの暴力は振るわれないはずです」

阿久津はうなずいた。

「一時保護所のことを、刑務所だって子供に教えてる親がいる。脅しだ。多分その類のことをしてると思う。はじめて卓にあった時〝帰りたくないんなら、泊まれるところに連れて行ってあげる〟って俺は、言った。その時の卓の脅《おび》えた顔は、ひどかった。それからずっと〝うちに帰りたい〟って言い続けた。本当に入ったことが、あるのかもしれない。確かに保護所は刑務所のようだったし、イジメも、ひどかった」

阿久津は冷たい笑みを浮かべた。阿久津も幼いころに入ったことがあるのだろう。

「これは、なんなんですか？　毒ですか？」

利根は焼酎を指さした。

「毒は薬、薬は毒」とつぶやいて阿久津は続けた。

「病のない者には毒だが、病のある者には薬だ。あの家の者たちにとっては薬だ」

「〝家の者たち〟ですか？」

「あの男の子も病んでる」

「病んでる？　ただ殴られてるだけですよ」

「そうだ。あんなに殴られて病まない方が、おかしい」

たしかに普通の精神状態ではないだろう、と利根は思ったが、焼酎が気になった。

「これに、なんの薬が入ってるんですか?」

阿久津は楽しげに、ニヤリと笑った。

「俺は明日は早番なんだ。三時には上がってるが、ちょっと寄るところがある。まあ、四時には帰れる。部屋の様子をテレビの大画面で見たいんだが、俺の部屋だと友紀さんにバレそうなんで、テレビをここに持ってきてもいいか?」

「友紀ざんは、知ってるんですよね?」

「詳しくは知らない。それに友紀さんは、子供好きでな。子供の虐待映像なんて見たら、心がつぶれてしまう。だからここにテレビを設置してもいいか?」

「いいですけど、スマホの動画をテレビに映すには、色々……」

阿久津は手で制して「とにかく俺はできないから、やってくれ」と頼み込んだ。

「はい」と利根が請け合うと、阿久津はあくびしながら部屋を出て行く。

利根は暗い顔のまま、スマホの中の白黒画面が沈黙している動画を、見つめた。

このまま朝まで、卓が静かに眠れますように、と祈りながら。

5

利根はいつのまにか寝入ってしまったようだ。スマホから音がして、目が覚めた。時間を見ると午前四時だった。

スマホを手にすると、暗視カメラの映像に動きがあった。

薫子のフトンがもぞもぞと動いている。

〈いてぇな。やめろよ〉と薫子のかすれた声がした。

〈すぐ濡れる〉と抑揚のない四郎の声もかすれている。

フトンは規則正しく動き続ける。

やがて薫子が声を上げ出した。最初は荒い息をつくだけだったが、次第に激しくなっていく。

〈ウオッウオッ……〉

まるで獣が吠《ほ》えているような大きな声だ。異様だった。卓の耳にも届いているだろう、と利根は思って暗澹たる気持ちになる。

短い性行為だった。

〈イケなかっただろ。起こすんじゃねぇよ〉と薫子が吐き捨てた。

〈うるせぇ〉と四郎が舌打ちしながら、フトンから出ると、ティッシュで陰部を拭って床に投げ捨てて、自分のフトンに戻った。薫子もティッシュを取って、フトンの中で動いている。避妊はしていないのだ。子供ができたらどうするつもりなのか……。

恐らくはそんなことなど考えていない。まるでお互いが自慰をしているような、一方通行のセックスだった。利根はため息をついて、ベッドに横になった。

だが利根は眠れなかった。興奮しているのではない。薫子の裸を見たときと同じだ。恐怖を感じていた。相手を完全に無視して、自分の欲求を満たすだけの、セックスが恐かった。

寝つけずに利根は、天井をぼんやりと眺めていた。

やがて目覚まし時計が鳴っている音が、スマホから聞こえてきた。

四郎が起き上がって、キッチンに向かった。いつのまにかシャツとパンツを身につけている。

卓が綺麗にした流しで水を飲んで、短い時間で身支度をすると、脱ぎ捨てられていた服を身につけて、そのまま出かけて行く。

スマホの画面に小さく〝ｉｎ〟と表示された。それまで気づかなかったが、阿久津が盗撮ソフトを立ち上げると表示されるのだ。

しばらくすると、足音がしてノックされた。

「起きてるんだよな?」とドアの外で声がする。

「はい」とベッドから下りて、パーカーをパジャマの上に羽織ると、ドアを開けた。

「四郎、出かけたな。六時からの勤務と、八時からの勤務があるようなんだ」

そう言いながら、阿久津はテレビを部屋に運び込んだ。四〇インチはありそうだ。

「これ、起きてるならセッティングしといてくれ。そこにアンテナの線がきてるから、つなげば普通にテレビを見られる」

「はい、ありがとうございます」

「俺は今日は早番だから、もう出かけるけど、あの薫子って女は毎朝八時にパチンコ屋に行く。休みは水曜日だ。四郎も水曜日が休み」

明日は水曜日だ。

「土日は卓くんは、どうやって過ごしてるんですか?」

「朝から児童館に行ってる。そこで友達になった子の家について行くんだ。そうやって食事を出してもらったりしているらしい。俺が見たところでは、万引きなどはしていない。心底、刑務所に行くのが恐いんだと思う」

一時保護所のことか、と利根は思い出した。

「じゃ、頼む」と阿久津は手を上げて部屋を出た。

テレビのセッティングを終えると、利根は画面に卓のアパートを映し出した。

薫子は七時にスマホが鳴って起き出した。全裸だ。起きるとすぐに流しで、給湯器から湯を出して顔や頭を洗っている。さらに、タオルを濡らして身体を拭いている。

拭き終えて、洗濯カゴの中を探していたが、目当てのものが見つからないようで、カゴを蹴飛ばした。

部屋の隅に投げ捨ててあった下着を、拾いあげて身につける。

昨日脱ぎ散らかしてあった、シャツとジャケットとジーンズを身につけて、部屋の隅に積み上がっていた服や下着などを、拾いあげて、外に出た。

ドアが開いて薫子が叫んだ。

〈洗濯、干せよ！〉

だが返事はない。

〈てめぇ！　返事しろ！〉

押し入れの中から〈ウウ〉と言葉にならない声で、卓が応《こた》える。

〈干さねぇと殺すからな！〉

薫子が手荒くドアを閉めて、去って行く足音がした。

直後に押し入れの襖が開く。

卓は素早く動いて玄関まで行って、耳を澄ましている。

遠ざかったのが確認できたようで、卓は慌てて服や下着を脱いで全裸になる。全裸のまま卓は、押し入れに戻って何かを探っていた。半袖のシャツに紺色の短パンだった。学校の体育着だ。それを身につけると、脱いだ服や下着を手にして玄関から外に出て行く。

洗濯機に自分の服を追加したようだ。半袖短パンでは寒かったのだろう。手をこすり合わせながら部屋に戻ってきた。電気ストーブを点けて、前にしゃがむ。

やがてキッチンに移り、給湯器でお湯を出して、頭を洗い、顔を洗っている。そして薫子と同じく再び全裸になると、タオルをお湯で濡らして、全身を拭っていく。

痛々しい傷跡が、腹部と背中に集中しているのがわかる。両手首には、阿久津が言っていた通りに、黒いアザがあった。ロープなどで縛りでもしたかのようだ。

痛むらしく背中を拭きながら〈ウウ〉とうめいている。

拭き終えると、押し入れから引っ張りだした毛布にくるまって、ストーブの前でしゃがみこんだ。テレビも点けずに、じっとストーブを見つめたまま身動きしようともしない。

しばらくすると玄関の外で、かすかに電子音がした。

再び体操着を着ると、外に出て行く。

時間は八時二〇分。家を出なければ、学校に遅刻する時間だった。

両手一杯の洗濯物を持って卓は、部屋に戻ってきた。六畳間の窓ガラスを開ける。そこには洗濯ハンガーが二つぶら下がっていた。

洗濯物を床に置くと、卓はのろのろとした動きで、洗濯物を干しはじめる。干しているのは、ほとんどが女物だ。

窓を閉めると、床に残された卓のものと思われるトレーナーとジーンズとパンツ、シャツ、靴下を、電気ストーブの前に並べていく。

広げ終えると、再び毛布にくるまって、赤々と照らされている自分の洋服や下着を見ている。やはりそのまま動かない。

九時を回っていた。

突然に電話の音が鳴り響いた。黒電話が六畳間の隅にあって着信を告げている。

五回、六回、七回……。卓は動かない。

一〇回目のベルが鳴ると、突然に卓は、走って電話の受話器を取った。

受話器からの音は、ほぼ聞こえないが、男性の低い声のように思える。

〈遅くなるけど行くから〉

今度は少し大きな声が、受話器からした。

〈パパに言わないで。すぐ行くから〉

学校からであろう電話を切ると、卓は濡れたシャツとトレーナー、ズボンを身につけた。体操着の上に着ているのだ。洗った下着は床に広げたままだ。

濡れた服は冷たいのだろう。身体を震わせている。ストーブの前でしばらく動かない。

時計を見てストーブを切った。部屋の隅にうずたかく積み上げられている洋服の山をかき分けて、ウィンドブレーカーを取り出した。擦れてところどころ破れてしまっていて、ひどい状態だ。

四郎のものらしく、卓が着込むとすそが膝《ひざ》まで覆ってしまう。

それでもいくらか寒さは和らぐはずだ。

卓は余っている袖をまくり上げながら、外に出て行く。

あの服しか持っていないのだ。

利根は濡れた服の感触を想像して、身震いした。一月の冷たい風に吹かれると凍えてしまう。せめて学校が温かく居心地の良い場所であるように、と利根は、また祈るような気持ちになった。

するとと利根の部屋のドアがノックされた。

「は、はい」

「食事、何度も呼んでるよ」と友紀の声だ。少し怒っているような声音だった。

「すみません」と慌てて着替える。

店の掃除とキッチンでの洗い物を終えて、店の外を利根がほうきで掃いていると、軽トラックが駐車場に入ってきた。まだ開店までには時間がある。トラックのドアに〝鮮魚割烹 江ノ島 とびうお〟と書かれていた。

運転しているのは、とびうおの店主のなつこだった。

「この間は、どうも〜」となつこが、利根に手を振る。

「あ、ありがとうございました」と利根は一礼した。

なつこは、ニコリと手放しの笑みを浮かべて、店に入って行く。

店内からなつこが、利根を手招きしている。

利根が店内に入ると、なつこが「食べよ」と微笑みかけた。

なつこのお土産《みやげ》らしき、どら焼がテーブルにあった。友紀が日本茶をいれている。

「いただこう」と友紀が、空いている席を指さした。

「この時間って、お腹《なか》空かない？」となつこが利根に尋ねた。

「ああ、そうですね」

「開店前にちょっと食べるの。配膳しながら、ヨダレ垂らしたりしないようにね」

なつこは、ガハハハと豪快に口を開けて笑った。

「阿久津さん仕事かあ。江の島プロレスのこと聞きたかったんだけど」

友紀が、なつこに首を振った。

「阿久津さん、警察情報はからっきしだから。でも、なつこさんにカワハギ分けてもらったでしょ？　あの帰りに現場に出くわしたみたい」

「え？　そうなの？　阿久津さんは、立ち会わないで逃げ出しちゃったの？」

「そうです。警察、苦手なんですよ」

「警官のくせに」

友紀となつこはひとしきり笑った。

「あ、江の島プロレスってなつこさん、応援してたからショックでしょ〜」

「そうよ。道場を見るたびに泣けてきちゃって」

江の島プロレスの六人死亡事故は、新聞に小さく取り上げられていた。しばらく使われていなかったために、石油ストーブのタンクに水が混入していて、点火直後から不完全燃焼が起きていたこと。そして結露が原因による換気扇の漏電によって、漏電ブレーカーが落ちて換気扇が作動していなかったこと。二つの要因が重なって起きた一酸化炭素中毒事故だ、と報じていた。

プロレス団体の会長とその息子（六歳）、道場の上の部屋で団体生活をしていた四人の二〇歳から二六歳のレスラーたちが、事故の犠牲になっていた。

「あの会長がいい男なのよ。元お相撲《すもう》さんでね。若い者の面倒見が良くて、札付きの不良みたいな子を引き込んで、更生させちゃうの」

「奥さんいなかったんですか？」

「そうなの。去年だかに別れて。男手一つで育ててたんだよねぇ」

「かわいそう……」と友紀は涙ぐんでいる。

「土日になると、あの前の砂場通りって、狭いのに凄い人通りじゃない。そこを自転車で無理矢理に走る人が時々いて、結構、事故があったり、揉《も》め事になったりしてたの。見かねたんでしょうね。あの会長が通りの入り口で立つようになって、自転車の人に〝降りて通行してくれ〟って呼びかけてたの」

「お相撲さんが言ってくれたら、有効ですよねぇ」

「ううん。気は優しくて力持ちタイプだから、絶対に大声出したり怒鳴ったりしないの。〝自転車降りていただけませんか～〟ってニコニコしながらお願いしてた」

「いい人だったんだ～。惜しい人だなあ」

「うん」と今度は、なつこが涙を浮かべている。

　話を聞きながら利根は、胸が苦しくなるような気がした。道場での死体の映像が時折、ふいに脳裏によみがえることがあった。だが、彼らの人柄を聞くと、立体的に浮かび上がって、生々しい〝死〟を意識せざるを得なくなる。

　なつこが立ち上がった。

「じゃ、友紀ちゃん、明日、ダンナと来るわ。じゃあねぇ」

「かしこまりました。わざわざありがとうございます！」

なつこが去ってからは忙しかった。ゴルフ場からの客が八人もやってきたのだ。

だが、その日はゴルフ客が帰ると暇になった。

まかないを終えると友紀が、利根に声をかけた。

「利根さん、テーブル拭いたら、阿久津さんが言ってた〝中抜け〟していいよ」

「あ、ちょっと一応確認してからにします」

利根はスマホを取り出して阿久津にメッセージを送った。

〝今、店が暇なんで、例の焼酎を、届けちゃっていいですか？　できたら立ち会っていただきたいんですけど〟

仕事中のはずだが、阿久津からすぐに返事があった。利根があきれてしまうほど早い返信だった。

〝四時までならいつでもいい。一応出る時に連絡くれ。立ち会えるから〟

警官姿の阿久津が立ち会わないかぎり、決して行わないと利根は、心に決めていた。

二時半に出かける旨を連絡すると、やはりただちに返信があった。

〝じゃ、三時にアパートの前で落ち合おう〟


阿久津の自転車で利根がアパートに到着すると、すでに阿久津は到着していて、アパートの部屋の前でしゃがみ込んでいた。なかなか見ない警官の姿だ。

「今日は、さみーなー」と身体を震わせている。

「遅くなりました」と利根が詫《わ》びる。

「じゃ、それ頼むわ」と阿久津が指さした。

利根はスーパーのビニール袋の中に、焼酎の四リットルボトルを入れていた。

「誰もいないのは、確認済み」と阿久津がアパートの中を指さした。

「ありがとうございます」

利根は用心のためにゴム手袋をはめた。もしこの毒が事件を起こしてしまうとしたら、前科者の指紋が付着しているのは危険だ。

玄関のドアを開けた。冷え冷えとした室内には、やはり自堕落の匂いがこもっていた。そして、利根は、そこに卓の苦痛の匂いも感じてしまった。

六畳間にあった焼酎のボトルを取り上げて、代わりに持ってきた焼酎を置いた。利根は押し入れに向かうと、ビニール袋から新品の衣類を取り出して、中に置いた。

激安の衣料品店で購入してきたのだ。下着とトレーナーの上下、そして靴下を三足。さらにウィンドブレーカー。そしてなつこにもらったどら焼を、上に置いた。三千二百円。利根には、きつい金額だったが、放っておけなかった。

利根は回収した焼酎を、ビニール袋に入れて外に出た。

「時間がかかったな？」と阿久津の目が鋭い。

「あ、カメラを確認したりして……」

「なんだ？　思いっきり嘘ついてる顔じゃねぇか」

阿久津の圧力に利根は折れた。

「……いやあ、あんまりかわいそうなんで、押し入れに下着なんかを……」

「四郎たちに、忍び込んでるのがバレたら、計画おじゃんだろう。取り戻してこい」

利根は動かなかった。せめてもの抵抗だ。押し入れの中を、あの親が確認するわけもなかった。

「早く」と阿久津が、にらんだ。

「はい」と利根はすぐに陥落して、部屋に戻った。

自転車でレストランに戻りながら利根は、はたと思い当たった。

恐らく阿久津は、スマホで室内の自分の様子を見ていたんだ、と。見ていたことは最後まで告げずに、あくまでも自白を求める。そして種明かしもしない。やはり阿久津も警察の人間だ、と利根は吐息をついた。

利根がレストランに戻ったのは、三時半だった。三人客が一組だけで、のんびりした午後だった。だが五時からは、ゴルフ帰りの客がやってきた。

土日の客よりも酔い方がひどく、トイレは、毎回掃除しなければならなかった。

掃除をしながらも、利根は時間が気になった。六時には四郎が帰宅する。昨日と同じルーチンだとすれば、あの焼酎を呑んでいるはずだ。

スマホを覗きたくなったが、どうにか堪えた。

6

仕事を終えた利根が部屋に戻ると、阿久津がいた。テレビの目の前に座っている。

「よお。はじまってるぞ」と阿久津は、珍しく楽しそうに笑いかけた。

テレビには、四郎のアパートの六畳間とキッチンが二分割で映っていた。

六畳間のちゃぶ台の前に卓が座っている。卓の細くて小さい顔の中にある目が、驚きで大きく見開かれているのが、わかった。

六畳間を、四郎が片づけているのだ。さらにキッチンでも、薫子がゴミを拾い集めてゴミ袋に詰め込んでいる。

驚きの光景だった。利根はベッドに腰掛けてテレビに見入る。

四郎と薫子の動きが、異様なことに利根は気づいた。ひどくゆっくりとした動きだ。さらに顔つきも奇異だった。四郎も薫子も、似たような顔つきをしている。口が半開きになって、目が虚《うつ》ろなのだ。

「こ、これって……」

「人間、変われば変わるもんだろ」

楽しそうに阿久津が笑う。これほど手放しで喜んでいる姿を、利根ははじめて見た。

「どういうことなんですか？」

「焼酎に、ベラドンナ、チオペンタール、それとほんのちょっとばかりＬＳＤ」

ＬＳＤは利根も聞いたことがあった。

「麻薬ですよね」

「ＬＳＤは、ほんの少し。まあ、このカクテルは一種の自白剤だ。これで素行の良いゾンビの出来上がりだ。命じられれば、なんでもやる状態になってる」

「掃除しろって、卓くんが命じたんですか？」

「そうだ。君とアパートで別れてから、そのまま小学校に行った。〝不審者の出没情報出たんで、しばらく立たせてください〟って嘘ついて、卓を待ち伏せてた」

「嘘ついたって……」

「卓がしょぼくれた様子で出てきたから、〝お巡《まわ》りさんが、パパと薫子に魔法かけたから今日はなんでも言うこと聞くぞ〟って耳打ちしといた」

「卓くん、恐がってませんでした？」

「さすがに施設育ちは察しがいい。ご推察通り、〝お巡りさんが叱《しか》ったの？〟って凄くビビってた。児相の職員とか俺らが、家に押しかけると、そのあとに虐待は激しくなるからな」

「ええ」

「〝叱ってない。本当に魔法かけたんだ。大丈夫。今日は八時過ぎに家に帰ってごらん。卓の言うこと、なんでも聞くぞ〟って言ったら、目が輝いた」

「名前を呼んだんですね」

「窮地にある子供は、それがなにより嬉しいもんだからな」

グループホームの職員は、姓で子供の名を呼ぶ。だが一人だけベテランの職員が、利根のことを名で呼んだ。〝太作〟と呼ばれた時の高揚を利根は、ありありと思い出していた。

「八時に帰って来てな。卓は二人の様子を、しばらく観察してた。でも魔法がかかってるのを確信したみたいで、恐る恐る〝掃除して〟ってお願いしたんだ。そしたら掃除をはじめた。しかも相談もしないで、あいつらはキッチンと六畳間を分担した」

阿久津が冗舌だった。ご機嫌だ。画面を見ながら利根も嬉しくなってきた。掃除をしている四郎と薫子を見ながら、卓の顔が明るく輝いているように見える。

キッチンをあらかた片づけ終えた薫子が、片づいた床に座り込んだ。

その様子を見ていた卓が、恐る恐る薫子に頼んだ。

〈薫子さん、ご飯作って〉

薫子は卓の方を見もせずに立ち上がると、キッチンの床板を一枚持ち上げた。そこから大きなカップ麺を取り出した。隠していたのだ。

やはりのろのろとした手つきで、麺にかやくやスープの素を入れると、ポットからお湯を注いで、それを割り箸とともに、六畳間の卓の前に持ってきて置いた。

〈ありがとう〉とやはり臆した声で卓が告げるが、薫子はぼんやりとした顔のままだ。

時間が来たようで、卓がカップ麺の蓋を開けた。湯気が立ち上り、卓は目を閉じて吸い込んでいる。その匂いが利根にも感じられるようだった。

割り箸でスープをかき混ぜるのも、もどかしそうだ。卓は夢中でラーメンをすすっていく。もうそれからは一時も休むことはなかった。最後にスープを飲み終えて、卓の顔に笑みが浮かんだ。

利根も思わず笑みを浮かべてしまった。だが、わずか一〇歳の子供を、ここまで飢えさせることの罪を思って、激しい怒りを覚えていた。

卓がキッチンを見る。薫子はキッチンのゴミをすべて拾った後に、ぼろ布を雑巾《ぞうきん》がわりにして床を拭いていた。

四郎が、ちゃぶ台の上のコップや弁当の箱、今、卓が食べ終えたカップ麺の容器を取り上げて、キッチンへ運んで行く。

四郎は流しで、コップとマグカップを洗いだした。

これは卓が命じたことなのか、と利根は不思議に思った。

「阿久津さん、コップを洗うのって、卓くんが命じたんですか？」

「いや、〝掃除して〟って頼んだだけだ」

「自白剤って言いましたけど、どこまで薬の作用が及んでるんでしょうか？」

「わからない。そこまで正確には把握できないんだ。ただ〝掃除〟という概念が人それぞれにあるだろう？　それを損なってしまうような薬ではないんだ、多分」

「薬が切れたらどうなるんでしょう？」

阿久津が、利根の顔を見て笑った。

「君も呑兵衛だからわかるだろうけど、酔いが醒《さ》めそうになるのってヤだろ？　あいつらは、勝手に追加するから大丈夫だよ」

「逆に飲みすぎたら、オーバーなんとかに、なっちゃうんじゃないですか？」

「オーバードーズな。昨晩の酒量を勘案して混入してあるから平気だ、多分」

「多分って……。死ぬこともあり得るんですか？」

阿久津が不敵な面構えになって、笑みを浮かべた。

「すぐには、死ねないぜ」

利根は阿久津の言葉と、その笑みを見ながら血の気がひくのを感じた。

「やっぱり殺す気なんじゃないですか……」

阿久津がゆっくり首を振る。好戦的とでも形容したくなる笑みはそのままだ。

「毒を摂取してから死に至るまでには、様々な症状が出る。それを最大限に利用するだけだ」

「やっぱり、こ、殺そうとしてますよね？」

阿久津はかぶりを振った。

「塩だって水だって大量に摂取すれば人間は死ぬ。だがそこまでには様々な症状が出るんだ。それを知ってる者だけが、有効に使用できる」

利根は言葉を失っていた。阿久津が続ける。

「毒を大量に盛って殺すなんて、不細工で芸がない。面白くもない。しっかり行動観察して、ギリギリのところまで攻める。それが、俺の腕の見せ所だ」

やはり阿久津は楽しんでいるのだ。利根の声が震えた。

「ち、ちょっとでも間違ったら、殺すってことですよね」

ゴム手袋をして指紋をつけないように、細心の注意を払ったはずだが、利根は不安になった。ますます顔が青ざめていく。

利根の蒼白な顔を見て、阿久津が楽しそうに笑った。

「科学的に調べられたら毒は絶対にバレる。毒殺したら解剖されて間違いなくバレるんだ。でも殺さなければ調べられない。つまりバレない」

「バレなきゃ、殺すんですか?」

「君は、昨夜の四郎たちの暴力を見たろ。殺したくならなかったか?」

殺意に近い怒りを感じてはいた。だが卓を痛ましいと思う気持ちの方が強かった。

「でも、俺は絶対に殺さない。そんな危ない橋は渡らない。それに、こうやって毒が薬になったのを見るって最高じゃないか?」

利根は、うなずくことしかできなかった。テレビに目を向ける。

四郎が濡らしたティッシュペーパーらしきもので、ちゃぶ台を拭いている。丹念に。

それを卓が驚いたように、目を丸くして見つめている。

〈ありがとう〉と卓が口の中でボソリとつぶやくと、四郎の目が卓を見やった。その目には、かすかに笑みがあるように、利根には見えた。

四郎はキッチンからコップを持ってくると、座って焼酎を注いで呑んだ。

その様子を卓は、まじまじと見つめている。

四郎の目から、光がまた消えたように見える。

すると卓が震える声で、おずおずと四郎に頼んだ。

〈……パパ……抱っこして……〉

四郎が立ち上がった。脅えて卓は座ったまま後ずさりしている。

四郎が卓に向き合った。四郎の顔が利根たちには見えない。

だが四郎は、卓に向かって手を差し伸べた。

卓は明らかに脅えながらも、立ち上がって手を伸ばした。

すると四郎は、卓をお姫様のように横抱きにした。

笑い声がした。卓だった。キャキャと、はしゃぐような笑い声だ。

四郎が、横抱きにした卓の身体を揺らしているのだ。

恐らくは卓が幼いころに、そうやって遊んでやったのだろう。

一体、何がこの親子に起きたのか……。利根は溢れ出る涙を拭い続けていた。

四郎の表情が見たかった。薬が効いているフリをしているだけで、本当は卓と一緒に、笑っているのではないか。

だが四郎は、カメラを背にして、卓を揺らし続けるばかりだ。

卓は楽しそうに笑っていたが、そっと手を伸ばして、四郎の首に手を回して抱きしめた。そして目を閉じて頰を寄せた。幸せそうな笑みが浮かんでいる。

「なんでこの親子は、こんなになっちゃったんでしょう」

涙声で利根が、阿久津に尋ねた。

「長野県警に問い合わせた。四郎は、長野で両親と妻と卓の五人で暮らしていた。四郎の家が、深夜に火事を出したそうだ。全焼して妻と両親が亡くなり、類焼で近隣五軒が全焼した。風の強い日だったそうだ。夜勤だった四郎と、火事に気づいて外に逃れた卓が難を逃れた」

利根は息をのんだ。阿久津はため息をつくと、続けた。

「出火の原因は特定されなかったが、卓の火遊びが原因ではないか、と村では噂されてしまったそうだ。四郎は類焼した家々に補償もできず、村に居られなくなって、夜逃げ同然で、こっちに出てきたらしい」

「あの虐待は復讐《ふくしゅう》だっていうことですか？　薫子って女は関係ないじゃないですか」

「わからない。ここまで自堕落になってしまった心の荒廃が、原因かもしれない。恐らく原因は一つだけじゃないし、卓のせいでもない」

「これからどうするんですか？　薬を飲ませ続けるってことですか？」

「薬を飲まなければ、繰り返すだろう。四郎も女も卓を虐待することに耽溺《たんでき》しているように見える」

「じゃあ……」と言いかけた利根を、阿久津が手を上げて押しとどめた。

「対症療法しかないんだ。これ以上はどうにもできない。ただ時間だけは稼げる」

「昨日の虐待の映像を……」

「もう児相に送ってある。匿名だが、動くだろう。だがすぐじゃないんだ。二、三日はかかる。サボってるわけじゃない。彼らは手一杯なんだ」

テレビに目を向けると、キッチンの片づけを終えた薫子が焼酎を呑んでいた。

〈薫子さん、もう眠って〉と父親に抱かれながら卓が命じた。優しい声だった。

薫子は服を着たまま、眠ってしまった。いびきが聞こえない。安らかな寝顔だ。

〈パパ、もういいよ。下ろして〉

四郎が抱いていた卓を、床に下ろした。

四郎は焼酎をコップに注いで、一気に飲み干した。

〈パパも眠って〉と卓が告げると、服を着たまま四郎は、布団にもぐり込んで眠った。

卓は四郎の隣に寄り添うように横になった。

〈パパ、抱っこして〉

卓の声がそう告げたが、四郎はすやすやと、穏やかな顔で眠るばかりだった。

やがて卓は暗い顔で、テレビやストーブを消して、押し入れの中に戻った。

翌朝、利根は寝坊してしまった。まもなく八時だ。

慌てて着替えようとしたが、気になってスマホで卓の様子を覗き見た。

今日は水曜日だった。四郎と薫子はアルバイトが休みなのだ。

部屋は暗く、画面は白黒のままだ。四郎も薫子も寝ている。

押し入れの襖が開いた。

足音を忍ばせて、卓は六畳間を出て、キッチンに向かった。そのまま学校に出かけるのか、と思ってほっとしたが、卓が引き返してきた。

父親の枕元に立って、じっとその寝顔を見つめている。

よせ！　もう魔法はとけてるんだ、と利根は心の中で叫んだ。

だが卓は、しゃがんで父親の耳元に声をかけた。

〈パパ、いってきます〉

次の瞬間だった。唸り声をあげて四郎が、卓の腹を拳で殴った。

卓は吹っ飛んでしまった。

四郎は立ち上がって卓に向かう。卓は腹を押さえて転げ回って苦しんでいる。

四郎はそんな卓の背中を、力一杯蹴りだした。

危険だった。阿久津は今日も早番のはずだ。スマホで電話をしようと思ったところに、阿久津から着信があった。

「阿久津さん、卓くんが、四郎から激しい暴行を加えられてます。殺される！」

〈わかった！　今、児相の職員に同行の要請を受けて、四郎の家に向かっているところだ。強制保護に立ち会うんだ〉

部屋の様子を見ると、ようやく動けるようになった卓が、四郎の蹴りを避けて、キッチンの中を四つんばいになって逃げている。

蹴りが卓の尻を直撃して、またも身体が飛んだ。

いつのまにか薫子も起き出してきて、金属製の定規を手にして、卓を追いはじめた。

だが薫子が卓を殴ることは、できなかった。玄関ドアが開いて、制服姿の阿久津が飛び込んできたのだ。

殴りかかろうとしていた薫子を、阿久津が左手で突き飛ばして転ばせ、卓を追っていた四郎にタックルして、その場に押さえ込んだ。

〈卓、逃げろ！〉

だが卓は四つんばいのまま、固まって動かない。

〈部屋から出るんだ、卓！〉

それでも卓は、力なく首を振っている。

組み伏せていた四郎が暴れ出した。

〈なんで勝手に上がり込んでんだよ！〉

〈現行犯逮捕だ〉と阿久津が言い放った。

〈見てねぇだろ！　殴ってねぇよ！　叱ってただけだ。そうだろ、卓〉

卓は四郎に向かって、小さくうなずいた。

時に虐待を受けている子供は、叱られて殴られる自分が悪いんだ、と思い込んでしまうことがある。家庭という小さくて狭い世界では、大人は絶対的な権力者だ。

玄関に人の姿が現れた。児童相談所の職員の男性が二人だった。

〈腹と背中を蹴っていた。確認してくれ〉と阿久津が職員に指示している。

職員は顔を見合わせている。年長の職員が首を振った。

〈保護所についてから、しかるべき担当者が、虐待の確認を行いますので……〉

〈馬鹿野郎！　チクショウメ！〉と阿久津が怒鳴りつけた。

阿久津は、四郎の頭を平手で叩いた。大きな音がした。

〈ふざけんな！　訴えてやる！〉と四郎が、がなる。

阿久津は無視して、部屋の隅で震えている卓の前に、しゃがみこんだ。

小声で〈魔法は本当だったろう？〉と尋ねている。

卓は小さくうなずいた。だが脅えてがたがたと震えている。

〈卓、お前はなにも悪くない。悪いのは、あのおやじと薫子だ。あいつらから卓を離さないと、お前は殺される。でも、もう魔法はとけちゃった。一回しか、使えないんだ。だから保護所ってところに卓を、このおじさんたちが連れて行く〉

卓が脅えた様子で、首を何度も横に振る。

〈あそこは刑務所じゃない。ご飯は三度食べられる。オヤツも出るぞ。テレビもゲームもある。服も貸してくれる。ベッドで眠れる。優しい先生もいる。学校にも行ける。友達もできる。頼むから、このおじさんたちと一緒に行ってくれ、な？　卓？〉

卓は返事をしなかった。ただチラリと父親を見やった。

〈もう二度と卓のことを、おやじたちのところに戻さない。どんなにあのおやじが取り戻そうとしても、決して渡さない。俺が……お巡りさんが、卓を絶対に守る〉

阿久津は、卓に手を差し伸べた。真っ黒な手を。

〈お巡りさんも、保護所に入ったことがある。ここより楽しい。刑務所じゃない。刑務所は、ここだよ〉

逡巡していたが、卓は、おずおずと手を伸ばして、阿久津の手を握った。

阿久津は卓を立たせた。背中と尻が痛むようで卓は顔をしかめた。

〈大丈夫か?〉

卓は小さくうなずいた。

〈外で待っていよう〉

促されて、卓は阿久津の手を両手で抱えるようにして、明るい外に出て行く。

若い職員が通告書を手にして四郎に告げる。

〈細木卓くんのお父様の細木四郎さんですね。卓くんの一時保護を執行します。これは卓くんの身の安全を確保する緊急の処置です。卓くんは一時保護所にて二カ月間保護されますが……〉

四郎は、うなだれていた顔を、上げた。

〈なんで二カ月なんだよ。お前らが一生、あいつの面倒みるんだろ?〉

〈いいえ。二カ月後に総合的な判断がなされて、卓くんの行き先は決まります。児童養護施設か里親か、それともあなたのもとに帰るか〉と職員が平板な調子で告げた。

〈総合的な判断ってなんだ? 卓の意見は聞かねぇのか?〉

〈聞きますよ。重要な判断要素になります〉

〈卓！　帰ってこいよ。また抱っこしてやるからな〉

外に向けて怒鳴った四郎は、ニヤリと嫌な笑みを浮かべた。

覚えているのか、と利根はあっけにとられていた。昨夜の記憶が四郎にはあるのだ。昨夜、卓に掃除を命じられて、四郎は殴りたいような気持ちになっていた。しかし薬のせいで抵抗できなかった。だから起き抜けに、いきなり襲いかかったのだ。

幼い子供に〝抱っこして〟とせがまれて、怒り狂う四郎の心の荒廃を思い、利根は背筋に冷たいものを感じていた。

卓がどんな顔をしているのか、気になってカメラを動かしたが、カメラは明るい陽差《ひざ》しの下に、立っているはずの卓の姿は、映し出してくれなかった。

だが、阿久津が寄り添ってくれているのだ、と思うと利根は少し気が楽になった。


すぐに阿久津から電話があり、卓は一時保護所に預けられた、と教えられた。四郎の現行犯逮捕は取り消された。〝起訴されない〟と上司に退けられたそうだ。

〈児相が予想外に早く動いて良かった。やっぱり映像の力は大きい。君のお手柄だ〉と阿久津は満足そうだ。

「こういうのって、はじめてなんですか？」

〈ああ、そうだ〉

「以前は、どうしてたんですか？」

〈どうしようもなかった。だが何度も見過ごしてると、苦しくなる。辛くなる。どうにか出来ない

かと、あがいた結果、君に出会えた〉

「そうですか」と利根は複雑な気持ちだ。阿久津が求めたのは、鍵開けのスキルだけだ。

するとと阿久津が〈それとな〉としんみりした口調になった。

〈一時保護所は私物は没収だが、卓はその後に養護施設に移る。その時には差し入れができる。君が卓のために買ってやった服なんかは、その時に渡してやってくれ〉

覚えてくれていたのか、とあやうく利根は涙しそうになった。

〈ありがとう〉

阿久津の感謝の言葉が、卓が昨夜、掃除している父親につぶやいた声に重なった。今度は落涙するのを、止められなかった。

第四章

1

卓の件で戻るのが遅くなる、と阿久津から連絡があり、利根と友紀は遅めの朝食を取っていた。しばらくするとバイクの音がして、阿久津が階段を上がってきた。

「細木四郎、逮捕されることになった」と阿久津が椅子に座る前に切り出した。

利根が首をひねった。

「起訴されないから、逮捕しないんじゃなかったんですか？」

阿久津が皮肉な笑みを浮かべた。

「ウチの課長はボンクラでな。上の思惑が読めなかったんだ。児童虐待の報道が増えている。世論の後押しもあって、児童虐待防止法も改正されたばかりだ。見せしめとして逮捕するって、上は判断したんだろうな」

「どれくらいの罪になるんですか？」

「傷害罪と暴行罪だ。傷害罪は一五年以下の懲役だが、悪質性、常習性を考えれば、初犯でも実刑になるだろう。五年は食らうんじゃないか」

「薫子はどうなるんですか?」

「薫子にも逮捕状が出ている。行動確認したそうだが、あの部屋から逃げ出してるみたいだ。行方はつかめてないって言ってた」

「逃げきれちゃうってことですか?」

「いや、この件は明日にでも全国ニュースで流れるだろう。薫子に逮捕状が出ていることも報じられるはずだ」

「そんなこと知らせたら、薫子は絶対に逃げ回りますよ」

阿久津は苦笑しながら首を振った。

「逮捕状の有効期限は七日だ。恐らくそれまでに薫子が出頭しなければ、失効する。再発行はしないだろうな。つまりおとがめなし」

「そうなの? 逃げ得ってこと?」と友紀が問いかけた。

「逮捕状が失効することは、あまり周知されていない。一般人は逮捕状が自分に出されていることを知っただけで、脅えて暮らすようになる。薫子の残りの人生は楽しいものになるぜ」

「私なら耐えきれなくて自首しちゃうな」と友紀が食器をキッチンに運ぶ。

利根はご飯をかき込みながら、成長した卓の姿を想像していた。痩せて小さかった身体が、青年に近づいて立派になっている。もはや父親を恐れることはない。

「何も裁かれないなら、四郎を起き上がれないくらいに叩きのめしてやろう、なんて一瞬思ったが、やめといて良かったよ。暴行罪で俺が訴えられてたら、四郎は逮捕されなかったかもしれねぇし」

そう言って阿久津は、珍しく声を立てて笑った。

その日は、午後から、いきなり春の陽気になった。

暖かさに誘われたのか、ゴルフ客が四組、さらに子供連れの六人組も来店して、満席だった。

ゴルフ客が退《ひ》けると、パートの井野が、ため息をついた。

「ああ、水曜日かあ」

カウンターで井野と並んで、グラスを磨いていた利根が、井野の顔を見やると、思いの外、深刻そうな表情だった。

「どうしたんですか?」

「水曜日は、嫌な気分にさせられる客が、必ず来るのよ」

「必ずって常連じゃないですか」

「ああ、もう、気が滅入《めい》る。ごめんね、こんな話して」

するとキッチンの中から、時子が同調した。

「あれはひどいもの。いかにして私は介護の道に入ったか、の人でしょ?」

「そうなんですよ。時子さんも気になってましたか」

「独演会だもの、あれは変よ」

「ですよねぇ」

「女王様と、それを取り巻く女官みたいだもん」

「あの人、古大商事のお偉いさんの奥さんなんですよ」

「あら、そうなの」

「で、いつも、車で乗せてくる若い女の人いますよねぇ?」

「あの綺麗な人ね」

「その人です。あの人のダンナも古大商事で、あの女王のダンナの、大学の後輩で可愛《かわい》がられてるんですって……」

「お店でお客さんの悪口はやめてくださ～い」とキッチンで野菜を切りながら、友紀がおどけた口調で、とがめた。

「は～い、すみませ～ん」と井野も軽い調子で謝った。

三時過ぎに、彼女たちはやってきた。

服装は華美ではなく、むしろ地味めだ。だが高価そうな服であることが、利根にもわかった。人数は六人。一目で女王が誰であるのかが、わかった。五〇代の女性が先頭を歩いて、まっすぐに、窓際の席に陣取ったのだ。他の五人が、そろそろと付きしたがって歩く姿は異様で、正に〝女王と女官〟のようだった。

井野に言われるままに、利根が女王のテーブルに、オーダーを取りに向かった。

ティータイムにはケーキセットがお得になるのだが、女王は前菜をいくつかと肉料理を少し頼み、白ワインを二本、一度に注文した。一本五千円のワインだ。

オーダーを書きつけながら、利根は女王たちの会話に耳を傾けていた。

当たり障《さわ》りのない雑談に聞こえる。昨日の歌番組に出演した歌手のスキャンダルと、お天気。女王の名は上尾《あげお》というらしい。読み替えれば〝ジョウオ〟だと思って利根は噴き出しそうになった。

「四卓です」と伝票をカウンターに置く。友紀が伝票を確認して調理に入った。

井野がワインを、上尾にテイスティングさせている。上尾は鷹揚《おうよう》にうなずいて、全員に勧めた。

上尾の隣に座っている〝若くて美人〟の女性だけはワインを呑まない。五人には、グラスにワインが満たされる。

駐車場を見ると、大型の白いワゴン車が一台だけだ。

「小平《こだいら》さんごめんねぇ。いただいちゃう」と謝ってから一人がワインを口にした。

「私は呑めないので〜。みなさんと一緒だと、呑まなくても楽しくなっちゃうし〜」

小平という女性が、車で全員をピックアップしてくるようだ。

さらに赤ワイン二本を追加したのは、わずかに三〇分後だった。

ようやく井野の〝嫌な気分〟の意味が利根にもわかってきた。

上尾は呑むピッチが速かった。小平がワイン当番のように見張っていて、上尾が呑むたびに、すぐに注ぎ足すのだ。

上尾は最初は雑談に参加していたが、杯《はい》を重ねるごとに、様子が変わっていった。

「やっぱり私の原点って祖母なのよね。私が大学一年の時に、階段から転落して、寝たきりになっちゃって、母が介護してたんだけど、へたばっちゃって……」

乱れるという風ではないが、声は大きい。そして話の途中で笑いを求めて、主に小平に目を向ける。すると小平が「へたばるって〜」と復唱して、みなの笑いを誘う。

聞こうとしなくても、自然に利根にも上尾の話が入ってきてしまう。有名私立大学を卒業し、国際線のキャビンアテンダントを経て、商社マンの妻となって専業主婦をしていた自分が、なぜ介護の仕事に打ち込んでいるのか、という壮大なお話なのだ。

その話がはじまると、女性たちの表情が一瞬で変わるのがわかった。暗い表情だ。正に独演会だった。いつものメンバーではない、と思われる人が、別の話を振ろうとすると、しばらくは上尾も合わせるが、すぐに自分の話に強引に持ちこむのだ。

やがて新メンバーらしき人も諦めて、独演会のリスナーになってしまう。

「そんな介護漬けの日々を送ってるとね。時々、ふとポルトガルのポルトの街並みを思い出すの。世界中の街を見てきたけど、あそこが一番好き。なんだか華やいだ気分になれる。冷えたヴィーニョ・ヴェルデ。若くて未熟なワインだけど、それがいいの。わずかに発泡してて軽い。キンキンに冷やして、シラスウナギのオリーブオイル茹《ゆ》でを食べたら最高！　本物のシラスウナギはあっちでも高級品なのよ。日本の蒲焼《かばやき》なんかの比じゃないの。シラスだから、何十匹も食べちゃうんだもん。そこそこもらってたけど、私の当時の給料が飛んじゃうくらいだった。でも、私は絶対にケチらなかった。節制する喜びなんてニセモノよ。特別な時の特別な味」

上尾はうっとりとした顔で全員を見回している。

女性の一人が「ヨーロッパだと、ウナギって種類が……」と言い出すと、上尾は黙って首を振り遮った。

「そんな回想に浸って、現実を忘れられるのは、一瞬だけ」

上尾は顔をしかめると、吐き捨てるように続けた。

「ババアのオムツから漏れ出るウンチの匂いで、美しい追憶は消えちゃう」

上尾は険悪な表情で、ワインを飲み干す。あまりに汚い言葉に一同が絶句している。ワイン係の小平も注ぐのを忘れてしまっている。

「どうやったら、寝たままでウンチができるんだか！」

かなり大きな上尾の声だった。だがこれは笑いを誘うためだったようで、上尾は目で小平に合図している。

「寝たままってねぇ。たしかに、そうですよねぇ～」と小平が笑うと、一同がかすかに笑い声を漏らす。

笑いが引くと、ますます重苦しい雰囲気に包まれていく。

「でもね」と上尾はグラスを差し出した。

「すみません」と小平が慌ててワインをなみなみと注いだ。

「ウンチ出るババアは、まだいいの。ジジイは便秘でさあ……」

独演会は延々と続いていく。

利根が聞いていても、楽しい話ではなかった。祖母の介護、祖父の認知症、老母の介護、老父の脳梗塞……。まともに介護に向き合えずに、死を迎えさせてしまった後悔を、延々と述べている。

だが介護職に就いた上尾が、親の代わりに施設の利用者を、手厚く介護するという話にはならない。利用者を口汚く罵《ののし》って、笑い物にしたりする。そこに唐突に、主にキャビンアテンダント時代(上尾は〝スチュワーデス〟と言っていた)の自慢話が交錯するのだ。

「あれ、毎週だからね」と井野が利根に耳打ちした。

「嫌になって、来なくなる人も多いんだけど、次々と新たなメンバーを勧誘してんのよ、異常でしょ」

確かに異常だった。

「みんな古大商事の人、なんすかね?」

「古大商事だけじゃなくて、子会社のお偉いさんの奥さんとかもいるんだって」

「井野さん詳しいっすね」

「もう来なくなったメンバーの人が、近所に住んでて、ホットヨガで一緒なのよ。あの人のこと、物凄い悪口、言ってるの」と井野が笑った。

「来なくなったりすると、会社で出世できないとか、あるんですかね?」

「そうそう。その人のダンナも、海外の僻地《へきち》に単身赴任だもん。そりゃ、怒るわよ」

「うへっ」と思わず利根は、顔をしかめた。

「いらっしゃいませ」とキッチンの中から、友紀が声をかけた。友紀が利根をにらんでいる。客の噂話を、とがめているのだった。

「すみません」と間違って新規の客に向かって、利根は謝ってしまった。

「なんで謝ってんの?」と不思議な顔をされた。新規客と思ったのは、なつこだった。

「あ、いや……いらっしゃいませ」

なつこは、四〇代の後半と思われる体格の良い男性を同行している。昨日言っていた〝ダンナ〟だろう。にこやかな笑顔が印象的だ。

友紀が一卓に案内するように、指さして伝えた。

一卓は、上尾たちが座っている席から、一番離れている。

「珍しく空いてる」

「はあ」と水を注ぎながら、利根は曖昧な返事しかできなかった。

「ダンナの牧田です。こっちの若くていい男が、新人の利根くん」

なつこが紹介してくれる。牧田に「よろしく」と握手を求められて、利根は慣れない挨拶《あいさつ》にドギマギしてしまったが、握手を交わした。

「今日は早めの呑み会。コースをお願いしてるから」となつこが、キッチンの友紀に手を振っている。

そこにバイクの音がした。阿久津だ。

すぐに店に阿久津が現れた。なつこと牧田に会釈して、空いている席に腰掛ける。

「なつこさんの誕生日に、仕事お休みするなんて偉いなあ」と阿久津が、親しげに牧田に話しかけている。

牧田は「会社には、法事だって言ってんだけどね」と笑った。

「縁起でもないわよね〜。人の誕生日を、なんだと思ってんのよ」

そう言って笑ったなつこが、トイレから出てきた女性を見て立ち上がった。

出てきたのは小平だった。

「朱里《あかり》さん」と呼び止めて、なつこが走り寄る。

「ああ、なつこさん！」

二人で何か話しているが、小声で利根には聞こえなかった。

なつこが戻って説明してくれた。

「ウチの常連さんなの。ほら、私、美女好きでしょ。あそこの夫婦は美男美女で。声かけて仲良くなっちゃったら、毎週みたいに二人で来てくれるようになって」

「確かに美人だね」と牧田も感心している。

「あそこなに？　マダムグループ？」となつこが、阿久津に尋ねた。

「古大商事関連」と阿久津が、つまらなそうに答える。

「あら、そうなの。ご挨拶してこようかな」

「営業なら、やめた方がいいです」

阿久津の言葉に、なつこが怪訝そうな顔をした。

「毎週水曜に来て、あの中の一人が延々と独演会やらかすんですよ。だから、見てください。ガラガラでしょ？　ま、アレだけのせいじゃないかもしれないけど」

「ううん、酒癖の悪い客が居つくと、客減っちゃうもん。どれくらい経《た》つの？」

「半年くらいですかね」

「ひえ〜。あ、でも、ウチは水曜定休だから、大丈夫か」

「じゃ、俺はゴルフ客の迎えなんで、ちょっと支度を……」

　そう言って阿久津が席を立った。

「わざわざ挨拶に来てくれたんだ。ありがとうね」

　なつこが手を振って別れを告げようとするのを、牧田が押しとどめた。

「アレだろ。ホラ、江の島プロレスの件」

「ああ、そうだった。阿久津さんさあ、江の島プロレスの一酸化炭素中毒の件って、死亡推定時刻って出てるの？」

「ええ、全員が七時から八時の間って話でした」

「だったら、いいわ。新聞に載ってなかったから、困ってんじゃないかって思って」

「どうしたんですか？」と阿久津が身を乗り出す。

「あの道場の上が、分譲マンションで、私たちの部屋が三階にあるのよ」

「ええ、友紀さんに聞いてます。なにか？」

「んでね。大きい換気扇がついてるのよ、あそこの道場」

「ええ、見ました。シャッターがついてる、大型のが」

「あそこに道場開いた時に後付けしたの。ケチったかなんかで、凄い音がして」

「換気扇がですか？」

「違うの。シャッター。スイッチ切ると、金属のシャッターが〝ガシャ〜ン〟って閉じる音がして〝ああ、トレーニング終わったんだな〟ってわかるくらい」

「その音がしたんですか？」

「きっかり七時半。店に出ようとして、軽トラで前を通りすぎた時だったから。〝アレ、朝稽古《げいこ》が終わるの早いな〟って思ったのよ。まだ真っ暗な五時からストレッチ、からはじめて、稽古を八時までやってから、チャンコ鍋作って食べてるの」

「七時半か。ストーブの石油タンクに水が混入してたみたいなんで、点火後すぐに不完全燃焼起こしてたようです。徐々に道場に充満して具合が悪くなってったと思います。さらにシャッターが閉じちゃったので、物凄い一酸化炭素濃度になったんでしょう」

そう言ってから阿久津が考える顔になった。

「いや、違うな。チャンコ鍋の蒸気が、換気扇に結露して漏電したってのが、警察と消防の見解なんです。でも、いつもなら八時に練習終えてから、チャンコをやるんですよね。なのに七時半より前に練習を終えて、鍋をしてることになりますよね」

「そうね。あん時に、声かけてたら、助かったかも……」となつこが涙ぐむ。

「もう、自分を責めるなって」と牧田が、なつこの背をさする。

なつこが顔をあげた。目尻に涙が浮かんでいる。

「不思議だなって思ったことがあって、あそこ、ストーブなんて使ってなかったの。会長が元お相撲さんだから、ストーブなんてもっての外だって、言ってて」

「でも、ストーブは江の島プロレスの持ち物で、間違いないんですかね」

阿久津が問いかけると、なつこはウンウンとうなずいた。

「あれは、興行でどさ回りしてる時に、小さい体育館なんかで、観客のために持ちこんでたんだって。もう何年も道場の隅に置きっぱなしだった」

「なるほど」

「古い石油だと、水が混入して不完全燃焼起こすなんて知らないわよねぇ、普通」

阿久津は「使ってなかったのか」とつぶやいて、首をひねってから質問した。

「なつこさん、出かける時に不審な人物とか見かけませんでした？」

「う～ん、土曜日の朝だからね」

牧田が「あ」と声をあげた。

「ビルのエントランスに人がいた。私はなつこが出かけると、土曜日はジョギングするんだ。エレベーター下りたら、エントランスで男に出くわしたよ」

「住民じゃないんですね？」と阿久津の目が鋭くとがった。

「ああ、私も一瞬怪しいと思ったんだけど、ビルの点検の人だったんだよなあ」

「どこを点検してたんですか？」

「エントランスの壁を、金属の棒を持って叩いてたんだよ。脚立《きゃたつ》も抱えてたし」

「土曜日の朝の七時半ですよね？」

「うん、早いね。その時は、苦情かなんか、あったのかなって思ったけど」

「普通は、その時間に動かないよなあ。どこの会社かわかります？」

「それはわからないけど、作業着が紫色でパッと見は、スーツみたいなの。でもカーゴパンツっていうの？　ズボンの両サイドに、でかいポケットがついててね」

阿久津は、また考え込んでいたが、時計を見て「じゃ、すみません。ごゆっくり」と一礼して、レストランを後にした。

立ち聞きしていた利根は、気になることがあった。紫色の作業着……。なにか引っかかったが、それがなんなのか思い出せなかった。


上尾たちのグループがようやく腰を上げたのは、六本目のワインを空けた時だった。まもなく五時になろうとしている。

ろれつが回らない女性が一人いるが、上尾はあまり酔っているようには見えない。あれだけ独演会に付き合わせたのだから、すべて上尾のおごりなのかと思いきや、上尾はワイン代だけしか払わなかった。それでも三万円を超えていたが。残りの食事代は総額一万円ほどで、五人で割り勘にしている。食事らしい食事をオーダーしなかったのは、夜の食事のためにセーブしているだけではないようだ。小平の疲れた顔がすべてを物語っていた。

集金も支払いも、小平が担当だ。これから全員を車で家まで送り届けるのだろう。

2

忙しかった週末が過ぎて、二度目の定休日を迎えた。だが利根はすることもなく部屋で面白くもないテレビを眺めている。

阿久津は仕事だし、友紀は朝からサーフィンに出かけて、午後にはサーフィン仲間との呑み会に出かけてしまった。

テレビを消して、ベッドに横たわった。もう六時か、とつぶやく。窓の外は暗くなっていた。頭にふと浮かんだのは、上尾の独演会の異様な光景だった。

上尾には迷惑をかけている、という認識はないのだろうか。もちろんないから続けているのだ。

バイクの音に続いて、ベランダを上がってくる音がした。

廊下を歩く音が近づいてくる。その足音で阿久津だ、とわかるようになっていた。

「どうぞ」とノックされる前に答えて、ベッドから身を起こした。

阿久津が顔を出して、ビニールの袋を差し出している。

「回収しといた盗撮のタップ、渡しそびれてた」

「は？　なんですか？」

利根の脳裏に、卓の脅えた顔が浮かび上がった。

四郎は服役を終えた後に、卓を引き取るのか。だが利根には、そんなことをする父親には見えなかった。そもそもその権利があるのか？　父親は出所後も、就職もままならないはずだ。

卓が天涯孤独になってしまうことが、頭をよぎる。身寄りがなくなること。たとえ虐待する親だとしても、それは切なく、心細いものだ。

父親を抱きしめた卓の切ない姿が浮かぶ。

利根は、困窮の末に窃盗しようと、門の把手に手をかけた瞬間を思い出していた。心のどこかに〝どうせ自分のことなんか、誰も気に留めない〟という気持ちがあった。もし母親が存命だったら思い止《とど》まっていたかもしれない。

「ちょっといいかな。すぐ済むから」と阿久津が部屋に入ってくる。

「はい、どうぞ」

阿久津はベッドの前にあぐらをかいた。

「今日、また児相に同行させられたんだが、厄介なのが出てきた」

「はあ……」

「中学二年生の女の子なんだ。学校から通報があって、父親から性的虐待を受けているようだ、と言うんだ」

これも施設ではよく話題になる話だった。性的虐待にあっている当人が語ることは絶対にない。周りの少年たちが噂話をするのだ。〝あいつは父ちゃんとやってんだぜ〟と。それは思春期の少年たちの妄想を駆り立てる格好の材料だ。それだけではない。その少女は、年長の少年たちの性暴力の標的になり、時に職員までもが加害者になる。利根は施設で、虐待を噂されていた少女が、深夜に風呂場で一人、泣きながら下半身を洗っている場面を、見てしまったことがあった。

「それで、今日、児相の職員たちと家庭訪問したんだが、その父親は否定した。どんな父親かと思ったが、穏やかな細身の優男なんだ」

「ヤサオトコって……」

「見た目のいい男ってトコだな。歳《とし》は四〇歳。県の職員だ」

「でも外見と仕事だけじゃ……」

「物腰柔らかくて、やんわりと否定する父親に、児相の女性陣はなびいてた」

「学校からの通報って、誰なんですか？」

「匿名の手紙が校長宛《あ》てに届いたんだそうだ。〝二年四組の塩崎麻美《しおざきまみ》さんは、父親から性的虐待を受けています。すぐに保護してください〟ってな」

「それはイタズラの可能性も」

「その麻美って子も出てきたんだけど〝そんなことされてません〟って否定した」

「どこが〝厄介〟なんですか？」

「ストレスの匂いが、その娘からプンプン匂ってた」

「匂い？」

「彼女は物凄いストレスにさらされて、強烈に体臭を発散してた。硫黄のような独特の匂いでな。普通の中学生が、自宅であんなストレスにさらされることは、あり得ない」

「それ本当ですか？」と利根は思わず尋ねていた。にわかには信じがたい言葉だった。

「施設で俺を徹底的にターゲットにしてる年上のヤツがいてな。そいつも俺と同じ孤児で、職員からひどい扱いを受けてた。職員になにかされる度に、ヤツは俺にきつく当たる。ヤツが腹を立てている時に体臭が変わるのに気づいた。そういう時にはすぐに逃げ出すようにしてた」

「すみません」と利根は謝った。

「いや、謝ることじゃない。いろいろ変わった体質でな。信じてもらえるか？」

「はい」

「児相の人たちは、気づいていないようだったが、その女の子はひどく脅えていた。それに髪を結んで隠そうとしていたが、脱毛があった。いわゆる一〇円ハゲだ」

「精神的なストレスかあ。虐待されてることを隠そうとしてるんすかねぇ？」

「わからない。だが学校からの聞き取りもなしに、児童相談所が、いきなり押しかけてくると思ってなかったんだろう。しかも、家まできて、その場で〝虐待を受けてるの？〟なんてことを聞かれると彼女は思ってなかったはずだ。さすがに父親は同席させなかったが、家にはいたんだ。恐怖だったろう」

「つまり保護には、ならなかったんですか？」

「父親も本人も、否定した形だからな」

「その父親って、本当のお父さんですか?」

「いや、継父《ままちち》だ」

「よくある話ですね」

「うんざりするほどな。しかも虐待があっても、再犯でもない限り、まず裁かれることはない。強《ごう》姦《かん》罪で娘が訴えても、起訴されることもあまりない。実刑が出ても一年ぐらいで、すぐに出てくる」

「つまり、強姦はまた繰り返される」

阿久津が大きくうなずいた。

「母親が離婚に踏みきれば、当然収まるんだが、母親は父親に経済的にも精神的にも依存している場合がある。夫からのDVがあれば、妻は服従させられる」

性的虐待は家庭内暴力の一つだ。妻には暴力、暴言、そして娘には強姦。最悪だ。

「だがな、家庭内強姦が無罪にされる判決が続いて、動きがあった。新たな法律が施行されたんだ。監護者わいせつ罪と強制性交等罪だ。後者は量刑も五年以上と重い。まだほとんど前例がないが、警察は動くかもしれん。とはいえ未知数だ」

「〝最強の証拠〟。カメラの設置ですね。妻は専業主婦なんでしょうか?」

「やる気になってきたじゃないか」と阿久津が笑った。

「卓くんの件が、ありましたから」

「そうだよな」と阿久津が、うなずいて続けた。

「妻はパートで、運送会社の自転車配達員をしてる。あのウチが確実に空になるのは、平日の朝九時から午後四時までだ」

「阿久津さん、明日の勤務は、どうなんですか？」

「俺は早番だから、午前中にやっちまうか。場所は五ツ谷《いや》なんだ。朝飯食べたらすぐに来てくれ。詳しい場所はメールしておく」

「阿久津さん、メールじゃなくて、ラインにしませんか？」

「そうだな」と阿久津はスマホを取り出して、利根を友達に追加した。

「長くなっちまった。すまん」

阿久津が部屋を出て、外階段を下りる音がした。

さらに耳を澄ましていると、扉が押し開かれるような音が、かすかにした。庭にあるプレハブ倉庫を開けているようだ。何も言われていなかったが、利根は近寄ってはいけないような気がしていた。友紀も倉庫や温室には、足を向けない。

恐らくあそこで毒を保管して、調合したりしている、とは思っていた。

そこでハタと利根は思い当たった。

はじめて〝仕事〟を阿久津から依頼された晩、焼酎をそれほど呑んでいないのに、不思議な酔い方をしたことを。

あれは毒を盛られたのではないか。卓の父親の四郎たちほどではなくとも、薄い自白剤が焼酎に混入されていたのではないか。それで承諾してしまった……。

阿久津は倉庫のソファの上で、陶酔に浸って身をよじっていた。今日の毒物はお気に入りのトリカブトだ。

トリカブトは、強心剤や鎮痛剤など薬として使われることもあるが、わずかな量でも麻痺《まひ》、臓器不全、呼吸困難、最終的には死に至ることもある。

陶酔は長く続いている。普通の人間なら心停止に陥る量の毒を摂取しているのだ。

はじめて試したのは二十年前だ。毒を使ううちに自分の身体でも効果を試したくなった。ごく微量のベラドンナを経口摂取した。すると麻痺などは起こらず、陶酔が阿久津を襲った。以来、毒物摂取は阿久津の隠れた悦《よろこ》びとなった。

「アア……」とエロティックな、あえぎ声が口元から漏れている。

毒の陶酔に身をゆだね、阿久津はあえぎ続けていた。

友紀と二人で食事することに、少しは慣れてきたが、やはり利根は居心地が悪い。

今朝は阿久津が早番で早朝に出かけているために、二人きりの食事なのだ。利根は女性との会話が苦手だった。特に美人は苦手だ。

「利根さんさぁ」

友紀が納豆ゴハンを咀嚼《そしゃく》し終えると、問いかけてきた。

「私と阿久津さんのことって、話してないよねぇ?」

「あ、はい」と利根は、シラスおろしを取ろうとしていた手を止めた。

「阿久津さんからは、聞いてないの?」

「ええ」

「阿久津さんて、なかなか人になつかないのよ。なつこさんところ、ぐらいじゃないかって思ってたけど、利根さんにはいきなり最初からなついてる。お気に入り」

「そうですか……」と利根は頬が火照《ほて》ったが、すぐに思いなおした。〝なついている〟のではなく〝見下している〟という方が、近いのではないか。

友紀は、お茶を口にした。友紀は食べるのが速かった。

「私、鎌倉《かまくら》の外れのレストランで雇われシェフやってたの。その時、よく店に来てたのが阿久津さん。あの容貌でしょ、目立っててたなあ。ミュージシャンなんじゃないか、なんて噂してたんだけど、バイトの子が聞いたら公務員だって、驚いたぁ」

「阿久津さん、僕にも最初はそう言ってました」

「滅多《めった》に警察とは名乗らないんだって。嫌味言われたりするらしいの。ま、たしかに公務員に違いないしね」

「そうすね」

「で、まあ、付き合いたいって、告白したのは私の方なの」

意外だった。利根は息をのんだ。

「でも断られてね」と友紀は笑った。

「え?」と今度は大きな声が出てしまった。

「なんなのかな? 一目惚《ぼ》れ、みたいなもんだけど、ずっと諦められなくて。お友達としてお付き合いしてくださいってお願いしてね。ずっとお友達。で、今は内緒のビジネスパートナー、兼親友、兼ずっと私の片思い中」

友紀の笑みの中に、寂しさが漂う。

「でも、一緒に住んでるんですよね」

「辻堂駅のそばに、自宅があるんだけどね。家賃を払って、ここに住まわせてもらってるの。だから店子《たなこ》と大家《おおや》さんでもある。レストランは私の名義になってるけど、阿久津さんと私が共同で出資してるの」

自分でも驚くほどに友紀に感情移入していることに、利根は驚いていた。慰めたかった。だがなにも言葉が出てこない。

「変よね」

「いいえ……なぜなんですか？　断る理由とか、ちょっと僕は思いつきません」

友紀はフフ、と小さく笑う。ため息のように切なげだ。

「理由も言われた。阿久津さんの気持ちは、わかるんだけどね。わかるけど、私は気持ちが抑えられないの。もう五年にもなるのに、迷惑だよね」

利根は黒い顔を思い出していた。この美女に片思いされる阿久津の顔を。そして阿久津に感じた違和を思い出した。どこかに漂う中性的な匂いを。

「ゲイ……とかですか？」

友紀は、ちょっと小首をかしげてためらった。

「それとは違うんだな。さ、早く食べちゃって。片づけちゃうから」

明言することを避けたようだ。気になったが、気弱な利根はそれ以上聞けなかった。

「あ、いや、僕が洗っておきますから、お先にどうぞ」

「あら、そう。いい男〜！」

友紀は、利根の背中をドンと叩いて店へと向かった。

まだ食べ終えていない。だがもう食欲はなかった。複雑すぎてわからなかった。〝それとは違う〟の意味もわからない。利根は自分の心の中に〝失恋〟のような暗い気分があることを感じて

「アア」と声を出して、追い払おうとしたが、失敗した。

阿久津とは五ツ谷にある個人病院の前で待ち合わせだった。利根が到着すると、すぐに阿久津が歩いてやってきた。阿久津が詰めている鳩裏交番は、目と鼻の先だ。

「よお、すぐそこ」と先に立って阿久津が歩きだした。

しばらく進むと、一軒の木造住宅があった。古いが二階建てで、かなり大きい。

「娘の部屋は、二階で個室。そこに一台。残り二台をどこに設置するかが問題だ」

利根は、玄関ドアに向き合って鍵の種類を調べた。ドアはかなり古いが、鍵だけは新しい。しかも二つも、つけられている。確認すると施錠されていた。

インターフォンは古い。ボタンを押すと、家の中で音がした。応答はない。

背後で見張ってくれている阿久津に「開けます」と告げてからしゃがみこんだ。

ピンを上げるだけではなく、ひねる必要のあるシリンダーで、かなり手間取ってしまったが、一五分後には二つの鍵を、開けることができた。

「入ります」とドアを開けた。

家の中は整然としていた。玄関に靴はなくサンダルが一足、きちんと揃えてある。

利根は片手でスマホをかざして、動画を撮影していく。

玄関を上がると、左手に二階への階段がある。右手には洋室があった。部屋の隅に引越し業者のロゴの入った段ボールが積み上げられているばかりだ。使っていないようだ。

細長い廊下を進んで、右に折れると、正面に広い居間があり、左には、やはり広いダイニングキッチンがある。その並びには風呂や洗面所などの水回りだ。

居間は和室だったようだが、畳の上に絨毯《じゅうたん》を敷いて、大きくて長いソファがあり、その前に大型のテレビが設置されている。

ダイニングには、テーブルと椅子のセットがあって、小型のテレビがある。

利根はラインで阿久津と通話した。

「動画送ってあります。見てください」

〈おお〉

「この居間とダイニングに一つずつと、娘の部屋に一つつけたら、どうでしょう？」

〈そうだな。娘の部屋、いい場所にコンセントがないんだよなあ。ちょっと二階に上がってみてくれ〉

阿久津は児童相談所に同行して、この家に上がった時、すでに盗撮をするつもりで、コンセントの位置を確認していたのだ。

利根は二階に上がった。二階には三部屋ある。一番奥にある部屋の扉を押し開くと、そこは夫婦の寝室らしく、セミダブルのベッドが二つ離れて並べられている。

まるでショールームのように整頓《せいとん》されていて、ベッドの上のフトンにも乱れはない。

真ん中の部屋は父親の書斎らしく、狭い部屋に机と大きなタンスが二棹《さお》あった。利根はタンスの戸を開けたが、地味な色のスーツばかりが、ずらりとかけられている。

いったん廊下に出て、コンセントを探したが、見当たらない。

娘の部屋のドアを開けた。殺風景だった。勉強机とベッドがあるばかりだ。

隣の父親の書斎側に障子《しょうじ》があった。ここから入ってくるのか、と思った。

念のため利根は障子を開けてみた。タンスの背が見えるだけだ。あのタンスを動かすには、かなりの労力が必要になる。

利根はコンセントの場所を探した。

コンセントは二カ所あった。勉強机にあるコンセントはあまりに目立ちすぎる。ベッドのすぐそばにタコ足配線がされている。小型ヒーターのコンセントを抜いて、盗撮タップを差し込んだ。

スマホを確認すると、ギリギリでベッドの縁まで見ることができる。ここで強姦されているなら、なんとか撮影することができるだろう。

一階では阿久津の同意を得て、居間のソファとダイニングのテーブルが映る場所に二つタップを設置した。

最後に部屋を見渡した。掃除が行き届いている家の中には、生活感がなかった。だがここで強姦が行われていることを思った時、利根は慄然《りつぜん》とした。

逃げるように外に出た利根は、まず玄関を施錠する。これはリバース・ピッキングと呼ばれる技術だ。鍵屋には不要だが、身につけて無駄な技術など一つもない。

「ご苦労さん」と、どことなく阿久津は元気がない。

「どうかしました?」

「いや、家が綺麗すぎてな。奥さんが綺麗好きなのか、と思ったが、亭主がやらせてるんじゃないか、と思ったんだ」

確かに異様だと利根も感じていた。部屋が汚い、と荒れ狂う男の姿を想像した。

「部屋で、テレビを見てるからな」

客を辻堂駅まで送り届け終えた阿久津が、レストランの後片付けをしていた利根に声をかけて内階段を上がって行く。

「はい」と、答えたものの気が重かった。強姦される少女の姿を見たくなかった。

片付けを終えて、利根が部屋に戻ったのは八時半だ。

阿久津はいつものスウェットスタイルで、テレビの前であぐらをかいて座っていた。

画面を見ると、居間とダイニング、そして娘の部屋が映し出されている。

ダイニングテーブルで三人が食事中だ。父親と母親が並んで座り、その向かいに娘が座って食事をしている。誰も話をしない。ただテレビの音が聞こえるのみだ。

黙々と食事をして、母親が片づけをはじめた。

父親がお茶を飲みながら、テレビに顔を向けた。テレビの脇のコンセントにタップを設置したので、父親がカメラを覗いているように見える。

四〇歳には見えない落ち着きがあった。老けている風ではない。やせ型で顔つきは険しい。美男と言えたが、その不機嫌そうな顔つきは決して〝優男〟の風情ではない。

娘は中学二年生の一四歳。ぽっちゃりしていて幼く見える。だがその顔には表情がなかった。まるで魂を抜かれたようだ。視線を下に落としたまま、食べ終えた食器を重ねると、母親が洗い物をしている流しに運んだ。

〈ごちそうさまでした〉と消え入りそうな声で、娘がつぶやいた。

〈誰に言ってるんだ〉と父親が、テレビから目を離さずに問いかけた。冷たい声だ。

〈お父さんです〉と娘は、やはりか細い声で答えた。

父親は返事をせずに、テレビを見続けている。

娘はうつむいて元の椅子に戻った。

「嫌な食事ですね。娘さんも嫌でしょうに。部屋に行っちゃえばいいのに」

「父親は塩崎。娘は麻美。母親は良子《よしこ》だ」

「ああ、はい」

「麻美は部屋に戻れない。麻美の部屋は、良子の目がなくなる場所だからだ。良子は麻美のことを心配しているようには見えなかった。恐らく良子は麻美が、塩崎に虐待されていることを知っている。だが知らん顔をしているんだ。それでも塩崎は、さすがに良子の前では性的なことをしない。だから麻美は部屋に逃げられない」

良子が流しで洗い物を終えた頃に、お風呂が沸きました、と電子の声が告げた。すぐに塩崎が入浴した。長い風呂だった。小一時間ほどして塩崎は出てきた。

パジャマに着替えて、歯を磨いている。

すぐに良子が風呂場に向かった。

麻美はやはり無表情で、視線は下に向けられたままだ。

ダイニングテーブルの脇に立ったままで、塩崎は歯を磨き続けている。丹念だ。そしてその視線は、麻美に向けられていた。

塩崎の目つきが異様だった。興奮しているのだ。パジャマの下が、はっきりと見て取れるほどに膨らんでいる。

キッチンの流しで口をゆすぐと、塩崎は麻美の隣に座った。

身を硬くして麻美が、さらにうつむく。その耳元に塩崎がささやいた。

〈お前、下着汚すなよ。ヌルヌル分泌物出しやがって、いやらしい〉

塩崎は麻美のジャージの上から尻を、さすりはじめた。

麻美はまったく動かない。

〈こんなにふくれやがって〉と今度は麻美の胸を撫でさすっている。

やはり麻美は動かないし、声も出さない。

聞くに堪えない言葉で麻美をいたぶり、身体中を撫でさすっている。

風呂場のドアが開く音がすると、塩崎は席を立って居間のソファに移った。

〈麻美、お風呂、すぐ入って〉と良子が冷たい声で告げると、すぐに麻美は席を立って風呂場に向かった。

良子は娘の麻美と違って痩せぎすだった。年齢は四三歳だが、老けていて、塩崎と並べても夫婦には見えないほどだ。

〈浴槽の下のところ、カビが出はじめてる〉

塩崎が、独り言のようにつぶやいた。

〈はい。すぐに掃除します〉と良子が応じた。

前夫と離婚したばかりの良子は、県の臨時職員として採用された。そこで塩崎と出会ったようだ、と阿久津が説明した。

「二人の間に恋愛感情があったかは知らない」と阿久津は吐き捨てた。

塩崎は、最初から麻美をターゲットにしていたのではないか、と利根は感じていた。

麻美が風呂から上がると、入れ代わりに良子が、風呂場の掃除をはじめた。

麻美はパジャマの上に、ガウンを着ている。

ダイニングの椅子に座って、脅えた目でソファの塩崎の様子をうかがっている。

塩崎がソファから立ち上がって、ダイニングにやってきた。

〈汚いところを綺麗にしたか？〉

〈はい〉

〈見せてごらん〉

麻美はうつむいたまま立ち上がり、パジャマとパンティを押し下げた。

抵抗しても無駄だ、と麻美は知っているのだ。利根は苦しくなった。

塩崎が麻美に近づいた。そのせいで、画面には塩崎の後ろ姿しか映らない。居間からのカメラにも麻美の後ろ姿しか映っていない。

だが塩崎が手を伸ばして、麻美の股間に触れているのは、その動きでわかった。

麻美は身体を震わせている。

塩崎の荒い息の音だけが、テレビのスピーカーから響く。

風呂場のドアが開く音がして、塩崎は麻美から離れる。麻美もパジャマを上げた。

風呂場から戻った良子が、ダイニングにやってきて、立っている麻美をにらんだ。

〈お父さんの湯飲みを洗って〉

〈はい〉と麻美は、テーブルから塩崎の湯飲みを取り上げると、流しで洗いはじめた。

麻美は、ゆっくりと丹念に洗っている。何度も何度も。

〈さっさとしなさい〉と良子が叱りつけるが、麻美は手を止めない。

まるで外界との接触を絶ってしまったように、無表情で洗い続けている。

麻美に向ける良子の目は、鋭く、怒りに燃えているように見えた。

麻美はテレビを見ず、ダイニングテーブルに目を落としたまま、身じろぎもしない。

だが部屋には行かなかった。良子に「寝なさい！」と叱られても歯磨きをのろのろとしたり、髪の毛を乾かしたりして、部屋に行くのを渋っているように見えた。

時刻は一一時半を回っている。

良子に厳しく叱りつけられて、ようやく部屋に向かった。

部屋で、麻美はベッドに倒れこむようにして眠った。寝息がかすかに聞こえてくる。

「駄目だ。俺は眠る」と阿久津が目をこすった。

時間は一時になろうとしている。早番だった阿久津には辛い時間だ。

隣の部屋で眠っているはずの塩崎が、この時間まで忍びこんでこないとしたら、今日は強姦されないのかもしれない。

3

雨の音で利根は目を覚ました。時計を見ると七時半だ。

小さな窓のガラスを、横殴りの雨が叩いている。

駐車場の前にある細い欅《けやき》の木が、風にあおられて折れそうだ。

すると阿久津が、プレハブから出てくるのが見えた。手にはビニール袋を下げている。阿久津は傘を差さずに、走ってレストランの中に入って行く。

利根は気が進まなかったが、昨夜の麻美の部屋の様子を早送りで見はじめた。

やはりベッドの上までは見ることができないが、変化は起きていないように見える。

麻美は、五時過ぎにトイレに行ったようだが、そのままベッドに戻っただけだ。

そして七時に目覚まし時計の音で目覚めて、中学の制服に着替えて部屋を出た。ドアが開いて、阿久津が顔を出す。

「ビデオを見た？」

「ええ、早送りで、今見たところです」

「気づいた？」

阿久津が部屋に入ってきた。

「ちょっとテレビに映してよ」と催促する。

利根がテレビに映すと阿久津が「五時ちょっと前まで進めて」と指示した。

「そこだ」

阿久津の声で利根が、映像を一時停止させる。

「後ろの障子が開いてるだろ？」

音もなく静かに障子が、細く開いてから閉められている。だが人影は映っていない。よく見ると、ベッドの中で動きがあった。フトンが、うごめいているのだ。

時間にして二〇分ほどだ。その後、再び障子が開け閉めされる様子が映っていた。

この直後に麻美はトイレに行っていたのだ。身体を洗ったりしていたのかもしれない。グループホームの風呂場のドアの隙間《すきま》から見えた少女の哀《かな》しい姿を利根は思い起こして、暗澹たる気分になっていた。

「隣の部屋は、なんなんだ？」と阿久津が問いかけてきた。

「塩崎の書斎のようでした。机とタンスがあって、大きなタンスが障子を塞《ふさ》いでるんで、行ったり来たりは、できないと思いましたけど」

「タンスの背の部分の板って薄いベニヤかなんかで、案外、ヤワなんだ。そこに細工してんじゃないか?」

「いや、気づきませんでした」

「良子には仕事をするとか、言ってるんだろ。タンスで塞ぐふりをしてるだけだ」

「叫んだりして抵抗すれば……」

「いや、良子は絶対に助けてくれない、と麻美は絶望しているんだな。学校に性的虐待を知らせる手紙を書いたのも、多分、麻美だ」

「聞いたことがあるんですけど、強姦って被害者が抵抗したり騒いだりしないと、強姦と認められないって……」

「告発しても、警察のレベルで受理されないことが多い。証拠が得られず、裁判で勝てないのが、わかってるからだ」

阿久津が舌打ちをした。

「ただ昨日言ったように、刑法が改正されて、一八歳未満の子供に対する親からのわいせつ行為は、厳しく罰することができるようになった。可能性はある」

「この動画は警察に送るんですね?」

「そうだ。だがもう俺は知ってしまった。見過ごせない。すぐに動く。それで、今回は友紀さんに手伝ってもらう。君は出番なしだ」

「友紀さんですか?　何を手伝ってもらうんです?」

「うん」とうなずいてから阿久津は「説得だな」と部屋を出てしまった。

店は暇だった。天候は悪化する一方で暴風雨になっていた。

ランチは外回りの営業マン風が二人だけだった。

三時を過ぎると、阿久津がレストランにやってきて、客が皆無なのを見て「こりゃ、今日やろう」と、カウンター越しに友紀に呼びかけた。

「ちょっと気が重いけど」と早速、友紀は調理衣を脱いで、利根に声をかけた。

「利根さん、予約は全部キャンセルになっちゃってるし、もし古大商事の例の奥様たちが来たら料理は出せないって断っちゃっていいから。お茶のお客さんは、ケーキ切り分けて出してあげて。大丈夫?」

今日はスクーター通勤の井野が休みなのだ。店に残るのは利根一人になる。

「はい、大丈夫です。いってらっしゃい」

一人取り残されて、利根は久しぶりに孤独を感じていた。


夕方から風は収まってきたが、雨はしとしとと降り続いている。

一度、ワゴンで阿久津だけが戻ってきたが、利根に手を振って、そのままプレハブにこもってしまった。一時間ほどすると、阿久津はまたワゴンで出かけていった。

七時をすぎていたが、阿久津と友紀は戻って来ない。あれ以来、客はない。

水曜だったが〝独演会〟の上尾たちのグループもついに姿を現さなかった。

利根は手持ち無沙汰で、コンロのサビを金ブラシで落としはじめた。

レストランのドアが開く音がした。慌てて立ち上がると、友紀と阿久津だった。

友紀は疲れた顔をして、一卓の椅子にドスンと座り込んだ。

阿久津もその向かいに座る。阿久津は、時折ちらりと友紀を見やっている。

「紅茶を、いれてくれないか？」

阿久津に命じられて、すぐに利根は、テーブルにカップとポットを届ける。

「〝薬〟は仕込めたんですか？」

「ああ、詳しく事情を聞けた。かなり詳細な計画ができあがった」

「さっき戻ったのは、なんでなんですか？」

「ああ、麻美に詳しく聞くとさらに必要な毒がでてきてな。それを分離精製してた」と阿久津がニヤリと笑う。

友紀がため息をついた。

「阿久津さん、やることがエグ過ぎて、もっと穏便な手はないのって大激論だもん」

「劇薬が必要な事態だって、説得してたんだ」と阿久津が微笑した。その目が友紀に向けられた。あまり人を気遣う素振りを見せない阿久津だったが、明らかに友紀を労《いたわ》り心配している色があって、利根は驚いていた。

「友紀さんが、薬を仕掛けたんですか？」と利根は、思わず尋ねていた。

「ううん。私は麻美ちゃんを説得するように頼まれただけ。学校の前で待ち伏せして、車の中で計画を話した」

「え？　そんなことしたら、学校が騒ぎませんでしたか？」

市中で小中学生に声をかけるだけでも〝不審者〟として通報される世相なのだ。

「卓の時と同じだ。不審者情報があったって、校門の前で待たせてもらった」

「その格好ですよね？」

「今回は警察のＩＤを示した。私服刑事の態《てい》だ」

「ＩＤって……」

「ニセモノだよ。麻美は、俺に気づいた。ま、俺の容姿を忘れてしまう人は少ない」

阿久津は児童相談所の職員に同行して、塩崎家を訪れていたのだった。確かに制服を着ていなくても、阿久津は忘れがたい。

「麻美の方から、すがるような目で、俺に無言で訴えてきた」

ダイニングテーブルを見つめたまま、動かずにいる麻美の悲しい姿が思い出された。

「俺は麻美に小さくうなずいてみせた。だが教師の目があったんで、スマホに着信があったふりをして、その場を離れた。すると麻美は俺についてきた」

友紀が、やはり浮かない顔で、利根に問いかけた。

「虐待映像があるんだから、児童相談所とか警察が、すぐに動くべきだよねぇ？」

「そう思いますが……」と利根は言葉に窮した。

「匿名での訴えだけでは弱い。児相も警察も冤罪《えんざい》を恐れる。麻美もそのことは知っていた。調べたんだろう。だから学校に訴えたんだ。学校での聞き取りの結果、虐待が認められて、学校からそのまま保護所に保護された被害児のケースがあったんだ。だが、それはレアなケースだ。あの学校は、聞き取りもせずに児相に丸投げした。そして児相も放置だ。麻美は絶望してたんだと思う」

「そうなんだよね。私の出番なかった。センシティブな問題だから女同士の方がいいって阿久津さんは考えたんだろうけど、麻美ちゃんは阿久津さんにずっと目を向けて話してた。きっと、家庭訪問した時に、表情とか態度なんかで、阿久津さんが父親に疑惑の目を向けてるのが、彼女には、わかったんだと思う」

阿久津が利根に目を向けた。

「忍び込んで、簡単にできる計画じゃなかった」

「はい」

「どうしても麻美の協力が必要だった。それでも危険だし、彼女自身も傷つく。それでも彼女は、やると引き受けた」

「即座だったよね。私が引くぐらいエグい計画なのに」と友紀の表情が少し和らいだ。

「麻美は最初は臆していた様子だったが、情報に基づく計画を話すと、顔に気力がみなぎったんだ」

麻美の魂が抜けたような無表情が、思い出された。

「あれはびっくりした。私、泣いちゃった」

友紀が思い出して、涙ぐんでいる。

「すでに精製した薬を、麻美に託してある」

阿久津が腕時計を、ちらりと見て立ち上がった。

「ぼちぼち、塩崎が帰ってくる」

友紀は首を振った。

「私は見られない。見たくない」

「そうか。結果だけ報告するよ。ありがとう。君はどうする?」

「僕は見たいです」

「じゃ、部屋だな」と阿久津は階段を上って行く。利根は阿久津の後に従った。だが残された友紀が気になった。振り向くと、友紀は目を閉じて深くため息をついていた。

部屋に入ると、すぐに阿久津はテレビに塩崎家のダイニングの様子を映した。

料理を作っているのは、良子だった。ダイニングに麻美の姿がない。

「麻美は部屋にいる。塩崎が帰るまでは安全な場所だから〝支度〟をしてるんだ」

麻美の部屋のカメラの位置が変わっていた。勉強机の上からベッドを覗き込むような視点になっている。だが部屋に麻美の姿はない。カメラの後ろにいるようだ。

良子は料理の合間に、雑巾で床を拭きはじめた。まるで親の仇《かたき》でもあるかのように手荒く拭いている。乱暴だった。

阿久津の言う通り、塩崎に〝やらされている〟のだろう。表情も醜くゆがんでいる。

彼女もまた被害者なのだ。

足音が聞こえた。慌てて、良子は雑巾を流しの下に投げ込んだ。階段を駆け下りる音も聞こえる。

麻美がダイニングに駆け込んできた。

良子と麻美が並んで、ダイニングに立ち尽くす。

そこにスーツ姿の塩崎が現れた。

〈お帰りなさい〉と良子と麻美が一礼した。

塩崎はひどくいらついた顔つきで、二人と目も合わせずに、部屋のあちこちを見やっている。あら探しをしているのだ。

不安そうに良子は、塩崎を目で追っている。

〈今日、飯は?〉

やはり部屋の隅々まで見回しながら、塩崎は問いかけた。威圧的だ。

〈肉じゃがと、サバの塩焼きです〉

〈青いものが足りない〉

〈そしたら、ほうれん草のおひたし……〉

〈〃そしたら〃じゃねぇよ！〉

塩崎の怒鳴り声に、良子が身を震わせて〈すみません〉と消え入りそうな声で謝った。隣に立つ麻美は、うつむいたまま動かない。

良子は、ほうれん草のおひたしのために、お湯を沸かしている。

不機嫌そうな顔のまま、塩崎は席についた。

その向かいに麻美が座る。だがまだ食べない。

塩崎は、箸をじゃがいもに突き刺して、団子のように食べている。じゃがいもが崩れてテーブルに落ちたが、拾おうともしない。サバの塩焼きは手で身をむしり取っている。食べ方もひどかった。わざとだ、と利根は思った。嫌がらせの一つだ。

ようやく、冷凍のほうれん草で、おひたしを作り終えた良子が席に着いた。

〈お父さん、いただきます〉と良子と麻美が、声を揃えて合掌した。

塩崎はまずそうに飯を茶碗《ちゃわん》から、かき込んでいるばかりだ。

食べ終えた塩崎は、良子と麻美の食事の様子をじっと見て〈クチャクチャうるさい〉だの〈皿の音を立てるな〉だの自分のマナーを省みず、意地悪く指摘していた。

食欲を失ったらしく、麻美が〈ごちそうさまでした〉とつぶやくと〈残すな。百年早い〉と塩崎が、にらみつけている。

〈はい〉と麻美は無理矢理に口に押し込んだゴハンを、味噌汁で流し込んでいる。

「息が詰まりますね」

うめくような声で利根が口を開いた。

「ここまで服従させてんだ。これまでの暴力は相当なモンだろうな」

恐ろしいほどに塩崎は、すべてをルーチンワーク化していた。食事を終えると茶を飲み、風呂に入り、念入りに歯を磨く。そして良子の風呂の時間になった。

うつむいている麻美を見つめて、歯を磨きながら興奮している塩崎の姿は、まるで昨晩の再現映像を見ているかのようだった。

流しでうがいをして、麻美の隣に座った。

〈尻の周りに肉がついてきやがって、いやらしい〉

昨晩とは違うセリフを、耳元でささやきながら、塩崎はジャージの上から麻美の尻を撫でさすった。

〈ああ、こんなにオッパイ膨らませやがって。クソ！　いやらしい〉と今度は麻美の胸を両手でまさぐっている。

セリフが変わっているが、触り方が昨晩と一緒だ、と利根が思った瞬間だった。

〈ウオオ！〉

塩崎が椅子から転げ落ちて、床に倒れたまま自分の震える両手を見ていた。

〈ウウウ〉と塩崎は顔をしかめている。両手の震えはやがて身体全体に広がった。

「ローレルジンチョウゲ。栽培は厄介だが、植物の中では最強クラスの毒だ。接触するだけでも、発疹《はっしん》と猛烈な痛みに襲われる樹液を持っている。薄めた樹液を、麻美のジャージの表面にだけ、満遍なく塗り付けてある。その〝支度〟を麻美は部屋でしていたんだ」

苦痛で塩崎が顔を歪めている。震えるばかりで、立ち上がることもできないようだ。

阿久津がカメラをズームする。震える塩崎の手がアップになった。

真っ赤になって、発疹がわずかに見える。

「もうチッと薄めてもいいかな」

「なぜです？　もっと痛めつけてやればいいのに」

「ダメだよ。ああいう小物の悪党は、ビビりだから、すぐに病院に駆け込むんだ。そうすると毒を盛ったことがバレちゃう」

画面を見ると、赤くなっていた発疹の色が退《ひ》いていくのが見えた。

阿久津がカメラを引いた。

倒れ込んだまま、塩崎は脅えた顔つきで自身の手を見つめていた。

やがて視線を麻美に向けた。

麻美はそれまでと表情が変わっていた。〝気力〟がみなぎっていたのだ。大きく見開かれた両目が、塩崎を挑戦的ににらんでいた。

〈お前、なにしたんだ？〉と震える声で塩崎は言いながら、立ち上がった。

麻美は微笑を浮かべている。嘲笑《ちょうしょう》に近い。そして椅子から立った。

〈この野郎！〉

塩崎が麻美の胸ぐらを乱暴につかんだ。その直後に再び塩崎は悲鳴をあげた。

〈オオオ！〉

その場にうずくまって自分の震える両手を見て、醜く顔を歪めている。

「塩崎には、すでに炎症があるんで、二度目は毒の効果がより高まる」

塩崎の両手に再び発疹と赤みが現れ、膨れているように見える。なおも痛みが続いているようだ。うずくまって震えるばかりで、立ち上がることもできずにいる。

麻美が、塩崎の前に進み出た。

麻美を見上げた塩崎の顔には、恐怖があった。

麻美は黙ったまま微笑を浮かべて、塩崎を見下ろしていた。

塩崎は麻美を見ながら、あとずさろうとして、バランスを崩し、床に手をついた。

〈ギャッ！〉と悲鳴をあげて、塩崎は身をよじって苦しんだ。

麻美が、一歩塩崎に近づく。

〈来るな〉と力なく塩崎は命じた。

だが麻美は、さらに足を前に進めた。

塩崎はまたあとずさりして、転び、床に手をついて、もがき苦しむ。

〈やめてくれ。来るな〉

麻美は塩崎に一瞥《いちべつ》をくれると、その脇を通りすぎて階段を上がって行く。

塩崎は流しで、流水に手をかざしている。そうすると痛みがひいていくようで、顔から苦しげな表情が消えていく。だが塩崎の顔には恐怖が張りついたままだ。塩崎は身体をビクリと震わせた。

背後で物音がしたのだ。

良子が風呂上がりのパジャマ姿で、塩崎を見つめていた。

塩崎の変化を良子は感じ取ったようだ。塩崎の悲鳴も聞いていたのかもしれない。

良子は暗い目で、塩崎の前に進み出た。塩崎は〈アア〉と脅えた声を出して〝降参〟するかのように両手を上げた。

そんな塩崎に怪訝そうな目を向けると、良子はテーブルの上の塩崎の湯飲み茶碗を手にして、塩崎の隣で洗い出した。

塩崎は両手を上げたまま、良子に触れないようにして、慎重にその場を離れた。

「ギンピーギンピーって……」

阿久津が妙な言葉を口にした。

「変な名前の毒草がある。イラクサの仲間なんだが、細かい小さなトゲがびっしりと葉にあって、触れると、このトゲが刺さる。神経毒だ。激痛に襲われる。抜いても二、三日も痛みは続く。しかもこのトゲは抜けづらい構造になっていて、ワックス脱毛なんかの手段じゃないと綺麗に抜けない。トゲの一部でも皮膚の中に残っていると、その痛みが二年も続く」

「おお！　それを、やってやりたいです！」

「無理だ。症状が激烈すぎて、絶対に病院で調べられる。バレる」

「そうかあ。でも、コレ、大成功ですね」

「まだだ。ビビって数日は、麻美に触れないだろう。だがああいう変態は、なにかしでかすだろうから、その手も打ってある」

〝その手〟の内容を聞きたかったが、阿久津は答えないような気がした。気になったことを尋ねる。

「良子のことも、塩崎は恐れてましたけど、良子には話をしてないんですよね？」

「してない。麻美にも母親には教えない方がいい、とアドバイスしてある。良子は娘に嫉妬《しっと》している。麻美が塩崎を誘惑してるんじゃないか、と疑ってる。良子は麻美の味方じゃない。はっきり言うと、敵だ」

「え？」

「最初に児相と家庭訪問した時に、良子は一言も発言しなかった。そして時折、麻美を見つめた。その目には憎しみがはっきりとあった」

「憎しみですか？」

「責める目だ。その目を避けるように、麻美は決して良子の顔を見ようとしなかった」

利根は言葉を失った。麻美が夫を誘惑して奪った、とでも良子は思っているのか。

「今朝、警察と児相には匿名だが、昨夜の録画データを送りつけてある」

「動くでしょうか？」

「どちらかが動くと思う。だが、警察も児相もドジを踏むからな。対処はしておく」

「対処ですか？」

「そうだ」とだけ言うと、阿久津は部屋を出てしまった。


阿久津が部屋を出てからも、利根は塩崎家の様子を見ていた。塩崎はすっかり震え上がって麻美に近づこうとしなかった。麻美が風呂に入っている時に襲われたりしたら無防備になるので危険だ、と思ったが塩崎は風呂にも近づかなかった。

だが麻美の服になにか細工がされている、と気づいているようで、風呂を上がった麻美のガウンとパジャマを、ソファ越しに繁々《しげしげ》と見つめていた。

その視線に気づいた麻美が、塩崎に向き直って、挑むような目で見据えた。怒りというネガティヴな感情ではあったが、麻美の顔は表情を取り戻していた。

塩崎は、脅えた顔でソファの陰に隠れた。

ソファの背を、麻美は見つめ続けている。その目には怒りがあったが、やがて涙が溢れた。声も出さず涙が頬を伝って落ちていく。

そこに良子がやってきた。泣いている麻美を見たはずだが、目をそらして、流しに向かった。流しを掃除している。

良子の背中は、泣いている娘を拒絶していた。

麻美は涙を拭うと、二階へと向かった。

利根は、画面を切り換えた。麻美の部屋のカメラだ。

麻美が、ガウンとパジャマ姿でカメラの脇を通って消えた。

すぐに違う柄のパジャマとガウンを羽織って、カメラの前に現れた。手にはビニールの手袋をしていて、それを外した。塩崎と対面する時には、必ず〝毒〟を塗った服を着用するようにしているのだ。

麻美はベッドの上に正座した。そしてカメラに向かって深く頭を下げる。阿久津に対して〝お礼〟をしているのだ。

阿久津も見ているようだった。〝in〟と画面に表示されている。

麻美はベッドから降りて、映像から消えた。カメラの背後でスイッチ音がした。そして部屋が少し明るくなった。机に向かって勉強でもはじめたようだった。まもなく中学三年生になるのだ。これまで勉強もままならない精神状態だったはずだ。

麻美は受験のことを、考えられるようになったのか。

4

物音がして利根は、ベッドにもたれかかったまま、居眠りしてしまったことに気づいた。時計を見ると朝の五時だ。

スマホを見た。麻美の部屋が映し出されている。白黒だから照明は消されていて、ベッドには麻美が眠っていた。

ベッド脇の障子が開いているのがわかった。

〈オイ、起きろ〉と塩崎の声がする。

麻美が気づいて顔を上げている。

すると障子の隙間から、なにか光るものが突き出された。包丁のように見えた。

麻美が脅えた顔をしているのが、かろうじてわかる。

利根は立ち上がった。阿久津も仕返しは、予想していなかったのではないか。

だが阿久津も、この映像を見ているのが確認できた。すぐに電話を入れる。

〈見てんの?〉と阿久津は落ち着いた声だ。

「はい。マズイです。刺されます」

〈いや、刺すのが目的なら、もう刺してる。目的は強姦だろう〉

「でも、塩崎は、あんな痛い目にあってるのに」

〈まあ、ちょっと見てろ。多分、大丈夫だ〉

「はい」と応じて画面を見た。

〈服を全部脱げ〉と塩崎が、包丁で脅しながら命じている。

フトンの中で、麻美は服を脱いでいるようだった。

〈脱いだか？〉

ベッドの中で麻美が、うなずいている。

「阿久津さん、止めに行きましょう」と利根が電話口で訴えた。

〈ちょっと、待てって〉

やけに阿久津は、落ち着いていた。なにか〝対処〟してあるのか。

スマホを見ると、塩崎がベッドの中にもぐり込むところだった。

〈騒いだら刺す〉と声が聞こえた。塩崎が包丁を麻美に突きつけている。だが麻美はもう脅えている様子はなかった。冷たい目で塩崎を見ているだけだ。

塩崎は麻美を背後から抱きすくめ、腕を上げさせて脇の下をなめ回しはじめた。おぞましかった。

麻美は、顔をゆがめて堪えている。

〈ウオオ……〉

うめきながら、全裸の塩崎が起き上がった。口の中に手を突っ込んでうめいている。そして喉を押さえてベッドから転がり落ちた。

「マンチニール」と背後で声がした。いつのまにか、阿久津がスマホを片手に部屋のドアを開けていたのだ。

「なんですか？」

「マンチニールって毒草は、リンゴに似た毒の果実がなる。その汁の成分を分離して、麻美の脇に塗らせておいた。もう一方を塩崎のうがい薬に仕込ませた。分離したものは無毒だが、合わさって肌や粘膜に着くと〝燃えるような激痛〟が八時間も続くそうだ。まあ、かなり薄めてあるので、長くても一時間ほどだろう」

阿久津が笑った。

「あの変態は、脇の下をなめるのが、好きだそうだ。ヤツは自分の口臭で脇が臭くなるのが、嫌だと言って、事前にうがい薬で必ず念入りに、うがいをするんだとよ」

阿久津の顔から笑みが消えて、声がとがった。

「車の中で話を聞いた時に、麻美は、その話をしながら嘔吐しそうになっていた」

フトンで裸の身体を隠しながら麻美は、のたうち回る塩崎を見つめていた。その顔には笑みがあるのか、と思いきや麻美の顔には苦悶《くもん》があった。

「毒を分離しているが、塩崎の唾液を介して合成したものが、皮膚に付着することで、水泡ができて麻美も痛むんだ。でも口の粘膜からの吸収と比べれば、軽いものだ」

脇を押さえて苦しみながらも、麻美は、かっと目を見開いている。苦しむ悪魔の姿を、一瞬でも見落とさないように、脳裏に焼き付けているのだ。

塩崎は、なおも悶《もだ》え苦しんで、うめき声をあげている。

部屋に光が射《さ》し込んで、ホワイトアウトしたが、すぐにカラー映像になった。

阿久津がスマホを操作した。カメラが右に動くと、部屋の入り口に良子がパジャマ姿で立っていた。良子は呆然として、塩崎が全裸で苦しむ姿を見ている。

〈麻美、これはなに?〉

麻美は、泣きじゃくりながら絶叫した。

〈私がやった！　こいつに仕返ししてやった！〉

〈仕返し？　裸で？〉

良子は怒っていた。麻美に向けた怒声だ。麻美も怒鳴り返す。

〈私はヤだった！　ず～っとヤだった。でもこいつが〝ママに全部バラすぞ。ママは悲しむぞ〟って言ったから逆らえなかっただけ！　私は無理矢理レイプされてるの！　ずっとこいつを殺したかった！〉

良子は黙ったまま、麻美と転げ回って苦しむ塩崎を、交互に見ている。

〈なのにママは私を無視した！　助けてって言いたかったのに、無視して、いつも私に怒ってた！　馬鹿！〉

〈そんなこと……〉

〈知ってたんでしょ！　ママは知ってた。こいつが朝、早く起きて英語の勉強なんかしてないこと、知ってた！〉

良子の目が泳ぐ。明らかに動揺している。

〈こいつの金なんていらねぇよ！　ご飯が一回だけになってもいいよ。こいつに犯されるよりいい！　わかってんのかよ⁉〉

良子は、視線を落として動かない。

その視線の先には、喉を押さえて苦しむ塩崎がいた。塩崎が〈水〉とかすれた声で良子に懇願している。

〈この人は死ぬの？〉と良子は震える声で尋ねた。

〈知らねぇよ！〉と麻美は叫んだ。

利根が阿久津に目をやると、阿久津は静かに笑いながら首を振った。

「絶対とは言えないが、死なない量だと説明はしてある」

その時、良子が動いた。塩崎の腹を蹴ったのだ。そして何度も踏みつけている。

〈チクショウ！　チクショウ！〉と、絶叫しながら。

塩崎は抵抗することも、防御もできずに、なおも喉を押さえてうめき続けている。

〈死ね！　死ね！〉と良子は、塩崎の腹を踏み続ける。

やがて塩崎は、悶絶した。

良子は、なおも腹を踏みつけ続けた。だが体重の軽い良子には、致命的なダメージは与えられそうもなかった。

〈ママ、気絶してるよ。もうやめて〉と麻美が、ベッドから静かに呼びかけた。

良子は、ようやく踏みつけるのをやめて、放心したように、麻美に視線を移した。

〈麻美……〉

麻美がフトンにくるまりながら、良子を見つめている。探るような目だ。

〈麻美……〉

良子は両手を差し伸べて、麻美に近づいた。

だが麻美は動かない。探る目のままだ。

〈許して。ママは知ってた。でも麻美がかわいそう、と思うこともできなくなってた。こいつに殴られたり蹴られたりすると、そんな気持ちがどこかに行っちゃった〉

やはり麻美は動かない。その目が良子を拒絶している。

〈お金も……ママは貯金してたんだけど、この家を買う時に全部取られちゃったの。それにパートのお金も全部、こいつに取られてて……〉

麻美の目に怒りがあった。

〈暴力男から逃げる方法を調べたことある？　シェルターっていうのがあるんだよ。お金だって、生活保護ってあるの知ってる？　申請する時は〝相談があります〟なんて言っちゃいけないの。〝申請をお願いします〟ってはっきり言わないと、言いくるめられて、断られちゃうんだって！〉

良子は、ここから逃げ出すための方策を、必死で探っていたのだ。

麻美は、うつむいて震えている。泣いているようだ。

そんな良子を、麻美は見据えたまま動かない。

良子は、絞り出すようなかすれた声で、詰まりながら語りだした。

〈……麻美が……こいつを誘ってるんだって……思おうとした……〉

良子の言葉に、利根は耳を疑った。なにを言い出したのか、と。

〈……そう思ってあなたを憎むと……自分の気持ちが……楽になったの。憎めば憎むほど……小さく凝り固まって苦しい心が、少し楽になった……〉

利根には、良子の言葉は受け入れがたかった。だが憎しみの炎を燃やすことで、自分の辛い気持ちを転化させるということは、少しわかるような気がした。

〈ひどい……ひどい母親。ひどいことされてるあなたを……憎むなんて……〉

良子は、その場にへたり込むと、顔を覆って泣きだした。

麻美はフトンの中に潜って、パジャマを身につけているようだった。

麻美はベッドから下りると、良子に向き合った。

〈見て〉と麻美はパジャマの腕をまくった。そこにはミミズ腫れのような傷跡がいくつもあった。

〈調べたら自傷行為って言うんだって。私もこうやって自分を傷つけると、なんか気分が軽くなっ

た〉

良子はその傷を見て、息をのんでいる。

〈だからママが私を憎んで、気分が軽くなったってわかる。でも私を傷つけないでよ！　ひどいよ！〉

〈……ごめんなさい〉と消え入りそうな声で、良子は泣き崩れた。

麻美は良子を見下ろしていたが、良子の腕をつかんで立ち上がらせた。

〈ママ、今すぐにここを出よう。後のことなんて、どうでもいいから〉

〈ママを許してくれるの？〉

〈わからない。でも今は、そんなこと考えてる場合じゃないの〉

麻美が、泣いている良子を促し、気絶している塩崎をまたいで部屋を出ようとした。

だが麻美が足を止めた。振り返って塩崎を見つめている。長い沈黙だった。

やがてボソリと麻美は、良子に問いかけた。

〈ママ、私は大人になったら、結婚できる？〉

良子のすすり泣きは、むせび泣きになった。

〈結婚なんて……しなくていい！〉

良子はそう言って、再び塩崎の腹を蹴った。塩崎はうめいたが、意識は戻らない。

その時、家の中にインターフォンの音が響きわたった。

「警察」と阿久津が時計を見ながらつぶやいた。

時計の針は六時ちょうどを指していた。

麻美がカメラに問いかけるような視線を向けていた。

阿久津が電話している。

麻美の家の電話が、階下で鳴っている。

麻美が、居間のカメラに映し出された。受話器を上げている。

「玄関に来てるのは、警察だ。緊急逮捕にやってきたんだろう。言った通りに動画は警察に渡してある。だが毒の映像は、まったく出していない。警察には〝強姦されている途中にいきなり苦しみだして倒れた〟とだけ言えばいい。ドアを開けてやれ」

またインターフォンが鳴って、玄関のドアを叩く音に続いて声がした。

〈塩崎さん、おはようございます。藤沢南《ふじさわみなみ》警察署の者です〉

麻美が居間のカメラに向かって一礼した。〈ありがとうございます〉と声がした。

麻美は泣いていた。涙を拭い、かすかに明るくなりはじめた玄関に向かって行く。

5

すっかり春めいた陽気になった頃、麻美と良子の連名で、小包と手紙が届いた、と阿久津が朝食の席で、利根と友紀に披露した。

塩崎は犯行を認めていて、新設された監護者わいせつ・監護者性交等罪で起訴された。初犯だが、五年以上の実刑が確実と見なされていた。良子とは離婚が成立している。起訴された時点で、塩崎は県から懲戒免職処分にされていた。

住宅ローンが残っていた家だったが、売れた。塩崎が頭金を大きく入れていたために、ローン残額よりも売却額が上回った。頭金に良子も金を足していたこともあり、必要充分とは言えないまでも、まとまった金を手にすることができたようだ。さらに塩崎の預貯金の三分の一を財産分与で得て、さらに慰謝料も受け取れる予定だった。

そんなところまで詳しく手紙には書かれていた。きっとそうやって勝ち取ったことが、良子には自信になっているのだ、と予想された。

良子と麻美は、茅ヶ崎《ちさき》のアパートで暮らしている。良子はパート先だった運送会社の配慮で、パートから正社員に登用されて、配送センターで事務の仕事に就いている。

麻美は高校受験に向けて、すでに受験対策をはじめていた。

〝そして阿久津さんがおっしゃっていたように、毒は私たちには薬でした。塩崎も警察に毒の話は、しなかったようです〟と手紙は締めくくられていた。

小包の中にはタップ型のカメラが三つ、丹念に梱包《こんぽう》されて入っていた。

ダイニングで朝食を終えて、阿久津が手紙を読み上げるのを聞いていた友紀が、ため息をついて大きく伸びをした。

「良かったあ。アレはやらなくて済んだのね？」

「アレって？」

向かいに座っていた利根が、阿久津に顔を向けた。

「最悪のシナリオの場合まで、麻美とは話してたんだ」

「最悪ですか」

「塩崎が勾留もされずに保釈されて、不起訴になった場合だ。さらに言えば麻美の母親が、離婚を決断できずに同居が続くとなった場合」

「毒を塗り続けるんでしょうか？」

「いや、塩崎も馬鹿じゃない。事前に麻美にシャワーを浴びさせたりするようになる。ああいう変態は偏執的だ。今回の毒は対症療法だが、次の手は根治療法だ」

「コンチって根本から治すって意味ですか？」

「そうだ。歯磨き、を使うつもりだった。朝晩と塩崎は丹念に歯磨きしてるんだそうだ。映像で確認したところ、毎回五分。歯磨きペーストの量もいつも一定。口をゆすぐのはきっちり五回」

「毒を入れるんですか？」

「毒と言えるかな？　女性ホルモンだ。性同一性障害の男性にとっては、本来の性に近づくための薬だな」

「女にしちゃうってことですか？」

「いや、それはさすがに無理だ。だが定期的に口腔《こうこう》の粘膜から摂取し続ければ、睾丸《こうがん》の縮小、勃起《ぼっき》不全、身体は女性らしく丸みを帯びてくる。胸も膨らむ。体毛は薄くなって、声も高音になる」

「女の人になってるじゃないですか」

「完全に女性にはならない。でも生殖機能を失う。これまでのように強姦できなくなる。性的な嗜《し》好《こう》にも変化があるかもしれない。この治療の最高なところは……なんだと思う？」

「わかりません」

「いったん女性化してしまうと、元に戻らない。戻れないってところだ。男性ホルモンをいくら投与しても無駄だ。失われた生殖機能が復活することはない。つまり投与をやめても、強姦されることはなくなる。根治だろう？」

確かに友紀が言っていたように〝エグい〟手段だった。だが塩崎の陰惨な仕打ちを思い出すと、それは〝愉快〟だ。

「ちょっと塩崎の、その姿は見てみたかったですね」

「まあな。でも性欲がないってのは、別に苦痛じゃない」

「え？」

「そういう人間も、いるんだよ」

どういうことなのか、と利根は思ったが、やはり突き詰めることができない。利根は友紀をチラリと見た。

友紀は暗い顔になって、視線を落としている。

すると阿久津が、気分を変えるように明るい声で「じゃあさ」と言った。

「今日はお祝いとしよう。夜はどこかで外食だな」

今日は月曜日で、レストランは休みだ。

「私、なつこさんのトコ行きたい」と友紀が言い出した。

「友紀さんって、やっぱり根っこでは和食が好きなんだ。君もそれでいい？」

「僕も、ですか？」と利根は意外だった。

「ピッキングに盗撮などなど、大手柄じゃないか」

「人聞きが悪いですよ。窃盗の前科がある僕に、言う言葉じゃないですって」

阿久津が楽しげに笑う。友紀も噴き出している。

冗談にできるんだ、と利根は自分の言葉に驚いていた。先日、仮釈放期間が満了を迎えたばかりで気が軽くなっているのだ。

「ちょっと話が変わるんですけど、前からお聞きしたいことがあったんです」

利根の問いかけに、笑い続けながらも阿久津が、うなずいた。

「前にちらりと友紀さんにお聞きしたんですけど、レストラン部分の出資は阿久津さんがしたって。つまりこの土地と建物の、ほとんどを阿久津さんが買ったんですよねぇ。どうやって資金繰りしたのかなあ、と。失礼ですが、公務員さんはそれほど……」

利根が言いよどむと、阿久津と友紀が顔を見合わせて笑った。

「六年前になるな。最初は居抜きで借りるつもりで辻堂駅周辺の物件を見てたんだ。でも、不動産屋に出物《でもの》があるって言われてな。毒を安全に保管できる倉庫も、一緒に探してたんだ。それがここだった」

＊

レストランがある場所には、六年前、草が生い茂り放題の空き地が広がっていた。今と変わらないのは、空き地の奥にある大きなプレハブ倉庫だ。

空き地の前の道路に一台のセダンが停まった。そこからスーツ姿の不動産屋の若い社員と、阿久津が下りてきた。阿久津は、今と変わらぬスウェット上下のスタイルだ。

「あのプレハブなんですがね。大きさはご希望通り。ちょっと駅からもバス停からも遠いんで不便ですけど、安い。とにかく安い！」と不動産屋は、阿久津に売り込んだ。

「ま、見せてもらおう」

阿久津は草を押し分けて、プレハブに向かった。

「プレハブは賃貸をご希望でしたよね。できたら買い取りを、お願いしたく……」

「うん？　こんなところを買うって割に合わないだろう？」

「レストランの開店資金に一千万、ご用意されてましたよね。なんとこの三百坪で、一千万！　投げ売りですよ」

「だからなんで買わなきゃなんないの？　こんな辺鄙《へんぴ》なところ。空き地買ったって仕方ないだろ。レストランの開店資金で、こんなところ買うかよ」

「いや、ですから、そっちはちょっとローン組んでいただいて」

「無茶言うな。逮捕すんぞ」

「ハハハ、公務員のみなさんは、ローンも組みやすいですし」

阿久津はプレハブ倉庫を見上げた。

「だいぶ傷んでるな」

「外壁は、少し手を入れた方がいいですね。それとちょっとご相談がありまして」と不動産屋はドアの鍵を開けた。

プレハブ小屋の中には、大量の便座がある。温水シャワー便座だ。便器はない。便座ばかりがプレハブの中を埋めつくしている。

「なんだこりゃ？」

「正確に数えていないんですが、数は千個を超えているようです。ここは、以前手広くこの一帯で、老人ホームを経営してた方の持ち物でして、ホームの各個室にあったものです。当時はかなり贅沢なモノだったようで。でもちょっと放漫経営気味で、大倒産しちゃったようなんです。その遺物です」

「なんで便座なんだよ？」

「ちょっとわかりかねますが、廃棄に困ってぶっ込んで置いたんじゃないかって、今のオーナーさんがおっしゃってました。オーナーさんは、つまり債権者様ですね。この便座の廃棄も引き受けていただけたら、一千万をさらにディスカウントできる、とおっしゃってまして。これはぜひとも阿久津さんに、と思いまして」

「ふざけんな。撃つぞ」

「ハハハ、撃たないでください」

阿久津は便座を見てため息をついたが、やがてその目が便座に据えられたまま動かなくなった。阿久津の目が異様に光っている。

「千個あるって言ったっけ？」

「ええ、正確じゃありませんが、オーナー様がホームの個室の数とトイレの数から、計算なさったそうでして」

「何年前につぶれたの？」

「二〇年前です」

「建てたのはいつ？」

「それは、はっきりはわかりませんが、三〇年ほど前と聞いてます」

「一斉に建てたんだよな？」

「一気に一〇棟も、大規模なホームを建てたそうで、今なら需要もあるでしょうが、当時は早すぎたんだ、と聞いてます」

「これ処分したら、いくらディスカウントしてくれるって？」

「五〇万円だそうです」

「この数だぞ。業者入れたら五〇で済まないだろ」

「ですよねぇ。恐らく大台の百はいけると思います」

「手数料込みで、三百だ」

「いやいやいや、それは無理……」

「こんな土地が売れるわけねぇだろ。交渉してみろ」

「はい……」と不動産屋は渋面《じゅうめん》になった。

阿久津の黒い顔に、不敵な笑みが浮かんでいた。

*

「で、結局、一五二三個の温水シャワー便座が、一個二万五千円で売れたんだ」

そう言って阿久津は、友紀と顔を見合わせて笑っている。

「どういうことですか?」

「欠陥品だったんだ。便座が原因の火事が何件か出て、メーカーが買い取りで回収をしてた。その新聞広告のチラシを見てて〝こんなに高く買うのか〟って驚いたのを覚えてた。知らぬは不動産屋とオーナーばかりなり、と」

「それは……」

「一時所得ってことで税金もかなりとられたが、なにしろ金額がでかいんでな」と阿久津は笑った。

「メーカーは渋ったり、難癖つけたりしそう……」

「天下の一流メーカーだぞ。大口のこれを、ずっと探してたそうで、感謝されたよ」

「三千万円……」

「三千八百七万五千円だ。しかも土地代は、七百万円でオーナーが折れた」

「ボロ儲けじゃないですか」

阿久津が友紀と、また顔を見合わせた。嬉しそうに笑っている。親友同士の笑みにしては視線を交わしあう時間が長すぎる、と利根の嫉妬心がうずいた。

「友紀さんが、リサーチしてくれた。そしたらそばにゴルフ場があるじゃないか。これはいけるって友紀さんと、ここにレストランを開店することにした。こんな規模でやる予定じゃなかったけど、大きくして良かった」

「だよね」と友紀も嬉しそうだ。

「最初から、お二人で店をやろうって、決めてたんですか？」

利根の問いかけに、阿久津が、また友紀と顔を見合わせる。長い。

「そうだな。俺は友紀さんの腕に惚れ込んでた。いつか辻堂駅前で店をやりたいって友紀さんが言い出したんで、俺も乗ったってトコだ」

「それって夫婦とかで、やることですよね」と思わず言葉が、利根の口をついて出た。

一瞬、阿久津が顔をしかめた。だが即座に反応した。身構えていたかのように。

「君の基準だと、そうなんだな。でも、そうじゃない人もいる」

阿久津は、早口になっていた。隣で友紀は暗い顔をしている。

「警察も辞めちゃおうと思ってたんだけど。大金を手にして気が大きくなっちまった。あれもこれもって設備を入れてたら、三千万が飛んでっちゃって、結局借金作ってしまった。しかも後から税金払わなきゃならなかったし。だから辞められない。そんで友紀さんだけオーナーになってもらった」

店の売り上げの分配や支出などはどうなっているのだろう、と利根は思ったが、尋ねることはできなかった。

「あの車とかね」と友紀が外を指さした。送迎用のワゴンだ。

「アレいくらだと思う？」と阿久津が尋ねる。

「車は買ったことないんで、わかりませんが、三百万ぐらいですか？」

「いや、特別仕様でオプションもバンバンつけちゃったから、六百万近くまでいった。でもあれは稼いでくれる。四駆なんだ。大雪の時、クラブのバスが立ち往生しちゃったんで、ゴルフ客を送迎したんだ。あれから常連になってくれた人も多かった」

阿久津と友紀は、揃ってワゴンを眺めている。感慨に浸っているように見えた。

嫉妬が、利根を捕らえていた。普段なら口にしないようなことを口走ってしまう。

「なんで、阿久津さんは、店を手伝わないんですか？」

やはり身構えていたように、阿久津が早口で応じる。

「まあ、俺はこんなご面相なんでな。営業にはマイナスになる」

この容貌でどれだけ嫌な思いをしたのか、と利根は阿久津の顔を見つめていた。

「ま、俺が料理を作るんじゃないから、平気だろうけど。俺は客あしらいが下手ってのもある。宏さんほどひどくはないが」

〝宏さん〟は友紀の父親だ。友紀に〝慣れる〟と言われた時は、〝慣れ〟てくると宏から話しかけるようになるのか、と思ったが、こちらが宏の無愛想さに〝慣れる〟のだ、と最近気づいた。次第に空気のような存在になっていた。

「ああ見えて、涙もろかったりするんだから」と友紀は、父親をかばった。

「泣かなくていいから、せめて笑ってほしいなあ。愛想がなくてしゃべんないから、ゴルフのお客さんに〝あの人、外国人かい？〟なんて聞かれたよ。〝ええ、そうです〟って答えといたけど」

思わず利根も声を立てて笑ってしまった。阿久津と友紀も笑っている。

利根は、阿久津と友紀にも〝慣れた〟と思っていた。


非番の阿久津に使っていい、と言われたので、利根はヘルメットを借りて、昼からスクーターで出かけた。まもなく給料日だ。阿久津からもらった二〇万円も五万円ほど残っている。久しぶりに余裕を感じていた。

だが不安も感じてはいた。このまま、あのレストランでウエイターとして働き続けるべきなのか。不満があるわけではないが、ウエイターだけで生きていけるのか不安だった。友紀に料理を学ぼうか、と心の中のどこかでチラリと思ったりする。

もし万が一、盗撮や忍び込みがバレたとしたら、再犯となり重い罪を覚悟しなければならない。いつまでこの危険な仕事を請け負わねばならないのか、ところれも不安のタネだ。だが同時に〝仕事〟に、魅《ひ》かれていることも気づいていた。

そう思いつつも疑念があった。

阿久津は楽しんでいる。毒を使って他人を操ることに、喜びを感じている……。阿久津は盗撮映像を見ながら笑っていた。過酷な施設での暮らしで「暴力に恐怖を感じなくなった」とまで言っていた。阿久津は、ゆがんでいるのだろうか……。

いぶかしみながら、利根は友紀に頼まれた買い物をするために、辻堂駅前にあるショッピングモールの駐輪場にバイクを入れた。

モールの中に足を踏み入れるのは、はじめてだった。平日ながら人の数が多い。なつこへの手土産に、ラスクを買ってくるように頼まれたのだ。

一階でラスクを買い、利根の目当てである家電量販店に向かった。

イヤフォンが欲しかった。昼の休憩時間に部屋に戻ると、〝特別室〟の声が丸聞こえなのだ。〝遮音〟のために音楽を聞きたかった。

第五章

1

月曜日の夕方の五時過ぎだったが、江の島へと向かう弁天橋は人でにぎわっていた。その中を利根は、前を並んで歩く阿久津と友紀の後ろについて行く。

友紀の手には、なつこへの手土産のラスクがあった。

なつこが営む割烹とびうおは、かなりの規模だった。座敷やテーブル席も合わせると百人近く収容できそうだ。さらに二階にも座敷席がある。平日の夕方にもかかわらず、広い一階席の半分ほどが埋まっている。

店主であるなつこの姿が、見当たらなかった。

店員の着物姿の女性が、四人がけのテーブル席に案内してくれた。

阿久津と友紀が並んでかけたので、利根は二人の前に座ることになった。

「あら」と、隣のテーブルの女性に、友紀が声をかけられた。

利根が目をやると、小平朱里だった。向かいに座っているのは、夫だろう。なつこが言っていた言葉を利根は思い出していた。〝美男美女の夫婦〟。正にその通りだった。ということは美男の夫は、古大商事の社員だ。

「あ、お酒？」と友紀が隣のテーブルを指さした。

小平夫婦のテーブルに並んでいるのは、刺身など、つまみばかりでご飯物はない。日本酒の大きな徳利《とつくり》があって、小平夫妻の前には、それぞれぐい飲みがある。

「内緒ですよ〜」と朱里は〝へへへ〟と笑った。かなり呑んでいる、と呑兵衛の利根は思った。朱里の頬が、ほんのり朱色に染まっている。

朱里は、利根と阿久津にも気づいて「あ、お店の」と会釈した。

「これ、夫です。今日は休みを取らせて、呑み会です」と朱里が、夫を指さした。

「お世話になっております」と夫は、丁寧に頭を下げた。

「いえいえ、お世話になってるのはこちらです。私たちはレストランをやってまして、奥様にはよくご利用いただいてるんです」

友紀がそう言うと、朱里が「う〜む」と唸って「いつもすみません！」と頭をガクリと下げた。

朱里は〝したたかに〟呑んでいるようだ、と利根は評価を修正した。

「毎週毎週、アレを聞かされて、みなさんも迷惑してると思います」

一番の被害者は朱里だ。呑める酒を我慢して、全員の送迎まで担当しているのだ。

「でも、あの人も、いろいろ大変なんですよ〜」

朱里の言葉に、夫が慌てだした。

「ちょっちょっ、それ、ここでは、やめて……」

「会社に関係ない人たちだもん。いいじゃない。ねぇ？」

朱里に同意を求められた友紀が、大きくうなずいた。

「たしかに理由を聞きたくなるくらいに、アレは気になりますね」

「しかし……」と夫が渋るのを、朱里が手で制して、友紀にうなずいてみせた。

「ですよねぇ？　まず、あの方はウチの会社の常務取締役の奥様ですので、働く必要はございません。実際にずっと専業主婦でした。ご両親なんかの介護をしたのも本当です。そして介護施設でフルタイムで働いてるのも本当。でも働きに出てる本当の理由は、ご両親の介護が、うまくできなかった後悔から、ではありません！」

「やめようよ。もう呑みすぎだって」と夫は立ち上がりかけた。すると、朱里が立ち上がって、夫の肩に両手を置いて「座ってて」と座らせる。

朱里はニコリと笑って続けた。

「まず前提をお話ししますと、ウチの会社の文化は奥様が専業主婦ってのが、当たり前っていう前近代的な封建国家でして、奥様が働いてると〝あそこ、なにかあったの？〟ってな黒い噂が立ったりします。まして常務取締役の奥さんが、働きに出てるなんて前代未聞。しかも介護施設なんてきつい仕事を、フルタイムでやってるなんて〝異常〟って思われる、おかしな会社なんですね」

夫は朱里をにらんだが、もう口をはさまなかった。

「なので、あの方がずっとしゃべってるのは、働いてることの言い訳なんです。でも、本当の理由は別にあるんです」

「もう、いい加減にしなよ。どこに知り合いがいるか、わからないだろう」

夫はかなり不機嫌だ。だが朱里の顔色が変わった。夫に鋭い目を向ける。

「ちょっとさあ、私があんな嫌な思いしても、あのサロンの送迎し続けてるのは、なぜよ？　何度でも聞いてあげるよ。なんで？」

「わかったよ」と夫は言ってから「すみません」と阿久津たちに頭を下げた。

朱里が、酒で喉を潤した。

「で、本当の理由は、息子さんが引きこもりだからなんです。息子さんからの暴力もあるみたいで、家にいたくないんです、あの人」

あまりに意外な理由に、誰も声をあげられなかった。ただ一人、朱里の夫が小さく吐息をついた。

「介護の仕事は、水曜日と日曜日がお休みなんです。日曜日はご主人がいるので、息子さんからは暴力や暴言もないらしいんですが、水曜日は家で二人きりになっちゃうのが嫌で、午前中はジム。午後は、お宅で呑み会やってるんです。あの人〝なんであの奥さんが働いてるの？〟って勘繰《かんぐ》られるのが凄く嫌みたいで、自らでっち上げた理由を延々と、ああやってみんなにしゃべって、自分の〝言い訳〟を広報してるつもりなんです。働く動機は〝家にいたくない〟ってことなんですけどね」

阿久津が身を乗り出して、朱里に尋ねた。

「あの人の顔に、アザや傷があったのを、見たことありますか？」

「一度だけ。駅前ですれ違ったことがあるんです。大きなマスクとサングラスをしてたんですけど、ジャケットがハイブランドのもので、気づいたんです。〝上尾さん〟って声かけたら、慌てて逃げちゃって。でも、あれは上尾さんでした」

「ふ～ん、その引きこもりの子供って、いくつですか？」

「二五歳だそうです。でも完全な引きこもりでもないみたいで、大学の聴講生ってヤツになって、時折出かけたりしてるみたいです」

「いつから引きこもってるんでしょうか？」

「それは、わからないんです。大学を中退しちゃったんで、その頃から、なのかな」

「引きこもりの理由なんかも、わからないですよね？」

「なんですか？　尋問されてる感じ」と朱里は笑った。

阿久津が頭をかいた。

「実は、私はそっち系の仕事が本業でして、つい。すみません」

「そっち系って、なんなんですか？」と夫が、詰問調になった。

「福祉関係なんです」

夫は半信半疑のようだが「はあ」とうなずいて引っ込んだ。

警察も福祉関係と言えなくもない、と利根が思っていると、そこになつこが現れた。

「席、お隣にしちゃったんだ。でも、お話、弾んでるみたいだから、いいか」

なつこは、黒く焼けた肌を、ファンデーションで隠して着物姿だ。

「ごめんねぇ。ほったらかしで。ウチの古参の仲居同士が喧嘩しちゃって、大揉めでさぁ……」

利根は阿久津を見ていた。明らかに阿久津は何かを考えている。恐らくは新たな〝仕事〟のことだ。


なつこの店でもかなり日本酒を呑んだが、部屋に帰り着くまでに酔いが醒めてしまった。利根は自室に戻り、買っておいた焼酎を水割りで呑んでいた。

阿久津が必ずや上尾の件の相談に来るだろう、と待ち構えていたが、来る気配がないので呑みだしたのだ。

テレビが面白くないので消した。シャワーを浴びようと部屋を出る。

ダイニングで、阿久津が一人で椅子にかけて、スマホを眺めている姿があった。

利根をみとめて、手で招いている。

「あ、はい」と利根は阿久津のもとに向かう。

「アレ、気になってるだろ?」

はっきり言われなくても、わかった。

「はい」

「俺もずっと考えてて、調べたりしたけど。ちょっと無理だなあ。引きこもりって、人それぞれみたいなんだ。理由も原因も。それ特定して、薬でどうにかできないかって思った。でも、会って、医者みたいにカウンセリングなんて、できないし」

「会えないでしょうね」

「うん。DVも被害者は隠したがってるようだから、決して認めないだろうし、そもそも引きこもりがいるってことは、家の中に忍び込めないってことだ」

「う〜ん、そうですねぇ。引きこもりの人って家族が外出するのを待ってて、部屋から出たりするらしいです。鉢合わせしたくないですよ」

「だなあ。あの人が水曜日に現れなくなると、客が戻って来そうだって思ったりしたんだが、あの人たちの売り上げを超えるほどに〝お茶〟を飲む人はいない」

毎回、三万円以上はワインを飲んでいるのだ。

「まあ、もうちょっと手を考えてみる」

阿久津はそう言って、席を立つと、ベランダに出て、外階段を降りて行った。

その姿を見送りながら、あのプレハブで何をしているのだろう、と思った。

阿久津はソファの上で身をよじって毒の陶酔に浸っていた。

ここのところ暇さえあれば毒に浸っている。

陶酔している阿久津は急に目を見開いた。

「……友紀……」と阿久津はつぶやいたが、すぐにトリカブトの溶液を取り出して舌下にたらした。

再び、阿久津の顔が官能を伴って崩れていく。普通の人間の致死量をはるかに超えるトリカブトだ。それは阿久津でも危険なほどの量だった。

阿久津は一線を越えようとしていたが、彼自身が、それに気づくことはなかった。

2

翌週月曜日の午後、阿久津は同僚の警官とともに自転車を漕いでいた。勤務中だが、二人ともものんびりとした顔つきだ。いや、阿久津の方は〝どんより〟とした顔つきだった。ここのところトリカブトの摂取量が、多くなっているために起こしている中毒症状だ。

阿久津たちは、巡回連絡カードの記入を住民らに依頼するために、管轄の北端にある古町《ふるまち》地区に向かっていた。

巡回連絡カードは警官が各戸を訪問して、住民の基本情報を記入してもらうカードだ。火事などの緊急時に、住人の安否確認などを迅速にするために必要とされ、交番勤務の警官には、大事な仕事だとされるが、実際にはほとんど行われていない。カードを何枚集めても、それは警官の〝点数〟にならないのだ。つまり警官に与えられたノルマに寄与しない。

だが鳩裏交番だけは、巡回連絡カードの記入に積極的だ。

その理由を知る者は交番にはいなかったが、交番の〝伝統〟として惰性のように行われているのだ。

先月の大風で壊れたのであろう雨樋《あまどい》が、軒先からぶら下がったままになっている古めかしい家の前で、阿久津は、同僚で同じ年の古田《ふるた》と制服姿で並んで立った。

阿久津が呼び鈴を押すと中で「はい」と、か細い声が応じた。

「鳩裏交番です。先日、お渡ししたカードのご記入は、お済みでしょうか?」

古田が尋ねる声に「はい」とまた答えて、しばらくしてから引き戸が開けられた。

七〇代と思われる腰の曲がった女性が、顔を出す。

「ああ、お巡りさん。ちょっとわからないことがあって、お聞きしようと思ってたんですけど、ちょっと腰が痛くて、外出できなくて……」

「ああ、いいんですよ。急いでませんから」

老婆は「ちょっと待ってください」と言いながら、巡回連絡カードを持ってきた。

「ここのね。世帯主なんですけどね。ここの家賃を払ってるのは息子なんですけど、今は仕事の都合で東京の方に住んでるもんで……」

すると居間から小学校の高学年ほどの男の子が、玄関に出てきた。

いきなり阿久津たちに向かって、大声でわめきはじめた。

「……なんで……逮捕しろ!」

興奮しきっているようで、声が不明瞭で聞き取れない。だが怒りをぶちまけているのはわかった。

阿久津は少年の様子を観察した。前歯が二本欠けている。今どき珍しい坊ちゃん刈りの頭の、ところどころにハゲがあった。頬や額にアザのようなものもある。

ＤＶが疑われるところだが、この家で祖母と二人暮らしである旨が、巡回連絡カードには記入されている。管轄内の小学校の五年生だ。

この弱々しい祖母が、暴力をふるっているとは、とても思えない。

巡回連絡カードによると、祖母の名は荒巻菊代《あらまききくよ》、孫は荒巻基樹《もとき》だ。父親の英樹《ひでき》は、東京の建築会社の寮に入っている。

「逮捕しろ！」

基樹が再び絶叫した。

「どうした？　なにかあったの？」と古田が基樹に尋ねた。

「なんで逮捕しないんだよ」

そう言って基樹は、古田をにらんでいる。はあはあ、と肩で大きな息をしながら。

「誰を逮捕すんの？」

「上川《かみかわ》たち。お巡りさんは、なんで学校をパトロールしないんだよ」

言葉は強いが、基樹の声が震えている。警官を前に脅えているのだ。

菊代がおろおろしているが、祖母の存在は興奮しきっている基樹の目に入っていないようだ。

古田が上がり框《がまち》に座りこんで、基樹に笑みを向けた。

「基樹くんだよね。あのね、学校の中にお巡りさんは、入れないんだよ。基樹くんが大怪我《おおけが》させられたり、殴られたりしてんなら別だけどね。その歯はどうしたの？」

基樹は急にそわそわしだした。そして菊代の顔をチラリと見やって、口の中でもごもご「転んで欠けた」とつぶやいた。

「歯医者さんに行きなさいって言ってるんですけど、このままでいいって……」と菊代が、古田に頭を下げている。

古田が、基樹に語りかけた。

「イジメられてるとかなら、まず先生に相談してよ。学校から〝来てください〟って言われないと、お巡りさんたちは入れないいんだよ」

基樹は黙り込んで、自分の髪を引っ張っている。次第にその力が強くなっていく。ブチッと音がして、かなりの量の髪が抜けた。抜けた頭皮から血がにじんでいる。

「もとちゃん、それ、やめなさいよ」と菊代は、おろおろするばかりだ。

古田は髪を抜いた基樹を見て、ため息をつく。そして立ち上がった。

「じゃ、おばあちゃん、世帯主はおばあちゃんの名前でいいですから、書いておいてください。また取りにうかがいますんで」

阿久津は黙って基樹を見ていた。基樹も黙って阿久津を見つめている。その目には怒りが宿っていた。

古田と阿久津は外に出た。

「ありゃあ、なんだ？」と古田は面倒くさそうに言って、伸びをした。

「イジメられてるんだろう」

「イジメ？　俺らが介入できるわけねぇだろ」

「だろうな」

「お前、どうする？」

「俺、ちょっと用足しがあるから、抜けるわ」

「おう」と古田は自転車にまたがると、手を振って去った。

警官の単独行動は、原則として禁じられている。

鳩裏交番は〝ごみ箱〟という別名があった。かつて仕事をしない〝ごんぞう〟は、辺鄙《へんぴ》な場所にある交番などに配置されて、嫌がらせをされたが、今では鳩裏交番に集められているのだ。県警も管轄する藤沢南署も、もはや〝管理〟することを諦めて放置している。

かつては警察庁直轄の四交替制実験交番として鳩裏は注目されていた。だが、四交替制が全国に広まり〝直轄〟が外れると、やる気のない警官たちである、ごんぞうのごみ捨て場と化したのだ。

阿久津は首筋をもみながら、基樹の家をじっと見つめていた。

「命の危険があるって判断した」

利根の部屋で、テーブルを前にして、阿久津は床に座っていた。利根はその向かいに座っている。基樹のイジメの件を相談しているのだ。

「おばあちゃんに心配かけたくなくて、ずっと我慢してたって感じがしますね」

「そうなんだ。学校に行くな、と基樹に言って聞かせたんだが、おばあちゃんが泣くから、絶対に行かなきゃダメって、また興奮しだした」

「父親がいるんだとしたら、そっちはどうでしょう?」

「会社の名前があったんで、調べたが、建築業ではなく人材派遣会社で、父親は東京にはいない。福島の事故を起こした原発付近で、住み込みで働いてる」

「除染作業ですか?」

「寮の住所しかわからなかったんで、仕事の内容まではつかめなかった。だがその可能性が高い。恐らく、それほど頻繁には帰ってこれないはずだ。父親はあてにならない、と判断した。時間もない、と思う」

「どうやって聞き出したんですか？」

「いったん引き上げたんだが、同僚を追い払って、もう一度、基樹の家を訪ねて〝同級生の上川くんの家まで案内してくれ〟と頼んだ。ばあさんは不思議そうにしていたが、基樹には、わかったようだ」

「上川？」

「基樹は、上川を逮捕しろって口走ったんだ。イジメの首謀者だ」

「逮捕は、できないもんですか？」

阿久津が苦笑した。

「イジメによる逮捕は確かに前例がある。だが傷害事件が成立するほどの暴行と、その証拠が揃わないと難しい。学校内はブラックボックスだからな。それに証拠を集めたとしても、一四歳未満は刑罰に問えないんだ。少年法になるからな。まず警察は小学生が相手だと動かない」

「基樹くんは、危ないですか？」

「自分の髪の毛を引っこ抜いてた。施設で一人いたんだ。弱いヤツでな。でもイジメられて、苦しくなると爆発して大騒ぎする。それが面白かったらしくて、加害者はしつこくイジメてた。そいつも髪を自分で抜いてた。頭は血だらけで、爪噛《か》みもひどくて、いつも指先が血まみれだった。そいつは道路に飛び出して自殺した」

「基樹も髪を抜いてたんですよね？」

「頭中、ハゲだらけだった」

「学校にカメラ、仕掛けますか？」

「でも学校って、そこら中に警備会社のセンサーが、ついてる。ドアや窓を開けると鳴る。二五分以内に駆けつけるって契約になってるはずだ」

「あ！　非常口はどうですか？　外階段で二階に入り口がありますよね」

「開閉のセンサーが、ついてるなあ」

「ううむ」

唸りながら、自分でも驚くほどに積極的になっていることに利根は気づいた。

だが名案が浮かばない。利根は腕組みして考え込んでしまった。

「仕方ないな。基樹に設置させる」

「え？　大丈夫ですか？　子供ですよ」

「かなり詳しく話は聞き取りしてる。助けることも伝えてある」

「イジメはひどいんですか？」

「主要な三人の男子がいて、これが基樹をイジメてる。基樹が一番ひどい目にあっているようだが、順番のように次々に標的を替えて、クラスを恐怖で支配してる。この三人は教師にも反抗的で、授業中も大騒ぎして、学級崩壊状態だ」

「小学生なのに、荒れてますね」

「担任教師は三〇代の男性らしいが、お手上げ状態で、何度か教育委員会の視察があったり、補助教員がついたりしたようだが、一時的な収束はあるが、すぐに戻ってしまう」

荒れる男の子の家庭の状況も、利根には気になったが、それは別の問題だ。

「基樹は肩パンチってのを、一日中やられてる。この三人とすれ違ったりすると、そのたびに挨拶のように殴られる。左肩が腫れてアザになっていた」

「プロレスごっこって、言われてイジメられたなあ、上級生に」

「それもあるって言ってた。プロレスごっこだから、イジメじゃないって理屈をこねる。実際に、この三人対基樹で、教室でみんなの前でいたぶっているようだ。その時に、コンクリートの柱に顔を叩きつけられて、前歯が欠けてしまった」

「それ、毎日やられてんですよねぇ」と利根は、うんざりした声を出した。

施設や学校でのイジメの現場を思い出す。標的にならなくとも、その場に居合わせるだけでも具合が悪くなる。だが〝やめろ〟などと言い出すことなどできなかった。そんなことをすれば、必ずや次の標的になるからだ。

「昼休みに基樹は〝買い出し〟に行かされる。コンビニで三人の中のリーダーの上川ってのに、指定されたものを買ってくる。金は基樹が払わせられる。この金は、ばあちゃんの財布から、くすねているそうだ」

「ざっくり総額、いくらぐらい巻き上げられてるんでしょう」

「その時の、ばあちゃんの財布の中の小銭次第だ、と言っていた」

「そんなに大金じゃないですね」

「イジメは、五年生になってからだ、と言っていた。そろそろ一年になる。小銭とはいえ少なくない額になってる。限界が近づいているのかもしれない。話を聞いている時も、基樹は視線が定まらなかった。常におどおどして、周囲を気にしてるんだ」

「どうするんですか？」

「ちょっと思いついたことがある。対症療法だが、この危機は回避できるはずだ。勤務中には、あんまりモニターできないんで、あんたにも手伝ってもらいたい」

「はい」と応じたが、あることに気づいた。阿久津はこれまで「君」と呼んでいた。それが「あんた」になったのだ。それに阿久津の言葉づかいも、くだけて、優しくなったように感じていた。

「なんだよ、なんでニヤけてんだ？」

「いや、別に……」と利根の白い顔が真っ赤になった。

「変だなあ」と言いながら、阿久津は部屋を後にした。


スマホの着信音で利根は目が覚めた。阿久津からだ。時計を見ると七時半だった。阿久津は今日は早番だったはずだ。

〈まだ寝てんのかよ〉

「起きてました」

〈寝てた声じゃないか〉

「まあ、そうです」と不満げな声になった。

〈基樹にタップを三つ渡した。教室に一番乗りして、カメラを設置するように言ってあるから映像確認してくれ。七時四五分に開門するらしいから、そろそろだ〉

「あ、承知しました」

スマホの画面で盗撮アプリを確認したが、真っ黒だ。まだ接続されていないようだ。

だがきっかり七時四五分に映像が届いた。

小学校の教室だった。けれども二画面にしかならない。教室にはコンセントが二つしかないようだ。黒板の下から、と思われる映像は足元しか映し出さない。角度を調整しても机や椅子が邪魔になって教壇の近辺しか映らない。これは前方での音声を拾う役目と割り切った方がいい。

だがもう一つの映像は、教室をほぼカバーしていた。コンセントが上部にあるのだ。教室後部のロッカーの上に、コンセントが配置されているようだ。

教室には誰もいない。

「利根さん、食事」と友紀の声が聞こえた。

「はい」と答えて、スマホを見ながらキッチンに向かった。


食事を終えて、部屋で教室の様子を探った。朝から教室は荒れていた。上川たち三人組はすぐにわかった。一番前の席に座っている痩せて小さい男の子を、からかっているのだ。

〈山野井《やまのい》、お前、この中に入って授業受けてみろよ。絶対バレないぜ〉

そう言って教壇の中を、指さしているのが上川だろう。両脇に立っている二人が、腹を抱えて、やけくそのように笑っている。

〈山野井、やってみろって〉

小さな山野井は、うなだれたまま動かない。

上川は体格が良かった。身長も一七〇センチはありそうだ。少し肥満気味だが、運動もできそうな体つきだった。

上川が山野井に近づいた。山野井は机に両手を伸ばして、しがみついている。

〈てめぇ、イキってんじゃねぇよ!〉

上川が、山野井を机から引き剝がそうとするが、山野井は机ごと持ち上げられても決して放そうとしない。

二人が加勢して、山野井の手を机から引き剝がそうとする。

〈やめなよ〉と女の子の声がした。

山野井の隣に座っている、大人しそうな女の子だ。

〈は？　なんでオメェにそんなこと言われなきゃなんないの？　ババチョがよ！〉

上川が気色《けしき》ばんで突っかかり、女の子の机を蹴った。女の子は慣れているらしく、席を立って廊下に逃げ出した。

〈死ね！　帰ってくんな！〉

さらに上川は女の子の机を蹴り倒した。机の中の教科書などが散乱する。

そんな上川の背を机から顔を上げて、山野井がにらんでいた。殺気を感じさせるほどの形相《ぎょうそう》だ。

その視線に上川の仲間が気づいて目配せした。

上川が振り向いて、山野井を見やった。山野井は無表情を装ったが、見られてしまったようで、上川が激昂《げきこう》した。

〈てめぇ、なんだ、その目！　また泣かせんぞ！　泣いてションベン漏らすくせによぉ！〉

笑いながら上川が山野井に突っかかって行こうとした。山野井は素早く逃げた。

さらに上川と仲間が山野井を追おうとすると、チャイムが鳴って、廊下から入ってくる男の子がいた。上川が駆け寄って〈おう〉と肩を殴りつけた。他の二人も〈おう〉と肩を殴りつけている。

それが基樹だった。三人に肩を殴られて愛想笑いをした時に、前歯が欠けているのが利根にも見えた。

男性教師が、教室に入ってきた。続いて、机を倒された女の子も入ってくる。

〈机を倒した人は直しなさい〉

教師の目は、上川に向けられている。

〈は？　なんで俺、見てんの？　は？　意味わかんねぇんだけど〉

〈倒した人が、直しなさい〉

〈だから、なんで俺を見てんの？　は？〉

教師に突っかかる上川をよそに、女の子が自分の机を直した。

〈着席して、日直〉と教師が朝の挨拶を促す。

〈なんだよっ！　なんで見てたんだよって言ってんだろ！〉と上川は、教師に近づいて顔の前で怒鳴っている。

〈おかしいだろ！〉〈てめぇ〉と他の二人も詰め寄る。

教師は、黙って立ち尽くすばかりだ。

〈なんとか言えよっ！　お前が犯人扱いしたんだろ〜が！〉

なんと上川は教師の胸ぐらをつかんだ。だが教師は無抵抗だ。教師が抵抗できないことを、上川たちは知り抜いているのだろう。

他の二人も、教師の肩を手で突いたりしている。やがて〈オラ！〉と上川が教師のスネを蹴った。

教師は顔をしかめたが、動こうとしない。

〈日直、鈴木《すずき》さんと田所《たどころ》くん、朝の挨拶して〉と教師が命じたが、誰も動かない。

〈なにトボけてんだよ。お前、俺を見てたろ！　謝れよ〉

上川は、エスカレートしていく。〈謝れ、謝れ〉と他の二人も、はやし立てる。

〈やめなさい〉と声がした。教室に中年の女性教師が入ってきて、上川たちを、かき分けて席に押し戻す。

第三者の介入で、上川たちは騒がなくなった。呆気《あっけ》なかったが、教師に暴力を振るっていることに、利根は驚いていた。しかも教師は、なすすべがないように見えた。

静かになると、教師は、ぼそぼそと精気のない声で、国語の授業をはじめた。

阿久津から連絡が入った。

〈上川たちがお気に入りの飲み物を、基樹に持たせてる。三本だ。いつもは昼休みに買わされるが、毎回違うものを買わされるそうだから、薬を仕込めるかわからなかった。イレギュラーなことをすると、毒の仕込みは失敗することが多いが、仕方ない。次の休み時間に飲ませる予定だ〉

「毒はなんなんですか？」

〈鎮痛剤だ。鎮静成分を抽出して飲み物に入れてある。身体の大きさに合わせてブレンドしてるから、間違わないように印が打ってある。それで恐らく放課後くらいまでギリギリ効果があると思う。もし基樹が間違って飲み物を渡したりすると、万が一の場合がある。俺も極力モニターするが、友紀さんに言ってあるから、あんたも午前中は付きっ切りでモニターしてくれ〉

「万が一が、あったらどうなるんです？　死ぬとか」

〈死なない。眠ってしまう程度だ。だが昏倒《こんとう》して、頭を打ったりすると騒ぎになる〉

「倒れたら、どうすればいいんですか？」

〈知らせてくれ。俺が気付けをする。救急、呼ばれちゃうとバレるから〉

「だって交番にいるんでしょ？」と、つい言葉が、ぞんざいになった。

〈いや、小学校のそばを警邏《けいら》中だ。制服姿でスマホを見てると住民が通報したりするんだ。〝勤務中にゲームしてやがる〟って〉と阿久津が笑う。

やはり阿久津は楽しそうだ。

利根は、肩を殴られても、愛想笑いをした基樹にすっかり感情移入していた。自分にそっくりだったからだ。

国語の授業が続いている。だが上川ら三人は、教室の後ろに集まってしゃべっていた。着席していない。後ろの席の子供たちの机に腰掛けて、ゲラゲラ笑っている。まるで酒盛りでもしているかのようだ。

教師は上川らに目を向けようともしない。黙って、板書している。

上川ら三人以外は、全員が静かで、まるで通夜の席のようだ。

チャイムが鳴ると、教師は荷物をまとめて、そそくさと教室を後にする。

基樹の席は、後部から見て右端の最前列だ。早速、上川たち三人が基樹の席に向かって行く。背後から肩パンチをしている。かなりの力だ。

それでも基樹は、上川たちに笑みを向けている。

〈マッキー、今日、持ってこれた？　アレ〉と上川が尋ねている。

基樹が笑いながら首を振った。恐らく金のことだ。

〈ないの？　マジかよ〉と上川が基樹の頭を抱え込んで、ヘッドロックしている。

〈痛いよ。でも、持ってきたから、昨日、ばあちゃんに買ってもらったから〉と頭を締めつけられながら、基樹が机の脇にかけられたカバンを指さした。

〈何をだよ?〉と上川は、腕をゆるめない。

〈コーヒーミルク〉と、なおも基樹はカバンを指さす。

ようやく上川が、基樹の頭を解放した。

基樹はカバンを取り上げて、中から紙パックのコーヒーミルクを一つ取り出した。上川に差し出す。

〈おお〉と受け取り〈冷えてんじゃん〉と上川は笑った。

〈昨日の夜、買ってもらって、冷蔵庫に入れといたから〉と基樹も微笑んだ。

〈四方田《よもだ》くんと、杉山《すぎやま》くんのも〉とそれぞれ手渡す。

上川は、早速ストローを差して飲んでいる。

四方田と杉山も、すぐに飲みはじめた。

だが四方田が、しばらくして飲むのをやめた。

〈なんかこれ、苦くねぇか?〉

上川も杉山も〈別に〉とゴクゴク飲んでいる。

後ろからのカメラで、はっきりとはわからないが、基樹の背中が揺れている。四方田の指摘に動揺しているのだろう。

四方田は紙パックを掲げて、四方を眺め回している。

〈なんともないか〉と四方田は、また飲みはじめた。だがしばらくして〈やっぱり苦いじゃん〉と言い出した。

〈おい、山野井、飲んでみろよ〉と四方田がパックを差し出した。

山野井は顔を向けることもせずに、無視している。

四方田は、山野井の肩をつかんで後ろに引き倒した。小柄な山野井は、ひとたまりもなく後ろに転倒して、頭を打ったようで、うめいている。

その頬を押さえて口を開かせ、四方田がコーヒーミルクを、口に注ごうとした。

〈やめろ!〉と叫ぶ声が聞こえた、と思うと同時に、基樹が四方田に体当たりした。不意をつかれて、四方田は吹き飛んだ。手にしていたパックも教室の隅に飛ぶ。

四方田はすぐに起き上がって、怒声とともに基樹に襲いかかった。上川と杉山も〈てめぇ！〉と殺到して、基樹を引き倒すと、蹴りつけはじめた。

「阿久津さん、見てください。基樹が袋叩きになってます。乗り込んでください」

電話でそれだけ告げると切った。

すぐにラインに返事があった。

〝休み時間は短い。もうちょっと様子を見よう〟

上川たちの暴力は、苛烈《かれつ》だった。

だが突然に上川が、うめき声をあげた。

なんと倒されていた山野井が、上川の腕にむしゃぶりついて、嚙みついているのだ。

腕を振り払われて、山野井は床に飛ばされた。

痛かったらしく、上川は嚙まれた腕を押さえて、その場にしゃがみ込んでしまった。

それを見て、四方田も杉山も動揺している。

〈上ちゃん、大丈夫？〉と四方田が、心配そうに声をかけた。

だが〈いてぇ〉と上川の顔がゆがむ。

〈この野郎……〉と杉山が山野井に向かっていこうとした時、チャイムが鳴った。

上川は腕を押さえたまま、自分の席に戻って座った。泣きそうな顔に見えた。

それを見た四方田も杉山も反撃することなく、自席に戻る。

すぐに男性教師が現れた。

上川たちが大人しく座っているのを見て、驚いたようだが、ぼそりと言った。

〈机、倒れてるの直して、二時間目は算数……〉

机を直すために三人の生徒が動く中で、基樹が素早く動いて、三つのコーヒーミルクのパックを拾い上げて、カバンにしまっている。阿久津に命じられていたのだろう。

基樹の行動を山野井が、じっと目で追って不思議そうな顔をしていた。

授業は淡々と進んでいく。背後からのカメラではっきりわからないが、上川と杉山の後頭部が揺れている。眠りかけているのだろうか。前部にあるカメラを操作しても生徒たちの足元しか見えない。

コーヒーミルクを、飲みきっていないはずの四方田も、大人しくしている。

授業は静かなまま終わった。教師は教室を去りながら、もう一度上川の様子をうかがっている。上川たちの様子がおかしいことに、教師は気づいているはずだ。だが教師は上川に問いかけたりすることもせずに、去った。

彼らが朦朧《もうろう》としていてくれる方が、教師には都合がいいようだ。

休み時間になっても、上川も杉山も動こうとしない。顔が見えないが、机に突っ伏しているのでもない。時折、後頭部が揺れる。四方田もやはり座ったままだ。薬の量が鎮静の深さと長さに、どのように影響を与えるのか、利根にはわからなかったが、休み時間になった生徒たちは、不思議そうに上川たちの様子を探っているようだ。

一番前の席の基樹は、振り返って上川の様子を眺めている。その顔にはかすかに笑みが浮かんでいるように見える。

やはり前列から、上川の様子を見ていた山野井が、にやにやしながら席を立った。

上川の前に立って、自分の両耳を引っ張って舌を出しておどけて見せている。だが上川は反応していない気配がない。

山野井はいきなり振り返って、基樹に探るような視線を向けた。

基樹は笑みを消すと視線を落とした。不安げに震えている。

コーヒーミルク、それを山野井に飲ませようとした四方田を、体を張って阻止した基樹のあり得ない行動、紙パックを慌てて回収、そして意味ありげな基樹の笑み……。

山野井は何かを確信したようで、にやりと笑った。

いきなり山野井が、上川の頰を平手打ちした。大きな音が響いた。

やはり上川は動かない。山野井はもう一度、基樹を振り返って見ている。だが基樹はうつむいたままだ。

山野井は、基樹が飲み物になにか薬物を混入したと察したようだった。

笑みを浮かべながら山野井は、もう一発、上川の頰を音高く張った。

だが上川は動かない。

山野井は杉山の席に移動した。そして拳骨《げんこつ》で杉山の顔を殴りつけた。正確な場所はわからないが「ゴッ」と鈍い音がした。

山野井はケラケラ笑いながら、自らの手を振っている。

〈お〜、いてぇ〜〉

さらに山野井は、四方田の前に立った。四方田の前で顔を覗き込んで山野井は殴るフリをして見せた。だが四方田の頭は小さく揺れただけだ。

山野井は上履きを脱ぐと、それで思い切り四方田の顔を張り飛ばした。〝バン〟と強い音がした。

すると四人の男の子が立ち上がって、上川の前に並んだ。四人が一斉に襲いかかった。椅子から引きずり下ろして、殴りつけているのだ。

さらに二人の男の子が、四方田を攻撃している。そして男の子と女の子が、杉山を殴りつけはじめた。

上川たちに嫌がらせをされなかった生徒は、一人もいないのだろう。ほぼ全員が、次々と上川たちに襲いかかった。

ただ一部の女の子たちと、男の子の数人は、席から離れようとしなかった。机に突っ伏したり、耳を塞いでいる。その中に基樹の姿があった。

〝これ、やばくないですか〟と利根は阿久津にラインした。

〝止めようがない〟と阿久津から、笑顔の絵文字とともにラインが送られてきた。

恐らく阿久津は子供の時分、やられたら、やり返した方だろう、と利根は思っていた。阿久津の言葉が忘れられない。〝暴力の恐怖は感じなくなった〟という言葉を。どれほどの暴力にさらされると、そんな状態になるのか。

利根は思い出していた。小学校で起きていたイジメを。ある日、イジメられていた伴野《ともの》くんが、イジメっこを殴ったのだ。その後、伴野とそのイジメっこは、仲良しになってしまったような記憶が、ぼんやりとある。

利根は、イジメに近づかないようにしていた。基樹が耳を塞いでいる気持ちがよくわかった。暴力が恐ろしいのだ。人が怒り狂う姿が恐ろしい。それから遠ざかるためなら、過剰なまでに迎合してしまう。今も、動悸《どうき》がして息苦しくなっている。

チャイムの音で大半の生徒は、暴力の渦から離れて席に戻った。一人ずつ……。

だが山野井だけは、床に倒れている上川に馬乗りになって上履きで、その顔を何度も叩いている。男の子が一人、山野井の肩を叩いた。

〈もう、やめなよ〉と声をかけている。

〈うるせぇ！〉と山野井は、絶叫した。

肩に手をかけていた男の子は、ビクリと身体を震わせて席に戻った。

山野井は肩で荒い息をしている。やがて山野井は上川に唾を吐きかけた。

教師が教室に入ってきた。

床に倒れている上川ら三人を見て、教師はぎょっとしている。クラスを見回しているが、誰も顔を上げない。

教師はしばらく立ち尽くしていたが、上川の前に進んだ。

後部のカメラからは、上川の顔は、はっきりとは見えない。だが、あれだけ殴られれば、ひどい傷や腫れがあると思われた。

教師は呼吸を確認している。四方田、杉山にも同じ確認をすると、予想外の行動に出た。彼らを抱き上げると、椅子に座らせたのだ。

上川たちは意識が薄くあるようで、椅子に座っている。だが手足がだらりと垂れ下がり、まっすぐに座ることができていない。

教師は教壇に戻ると、何事もなかったかのように授業をはじめた。

〝さあ、ここからが面白くなりそうだな〟

阿久津からのラインだった。またも笑顔のスタンプがあった。

利根は、返信する気にならなかった。

3

朝からの雨で、レストランは暇なはずだ。それでも気になって利根はレストランを覗いた。ゴルフ客が一組だけだった。

「利根さん、いいよ。監視してて」と友紀に言われて「すみません」と部屋に戻った。

すぐにスマホを見る。給食が終わって、昼の休み時間になっていた。だがほとんどの生徒は教室にいる。雨のせいもあったろうが、上川たちを遠巻きに見ていた。

山野井が中心になって、男の子たちが、五人で上川を取り囲んで、時折小突いては、大笑いしている。

動きがあった。一番薬を飲んだ量が少ないはずの、四方田が立ち上がったのだ。

山野井たちに、ひるむ様子はなかった。山野井は挑戦的な目で、四方田の前に立ちはだかった。

四人の男の子たちも、その後ろに従っている。

〈やるか？〉と山野井の声が聞こえる。

だが四方田は返事をせずに、よろけながら、急ぎ足で教室を飛び出して行った。

〈逃げたよ！〉と山野井が、手を叩いて笑った。教室の中に爆笑が広がっていく。

教室に基樹の姿はない。

利根の監視時間は、昼休みが終わるまでだった。残り一〇分。「いい」と友紀は言っていたが、甘えてしまうわけにはいかない。

上川が動き出した。山野井に小突かれ続けて、意識がはっきりしてきたようだ。

山野井をはじめ、取り囲んでいた四人が、一斉に殴りかかろうとした。

上川は顔や頭を両手でかばって、教室を見回した。四方田の姿がないことと、杉山がぼんやりとして傷だらけなのをみとめると、杉山に駆け寄った。肩を強く揺さぶっているが、杉山から反応はない。

山野井たちが、上川に近づく。

〈やめろよ……〉と上川は後ずさりしている。

山野井が、殴るフリをした。

その度にびくりと、上川は身体を震わせている。

〈もうやめろよ。こんなに殴ったことねぇだろ〉と上川は精一杯の虚勢を張ったが、弱々しく脅えた声だ。意識が朦朧とはしていたが、暴行を受けた記憶はあるのだ。

山野井は無言で、上川のスネを思い切り蹴り上げた。

上川はスネを押さえてしゃがみ込んだ。やがてすすり泣きが聞こえてきた。

いきなり上川は立ち上がると、四方田と同じく教室を飛び出して行った。

時計を見ると、利根の昼休みが終わる時間だった。


ランチの洗い物を終えた利根は店内を見回した。店に客はない。

時計を見ると午後二時。友紀は、まかないを終えて休憩中だ。

店内には、井野と利根だけだった。

「トイレ点検してきます」と井野に告げてトイレに入った。

スマホを隠れて見た。教室は授業中だ。

上川と四方田、そして杉山の姿がない。

教師が、社会の授業をしている。

教室は平穏だった。


利根は夜の八時半には片づけを終えて、部屋に戻った。

するとすぐに阿久津が、ドアを開けて入ってきた。

手には焼酎がある。利根は決して呑まない、と心に決めた。薬が混入された、という疑いが払《ふっ》拭《しょく》できない。

今度は何をさせるつもりなのだろう。だが阿久津を問いただす勇気はなかった。

「呑むよね？」

阿久津の笑顔に釣られて「ええ」と応じてしまっていた。

「烏龍茶あったろ？　呑みなよ」

「阿久津さんは、いいんですか？」

「いいよ。俺は、ちょっとハイになってるんでね」と笑った。その顔には普段にはない蕩《とろ》けるような笑みがあって、利根は驚いた。ドキリとするほどに、阿久津が色っぽく見えて、利根は自分のセクシャリティに疑問を抱いた。

「ハイって薬物ですか？」と利根の声が震える。

「いや、毒だ。俺は毒で酔うって言ったろ」

「ハハハ」と利根は、笑って受け流した。まだ利根は疑っていた。

「本当だぜ。今は致死量のトリカブトが、身体の中を駆けめぐってる」

利根は、また阿久津の顔に見入った。崩れたような笑みが阿久津の顔にある。

「基樹、予想外だったな」

阿久津が、その場に寝そべりながら、間延びした呑気《のんき》な声を出している。

「まさかあの山野井って小さな子が、殴るとは思いませんでした」

「あの子って根性あったじゃん。基樹みたいに言いなりになったりしてなかった。結局、強さって根性なんだな。降参しなかったら、負けない」

「でも、彼は殴りすぎですよね」

「俺らが知ってるのは、上川たちがやってたことの、ほんの一部だ。山野井だってどんなことをされたのか。想像すんのも嫌になる」

確かにそうだった。だが利根は、やはり基樹に感情移入していた。あの弱さに。

「明日、どうなるかが見物《みもの》だな。明日は非番だから、ずっと見てられる」

この機会しかない、と利根は思い切って尋ねてみた。

「阿久津さんは、基樹を救いたくてやってるんですよね？」

「うん、でも半々かな？」

間延びした阿久津の声だった。毒の作用のようだ。

「目の前に現れた苦境にある子を、助けたいってのが五〇パーセント。残りの五〇パーセントは、毒を使いたいからかな。毒が思い通りに作用すると面白い」

やはり……と利根は失望を感じていた。

「施設にいる時に、イジメられたって言ったろ？」

「ええ、ストレスの匂いがすると、近づかないようにしてた年上の人」

「よく覚えてるな、あんた。そいつに、毒を盛ったのがはじまり」

利根は言葉を失っていた。

「図書館で毒の本を借りたんだ。毎日、ひどい暴力受けてたからな。職員は見て見ぬふりだし。どうにかしたいって思って、毒を思いついた。力じゃ、かなわないから」

阿久津は当時を思い出すのか、顔をしかめた。

「俺の顔なんか、変形するくらいに殴られてるんだぜ。でも職員は無視だ。職員は〝施設上がり〟の野郎が多かった。つまり施設内の暴力なんて屁《へ》とも思っちゃいない。それが当たり前だ、と思ってた。あいつらもガキの頃は、加害者側だったんだろう」

「それは……」

「毒草なんて調べれば、そこら中にあった。それを少しずつ集めて、自分の机の中に隠し持ってそいつの食事に混ぜてやった。アセビ、アヤメなんかは、下痢《げり》とゲロでな。そいつが真っ青になってトイレに駆け込んだり、ゲーゲー吐いてんのを見るのは面白かった。特にオシロイバナの種をすりつぶしたヤツは強烈で、何度も下痢便、漏らしやがって、職員に袋叩きにされてた」

やはり利根は言葉が見つからなかった。だが同時に自身のイジメられた記憶もよみがえる。もし阿久津のように〝武器〟があったら……。

「ウルシの汁を下着に塗ってやったら、アソコが腫れ上がってよ。翌日にはイラクサを下着に仕込んでやって、今度は全身がじんましん！」

阿久津がクックッと、声を立てて笑った。

「そいつが、あんまり汚いんで、職員からも、それまで支配してた施設の子供たちからも、嫌われて孤立していったんだ。そしたらイジメが俺に集中するようになってさ。大失敗だった。毒で殺してやろうか、と思ったけど、絶対にバレるって本に書いてあって、踏み出せなかった。やってやりゃあ、良かったたって、今でも時々思うよ」

「今も、そういうこと、やってたりするんですか?」

阿久津は薄く笑った。

「警察ってのは嫌なところでね。パワハラ野郎には、時折〝お仕置き〟したり、〝方針転換〟を促してる」

利根が、言葉を失っていると、阿久津が不謹慎な提案をした。

「山野井が勝つか、上川が巻き返すか。賭けない?」

利根は思わず「いいですよ」と応じてしまっていた。

「山野井が勝つ方に五千円だ」

利根は少し考えた。

「勝者がなしってのは、駄目ですか?」

「どういうこと?」

「和解するってことです。仲良くなっちゃう、とか」

「いいよ。五千円な」

利根は応じながら、思い出したことがあって「あ」と声をあげた。

「どうした?」

「なつこさんのご主人が言ってた、ビルの管理会社の紫色の作業服……スーツみたいに見えるってヤツ、思い出したんです」

「え? なんだっけ?」と珍しく阿久津は反応が悪い。毒のせいだ。

「あれです。プロレス道場の事故の時に、なつこさんのご主人が、エントランスで見たって言ってた紫の作業服です。今日、ゴルフのお客さんのバッグ見てて気づいたんです。古大商事グループの会社のシンボルカラーが紫なんですよ」

「古大商事の作業着ってこと？」

「違います。グループ会社の古大サービスってビル管理会社です。鍵屋やってる時に仕事を頼まれたんです。凄く感じが悪くて、偉そうだったので、覚えてたんです」

「紫でスーツみたいな作業着は、そうそうないもんなあ。でも、確認したんだけど、あのビルの管理契約してるのって、名前も聞いたことないような会社だった」

「だったらますます、その紫の作業着の男って怪しいです。作業着の胸のポケットにフラップがついてて、そこに所属と名前が刺繍《ししゅう》されてるんですよ。でもポケットにしまって隠せるようになってるんです。なつこさんのダンナさんは見なかったんだろうなあ。もし、なにかやましいことしてるんなら、隠すだろうし」

　しばらく阿久津は黙って考えているようだったが、やがて立ち上がった。

「明日、仕事終わりでいいから、ちょっともう一度、現場に行ってみよう」

「え？　僕もですか？」

「あんた、電気関係強いだろ？　俺は苦手でな」

「電気ってなんです？　それって警察の仕事じゃないんですか？」

「前にも言ったろ？　警察は処理が終わった案件は、絶対に再調査なんかしない。自分たちのミスをわざわざ拾うようなもんだろ。だから警察のはみ出し者が、かわりに調べちゃう」

　片手をあげて、敬礼のようなマネをすると阿久津は、部屋を去った。

利根は焼酎の烏龍茶割りを口にしてみた。味に変わりはない。

多分、と利根は思った。薬のせいではない。はじめて〝仕事〟を引き受けてしまった時も、今も、ただ依頼を拒絶する強さが、自分にないからだ。

利根はコップに焼酎を注ぎたすと、一気にあおった。


「今日、非番なんだけど、宏さんに運転、お願いできないかな？」

朝食を終えた阿久津が、横に座る友紀に頼んで、お茶をすすった。

「いいけど、また、なにかやってるんだ？　でも〝イジメ〟って子供でしょ？　大丈夫なの？　薬なんか盛って」

「まあ、そうだけど……」と阿久津は友紀に弱い。

阿久津が話題を変えた。

「なつこさん、水曜日だから、お休みだ。今日、家にいるかな？」

「朝はサーフィンだろうけど、午後はいると思う」

「あのプロレス道場を検証したい。なつこさんに用事はないと思うけど、聞きたいことが出てきたら連絡とりたい」

「わかった。連絡しておく」

利根は「ごちそうさまです」と茶碗や皿を片づけはじめた。

食器を片づけながら、友紀が「ああ、水曜か」とため息まじりにつぶやいた。

独演会の水曜日だった。

食事を終えると、阿久津と連れ立って利根の部屋に向かった。まもなく八時半だ。ホームルームがはじまる。

部屋に入ると早速、テレビに教室の様子を映し出した。

まだ始業前だが、席を離れている生徒はいない。上川、杉山、四方田の席は空席だ。

チャイムが鳴ると、同時に教師が教室にやってきた。

〈起立。おはようございます〉と日直らしき声があった。

〈えーと、昨日、上川くんと杉山くん、四方田くんのお母さんたちが、学校に来ました。クラスの全員に暴力をふるわれた、と上川くんたちは、お母さんたちに言ってるそうだけど、本当に〝全員〟なのかな?〉

教室の誰も返事をしない。うつむいたままだ。

〈それでね。上川くんたちは〝みんながもう暴力はしないって約束して、謝ってくれたら、教室に来る〟って言ってるんだ。できるかな?〉

山野井が立ち上がった。

〈僕は上川たちに暴力をふるわれてました。でも謝ってもらってません〉

教師は、気まずそうに黙り込んでしまった。

やがて教師が、何か思いついたようで、弾んだ声を出した。

〈上川くんたちにも謝ってもらおう。それでお互いに謝ればいいんじゃないかな?〉

山野井の表情が見えなかったが、教師の生ぬるい提案に不満なのは間違いない。

〈上川くんたちは職員室で待機してるから、これから呼んでくる。いいね?〉

やはり生徒たちは黙っている。

教師は教室を出て行った。

すぐに教師が、上川たち三人を連れて、教室に戻ってきた。

上川たちは、おずおずと教室を見回している。完全に昨日までの〝教室の支配者〟の姿ではなくなっていた。顔は腫れ上がって傷だらけのようだが、手当てされている。

〈じゃ、上川くんたちから、謝ってもらえるかな？〉

上川たちは、顔を見合わせてから〈すみませんでした〉と頭を下げた。

〈聞こえません〉と誰かが大声を出した。

〈そうだね。もう一度大きな声で〉と教師が促す。

上川たちは、今度は少し声を張った。

〈すみませんでした〉

教室は静寂に包まれている。

〈今度はみんなで謝ろう。いいかな？　せーの〉

何人かが〈すみませんでした〉と言ったが、ほとんどの生徒は声を出していない。

〈はい、もういいね。もうなし、こういうのね〉

〈あの、もう二度と暴力はしないって約束……〉と上川が言い出した。

すると教師が、ため息をついてから、呼びかけた。

〈みんな、もうしないよね、いいね？〉

また何人かが〈はい〉と答えた。二、三人というところか。

〈はい、上川くんたちも席に戻って。授業をはじめます〉

上川たちは脅える目で、座席に戻った。

授業は淡々と進んでいく。

「賭けは、僕の勝ちっぽくないですか?」

利根の言葉に阿久津が笑った。

「イジメって根が深いぜ。中学時代にイジメにあった男が、復讐のために一二年後に同窓会開いて、毒入りビールと時限爆弾を用意してたって事件、知らない?」

「いや、知りません。殺された人がいるんですか?」

「同窓会の直前に、その男の母親が〝殺人計画書〟を発見して、警察に通報して、その男の身柄が拘束された。未遂だよ。だが、警察に押収されたビールには砒素《ひそ》が入っていたし、押収された男の車に積まれていた時限爆弾は、同窓会が催されている真っ最中に爆発した。三人の捜査員が怪我している」

「ええ!」と利根は、驚きの声をあげてしまった。

「その男は、中学を卒業後に工業高校から工業大学に進学して、化学試薬を扱う会社に就職した。そこで、化学薬品を取り扱える資格も得ていた。卒業後の人生を復讐に費やしてたんだ。同窓会の往復はがきも、全員分を自分で用意して郵送して、返事がないやつには、電話で催促までしてたんだ。つまりイジメの当事者だけじゃなく、傍観者もターゲットにした」

利根は施設でイジメを受けていた時期があった。栗原《くりはら》という名の上級生で、施設を支配していた。新しく入ったばかりの利根をターゲットにして、無視したり〝プロレスごっこ〟で叩いたり、という程度だったが、忘れがたかった。

今でも、その記憶がよみがえって嫌な気分になる。

利根も、栗原が不幸な人生を送っていてほしい、と願ったこともある。だから復讐しようとした男と、自分が遠いところにいるという感覚はない。毒を盛って復讐した、という阿久津の気持ちもわかった。

「ほぼ一年の間、上川たちのイジメは続いてるんだ。このままじゃ終わらない」

休み時間になると、上川と杉山、四方田は教室の後方で集まっていた。だがひそひそ話すばかりで、巻き返しを図るような素振りはなかった。

山野井たちは五人で集まって、威嚇《いかく》行動をしていた。突然に〈アア～、むかつく〉と大声を出したり、机を叩いて大きな音を立てたり、その度に上川たちは、身体をびくりと震わせ、脅えていた。

だが上川が反撃に出た。

〈もうやらないって約束したろ〉と山野井に強い口調で、ぶつけたのだ。

〈なんだ、てめぇ！　やんのか！〉と山野井が机を蹴散らしながら、向かって行く。

上川たちは教室から逃げ出した。それを見て山野井たちは笑っている。

「じゃ、時間なんで行きます」と利根は、レストランに向かった。


キッチンの隅で利根がまかないを食べ終えて、部屋に戻ると、阿久津の姿がなかった。

阿久津からラインが入っていた。

〝一二時三〇分ぐらいからの映像見てみ〟とある。

教室の映像を再生する。早送りして一二時三〇分から見はじめた。

昼休みになったばかりのようだった。まだ給食を食べている生徒もいる。

上川たちは、やはり教室の後方で静かに固まっている。

山野井たち五人は、前方で集まってなにか話しながら爆笑していた。

やがて山野井たちは、後方の上川たちに向かって行く。

〈上川、お前、のど渇いてるだろ。ジュース買ってこいよ〉と山野井が言いだした。後ろに控える四人は笑っているが、その目は上川に鋭く向けられていた。

上川は、なにも言えずに黙り込んだ。

〈お前に買わされた分が、たくさんあるから。お前が金出せよ〉と山野井が詰めよる。

上川たちは完全に震えあがっている。阿久津の言う通りに〝根性〟の違いで支配している。イジメは、必ずしも体力が強い側が行うものではないのだ。

〈このクラスのみんなに、嫌なことしたんだから、全員にジュース買ってこい〉

上川はなにも言えない。目が脅えている。

〈オラ！〉と山野井が怒鳴る。

〈金、ないし……〉と口の中でもごもごと、上川が言い訳する。

〈ふざけんなよ。金がなかったら万引きしてこいよ。お前、そう言ってたろ〉

〈ヤだよ〉とやはり小声で、上川が拒否した。

いきなり山野井が、上川のスネを蹴った。鋭い蹴りだった。

上川はスネを押さえ、しゃがんで泣きだした。

〈お前ら三人で万引きしてこい。俺たちの分だけで許してやる。俺はコーラ〉

山野井は後ろの四人に目で問いかけた。

〈俺もコーラ〉と四人が手をあげた。

〈荒巻くん〉と山野井が声をかけた。基樹の名字だ、と利根はようやく気づいた。

基樹は一番前の席に座っている。振り向かない。

〈荒巻くんが一番やられてたんだから、ジュースもらいなよ。なんにする?〉

基樹が、立ち上がって振り向いた。

基樹の目には激しい怒りがあった。しゃがんでいる上川を、にらんでいる。

教室の誰もが、基樹を見つめていた。

〈……僕はいらない〉

震える声でそれだけ言うと、基樹は教室を出て行った。

基樹に続いて、一番前に座っていた女の子も教室を出て行く。

〈私もいらない〉と言い置いて。

その女の子は山野井が、上川にやられている時に〈やめなよ〉と、たしなめた子だ。

女の子たちが三人、席を立って教室を黙って出て行く。さらに男の子が二人……。

次々と生徒たちが、教室から出て行く。

残されたのは上川たちと、山野井たちだけだった。

教室には上川が、しゃくりあげる泣き声だけが響いていた。


その後、早送りして利根は先を見た。

ついに山野井たちまでもが、教室を去り、泣き続ける上川を置いて杉山と四方田も教室を去った。

昼休みが終わると、生徒たちは教室に戻ってきた。上川はもう泣いていないようだが、顔を腕で覆ったままの姿で、机に突っ伏している。

教師がやってきて上川の様子を見たが、声もかけずに授業を行った。

六時間目が終了しても、上川は顔を上げなかった。

突っ伏している上川の周りに、杉山と四方田が黙って立っていた。

やがて杉山が〈帰る〉と去った。四方田も〈俺も〉と後に続いた。

それから一〇分ほど、上川は顔を上げなかったが、教室に誰もいないことを確認すると、廊下に首だけ出して、辺りを見回してから走って出て行った。

〝あんたの勝ちだ〟と阿久津からラインがあった。

〝和解とは言い難いですけど。基樹は許したんでしょうか？〟と利根が送った。

〝それはわからない。でも、上川を殺しても、イジメの記憶を基樹は、忘れられない〟と返信があった。

確かにそうだ。利根をイジメていた栗原が、貧困の末にのたれ死にした、と聞いても、イジメられた記憶と感情が消えることはない。そして利根は、自分と同じく〝弱い〟と思っていた基樹の強さに感動していた。

そして思い出した。小学生の時に、イジメられていた伴野くんは、イジメていた生徒を殴った。それから二人は和解して仲良くなったように見えた。だが伴野くんは、その生徒を密《ひそ》かに奴隷のように扱っていたのだった。イジメに定型などない。


休み時間を終えて、レストランに戻ると井野が寄ってきた。

「今日、来ないのよね」と井野は声をひそめる。

「なんですか？」

「アレ、独演会」

確かにもう三時を過ぎている。

つまりレストランに客はゼロだ。

「予約じゃないんでしたっけ？　あの人たち」

「予約しないのよ。いつも水曜日はガラガラだから」

外に目をやると、雨は降っていない。薄曇りだが、穏やかな天気だ。

友紀が、カウンターに顔を出した。

「利根さん、あの人たちを、お迎えに行ってくれない？　商売あがったり」と笑った。

友紀の軽口に笑っていると、レストランの入り口につけられたベルが鳴った。

見ると客ではなく阿久津だった。手には五千円札がある。それをヒラヒラさせながらやってきて、利根に差し出す。

「いや、冗談ですから」と利根は固辞したが、シャツの胸ポケットに押し込まれた。

「次は絶対に取り返してやるからな」とにらまれた。

「利根さんが勝ったんだ」と友紀が笑う。

「一時はどうなるか、と思ったが、予想外の結果になったよな」

阿久津に言われて、利根はうなずいた。

「僕は、あんなに強くなれないって思いました」

言いながら利根は、涙ぐみそうになってしまった。

「詳しく教えてよ」と友紀が言うと同時に、駐車場に車が入ってくるのが見えた。

朱里の車ではない。白いセダンだ。

子供連れの女性二人組だった。常連だ。利根にも見覚えがある。

子供は二人。女の子で五歳くらいの年齢に見える。

「友紀ちゃ〜ん」と子供たちが、駆け寄って抱きついている。

友紀もすぐにしゃがみ込んで、二人を抱きすくめている。

友紀の手放しの笑みが、まぶしかった。

いつのまにか阿久津の姿がなくなっていた。音もなく消えてしまっていた。

4

夜になっても独演会の上尾たちのグループはやってこなかった。さらにゴルフ客の予約がキャンセルされて、店が暇だった。

そこに阿久津がやってきた。ゴルフ客がいないことをみとめると、友紀に訴えた。

「駅への送り、ないよね？　利根くん、早めに上げちゃっていい？」

「いいけど。なに？」

「ちょっとね。ワゴンでデート」


「電気って、なにを見るんですか？」と利根が、運転する阿久津に問いかける。

「ちょっと引っかかってるんだ。この間、なつこさんが、江の島プロレスの連中はあの日、朝の練習を早めに切り上げてたって、言ってたろう。それも気になった。わざわざ早起きして練習をはじめて、早めに切り上げてるのが不自然だ」

「たしかに、そうですね」

「誰かが、なにか細工したんじゃないか、と思ってな。換気扇を止めて、不完全燃焼を起こさせて殺した、とか」

「誰がですか?」

「わからない。細工した野郎がいたとしたら、その紫色の作業着を着てたヤツだな」

「なんで、ですか?」

「それは、ますますわからない。とりあえず細工をすることが可能かどうかを、確認に行きたいんだ。そこであんたの電気系のパワーが必要なんですよ」

「そんな、僕はあんまり、わからないですよ」

「ご謙遜《けんそん》を」と阿久津が笑った。

「一酸化炭素って空気より重いんですか?」

「わずかに一酸化炭素の方が軽い。ただ地下室は密閉性が高いんだ」

スクーターを避けて、車線変更すると、阿久津が口を開いた。

「さっき、基樹の家を訪ねてみた」

「どうでした?」

「俺が、制服じゃないんで驚いていたが、これを返してくれたよ」

阿久津はそう言ってビニール袋を取り出した。盗撮タップだ。三つとも入っている。

「最後に教室を出たのって上川じゃなかったですか?」

「忘れ物をしたふりをして、放課後遅くに教室に入れてもらったそうだ。回収して、帰ろうとすると、あの教師が〝荒巻くんもこれで安心だろ〟って言ったそうだ」

「イジメを知ってて、知らんぷりしてたって、白状したようなもんですね」

「自分が、最低の人間だって自覚してないヤツの発言だ」

「黙ってれば、まだいいのに。自分の手柄だと思ってんのか」と利根は怒っていた。

「そのタップを返す時に基樹は、俺に〝ありがとう〟とは言った。だが彼の顔には笑みはなかった。表情が硬かった。恐らく彼は感謝してない」

「おばあちゃんの財布から、金を毎日盗まなきゃならない日々から脱出できるだけでも、僕なら感謝します。まして暴力から逃れられたんですから」

「余計なことをしたとは俺も思わない。必要だった。だが薬が効きすぎた、とも感じてる。副作用というべきかもしれんが」

山野井たちの反撃は、想定外だった。

「基樹は、もうこれ以上の暴力は、望んでいなかった。本当に暴力が嫌いなんだ」

阿久津の言葉に利根は「そうですね」と応じた。基樹があそこで山野井たちに加わって暴力をふるったとしたら、どうだったのだろう？

いや、何をしても、イジメの記憶は消えない。

利根はただ、基樹の明るい未来を祈ることしかできなかった。


コインパーキングに車を停めると、利根は阿久津とともに道場のあるビルに向かった。平日の夜で、さすがに普段は往来が激しい砂場通りに、人の姿は、ほとんどない。

「上に住んでるんだよな、なつこさん」

阿久津がビルの前から上階を見上げる。各部屋に灯《あかり》がある。

砂場通りから、脇道に入ると地下室が見えた。

手つかずの状態で、リングなどが、ガラス越しにぼんやり見える。

阿久津が階段を降りて行く。利根は動けなかった。亡くなっていた六人の姿が浮かんで恐怖に身体が震える。

阿久津がガラスのドアを開けようとしたが、当然ながら鍵がかかっている。

「開けてよ」

「いや、阿久津さん、お巡りさんの格好してないじゃないですか」

「あ、そうか。ヤバイか」と階段を戻って、あっさりと諦めた。

阿久津はビルのエントランスに足を向けた。利根もついて行く。

阿久津は、換気扇の前に立った。

利根も改めて見直す。地下から立ち上がっている壁に穴を開けて換気扇をつけている。穴の開け方がひどく雑だ。しかも、その換気扇から壁づたいに電源の配線がされている。むき出しだ。

利根は配線をたどって行く。

分電盤がエントランスにあった。金属製のカバーがついている。そこにデカデカと油性ペンで〝地下室〟と書いてある。

換気扇の配線は、この分電盤につながっていた。

「凄い乱暴な工事ですね」と利根が苦笑する。

「そうなの？　なんで？」

「普通は地下室内に換気扇のスイッチを作って、そこから配線を引っ張って、この分電盤に持ってくるんですよ。そうしないと換気扇のオン、オフを、いちいちここまで来て、この分電盤を開けて操作しなきゃならないんです。これ素人《しろうと》ですよ。自分でやったんじゃないかな」

「たしかに団体は儲かってなかったって、なつこさんが言ってたな」

「これ開けても、いいですかね？」と分電盤を指した。

「俺が許可するのも、なんだけど、いいよ」

その時、ゴム手袋を忘れたことに利根は気づいた。

「手袋を忘れてしまいました」

「後で拭けばいいよ。やってくれ」

阿久津に押されて、利根は渋々、分電盤の金属のカバーを開けた。ブレーカーがズラリと並んでいて、〝東コンセント〟などと手書きで、分電先の名称が書いてある。

だが整然と並ぶブレーカーから、はずれた場所に一つだけブレーカーを増設してある。黒いマジックで〝換気扇〟と書かれている。

「やっぱり素人が増設したんだな。配線が雑。ああ、やり直したい」

利根が頭を抱える。

「でも、一応、漏電ブレーカーには、つなげてますね」

「ん？　つまり漏電が起きたら、ブレーカーが落ちるってこと？　地下室の電気は全部消えちゃうってことだよな？」

「そうです。今も、漏電ブレーカーが落ちたまんまですね」

「その漏電ブレーカー、上げてみて」

「いや、まずいですよ。火事出しちゃいますよ」

「大丈夫、大丈夫」

利根は渋っていたが、漏電ブレーカーを押し上げた。

換気扇のシャッターが、ガバッと開いて地下室の空気を吸い出す。かびたような匂いが辺りに漂った。

「切って」と阿久津が命じた。

換気扇のシャッターが、ガッシャンと大きな音を立てて閉じた。

「これは確かに凄い音だな。聞き間違いようがないな」

阿久津は、ノートをスウェットのポケットから取り出し、メモする。

「午前五時から練習開始。いつもは八時までみっちり練習して、それからチャンコの支度をはじめる。だが事故当日は、なつこさんが出かける朝の七時半に、このシャッターが閉まる音がした」

「その時間に、漏電ブレーカーが落ちたってことでしょうか？」

「まあ、そうだな。でもこんな大きな音だったら、当然、地下でも聞こえるはずだ」

「そうですね。それに照明なんかも全部消えますから、普通は気づきますよね」

「彼らは、それに気づかない状態だったわけだな。石油ストーブのタンクには水が混入してて、点火の直後から不完全燃焼を起こしていた。となると換気扇が回っていても、彼らは徐々に一酸化炭素を吸入していた可能性が高いか。漏電を起こした時には、すでに意識朦朧の状態で……」

「全員がですか？　六人ですよね」

「うん、一酸化炭素は恐ろしい毒でな。酸素の代わりに肺に入りこんで、酸欠状態にさせる。濃度が低くても、意識が混濁して、正常な判断ができない。全員が一律ではないが、そういう状態になっていたんだろう」

阿久津はノートを見ている。

「あと、つぶさないといけないのは、なぜいつもより早い時間に、漏電の原因となったチャンコを食べていたのか、だな」

「鍋の蒸気が、換気扇に結露したんですよね。でも、それだけじゃなくて、プロレスラーが練習したら、かなり汗をかくでしょうし、水蒸気はかなり……」

「実際にチャンコの支度がしてあった。地下室には調理室がないそうで、カセットコンロで調理していたようだ。七時半に漏電を起こしたんなら、七時くらいから調理をしていたんだろう。なぜだ？　練習を二時間で切り上げてる。それが引っかかる」

「なにか用事があったとか」

「チャンコ食べてんだぞ。忙しそうに見えるか？」

エレベーターが、チンと音を立てて到着した。ドアが開くとなつこが降りてきた。

「ああ、なんだ。阿久津さんかあ。シャッターの音がしたからびっくりしちゃった。今日来るって、友紀ちゃんから聞いてたの忘れてた」

「なつこさん、事故があった日って土曜日でしたが、興行とかはあったんですか？」

「ないと思う。興行のときは私も必ずチケットを買ってあげてたから。でもイベントなんかはわからないな」

「たった二時間しか練習しないで、チャンコの支度をはじめたのが気になって……」

「あ、じゃ、訊いてあげる。所属してたレスラーがすぐそこに住んでるの。結婚してるから、寮生活ができないのよ。今は、大きなプロレス団体に移ってんの」

「そうなんですか？　事故の当日は？」

「朝の練習はしないで、新聞配達のアルバイトしてたの」

砂場通りを挟んだ、真向かいの木造アパートに、なつこは向かった。

一階の部屋のドアを、なつこがノックした。呼び鈴もないようだ。

「なつこで〜す」と声をかけた。「は〜い」と中から女性の声が答えた。

ドアが開いて、かわいらしい女性が、顔を覗かせた。阿久津の姿を見て驚いている。

「この人は警察なの。あの事故を調べてるんだって。やっちゃんいる？」

すぐに「どうも」とパジャマ姿の巨漢〝やっちゃん〟が、眠そうな顔で現れた。かなりの美男だが、太りすぎのきらいがあった。

「お休みのところ、すみません」と阿久津が一礼する。

「いえ、どうしたんすか？」

「あの事故が起きた当日に、江の島プロレスはイベントが、ありましたでしょうか？」

「いや、なかったですね。その日は自分も午後の練習に参加する予定でしたから」

「あの日だけ、普段よりも一時間以上、早めに練習を切り上げて、チャンコをはじめてるようなんです。理由って思いつきます？」

〝やっちゃん〟は首をかしげた。

「いえ、会長は練習を長くすることはあっても、短くすることはない人でした」

「そうか」と阿久津は考え込んだが「あと一つ」と質問を続けた。

「会長や江の島プロレスが、脅されたりしたことありませんか？　憎まれたり？」

〝やっちゃん〟は微笑した。

「会長を憎む人なんていません。あんな人間は滅多にいませんよ。自分だってあの人のおかげで……」と絶句してしまった。涙ぐんでいる。

「ああ」となつこが声を上げた。

「でも、あったじゃない。自転車で入ってきた若いのが、大声でわめいたりしてさ。夜なのに人込みが多かったから、人だかりになっちゃって」

「ああ、そうなんです。会長が〝自転車降りて通行してください〟ってお願いしたら、まだ学生みたいなヤツが〝なんでお前にそんなこと、言われなきゃなんないんだ!〟って大騒ぎして、会長の胸ぐらつかんだりしたので、自分たちが出て行ったんです」

「そりゃ、ビビるだろうな」と阿久津は楽しそうだ。

「ええ、自分たちの体格見て恐くなったらしくて、突っ立ったまんまうつむいて黙っちゃったんです。そしたら囲んで見ていたギャラリーから、クスクス笑い声が起きて……。確かにコントみたいなシチュエーションですからね。そいつは、逃げ出しちゃいました」

「いつのこと?」

「去年の、クリスマスの少し前ですね」

「そいつの目立った特徴ってあります?」

〝やっちゃん〟は顔の前で、大きく手を振った。

「違います。彼はそういうんじゃないです。悪い子じゃなかったです。年が明けてから、手土産を持って道場に謝りにきたんです」

「ほお、そうですか」

「彼はちょっと変わってました。いきなり〝すみませんでした〟って土下座しちゃうんです。その時に気づいたんですけど、足が悪いらしくて、少し足を引きずってるんですよ。自転車だと、それに気づかれないから、ここでも降りたくなかったんだな、と。それを会長に降りろって言われて、カッときちゃったんでしょうね」

「なるほど……」

「彼はオタク風なのかな。土産が変だったんですよ。アニメかなんかのキャラクターのキャンディの詰め合わせ。会長の息子は喜んでましたけど。それに花を持ってきたんです。でも、鉢植えなんですよ。なんか難しい名前の花で、甘ったるい匂いがして、自分は嫌だったですけど、会長は気に入って道場に飾ってたんです」

「甘い匂い？」と阿久津の目が鋭くなった。

するとなつこが〝やっちゃん〟に問いかけた。

「ああ、そうでした」

「花って言っても、白っぽい小さいのが、たくさん咲いてるヤツでしょ？」

「詳しいですね、なつこさん」と阿久津が驚いている。

「ランよ。デンドロキラムだ。あの時期で匂うっていうとグルマセウムかな」

「ラン、大好きなの」

「もう一回、言ってください」と〝やっちゃん〟が、なつこに手を合わせて頼む。

「デンドロキラム・グルマセウム」

「それだ！」と〝やっちゃん〟は手を叩いた。

事故の現場で甘い香りがした、と言っていた阿久津の言葉を、利根は思い出した。

阿久津に目をやると、ノートを取り出してペンで書きつけている。

「もう一点、稽古場でストーブは使ってた？」と阿久津が〝やっちゃん〟に尋ねる。

〝やっちゃん〟は再び顔の前で、大きく手を振った。

「使いません。自分は結婚してから、朝稽古に出てないですけど、暖房は一度も使ってません。あの日、急に寒かったから、使っちゃったのかもしれませんけど」

〝やっちゃん〟の顔が曇った。

「邪魔だし、捨てちゃおうって言ってたんですよ。あの時、捨てちゃってればなあ」

阿久津は、頭を下げて「もう一つだけ」と問いかけた。

「その大学生って名乗りました？」

「ええ、二村田《にむらだ》って言ってました」

「変わった名前だな。数字の二に、村に、田んぼかな？」

「だと思いました。耳で聞いただけですから、わかりませんけど」

阿久津は〝やっちゃん〟に礼を告げると、ビルのエントランスに戻った。

「その甘い香りのランって、毒あります？」と阿久津は、なつこに尋ねる。

なつこは怪訝そうな顔をした。

「部屋に飾ったりするのよ。そんなの聞いたことない」

「そうですよね。大きな疑問点は、それだな」

阿久津の言葉に、なつこが憮然《ぶぜん》とした。

「なに？　事件性があるってこと？」

「いえ、九割九分は、事件性なしって判断しました。ちょっとだけ気になりますが」

「なによ、警察みたいなこと言って」となつこが笑っている。

「あんまり人を侮辱すると、逮捕しますよ」と阿久津も笑っている。

阿久津が利根に「先に車に戻っててていいよ」と告げた。

なつこと込み入った話でもあるのか。「はい」と答えてパーキングに向かった。

意外なほどに疎外感を覚えて、利根は戸惑っていた。

「短くなった朝の練習と、甘い香りの毒の痕跡。この二つだけは、謎のままだ」

阿久津は、海沿いを運転しながら、助手席の利根に話すともなくつぶやいた。

「謎が残るってことは、事件性があるってことなんですか？」

「いや、そこまで言えない。人は気まぐれだし、勘違いもするってことだ」

「阿久津さんが、毒を感じたのが勘違いってことですか？」

「どこか別の場所で有毒ガスが発生していて、それをあの現場の花の甘い香りと、結びつけてしまっただけかもしれない。だとしたら俺の勘違いだ。だが毒の有無に関しては俺は勘違いしない。俺の身体は嘘をつかない」

利根は〝やっちゃん〟が話した、足を引きずっていた風変わりな男の存在が、少し気になっていたが、阿久津が触れることはなかった。


シャワーを浴びて、利根が部屋に戻ると、阿久津が寝ころびながらテレビを眺めていた。ニュース番組だが、消音されている。

「阿久津さん」と呼びかける。

「おお、ごめん」と阿久津が答えたが、どこか間延びした声だ。

「毒、やってるんですか？」

「ごめん。なんか寂しくなってさ」

普段なら阿久津が、決して口にしないような言葉だった。

「そこに焼酎持ってきたから、呑んで」と阿久津は指さした。

「あ、まだ、昨日いただいたのがあるんで、それを」

そう言って利根は、コップに焼酎を注いだ。烏龍茶で割る。

「あんたさぁ、俺と友紀さんの関係って、どんな風に思ってる？」

「友紀さんに、ちょっと教えてもらってますけど……」

「そうなんだ。なんだって？」

「阿久津さんとは、鎌倉の店で出会って、友達になって……」

「それだけしか聞いてないの？」と阿久津は突っ込んできた。

「はっきりとは聞いてません」

「ぼんやりと聞いてるのか」

「それはちょっと、わかりません」と利根はごまかした。

阿久津は微笑を浮かべた。

「これまでの色々な経験からするに、普通の若い男の性欲が〝一〇〇〟だとしたら、俺は〝一〟ぐらいなんだ。そう分析した。あまり異性に興味がない」

やっぱり同性愛ということか、と利根は緊張した。

阿久津が身体を起こした。利根は身構えてしまいそうになるのを隠そうと、笑みを浮かべようとして失敗した。どんな顔をしているのか、自分でもわからない。

「大丈夫。同性愛の傾向は完全に〝ゼロ〟だ。性的な欲求が、全方向に低い。ＬＧＢＴＱ＋《プラス》だとアセクシャルに近いと思う」

利根には、どれも聞き慣れない単語だった。翻弄《ほんろう》されていたが、阿久津がふいに〝性欲がないってのは、別に苦痛じゃない〟と言っていたのを思い出した。

「施設では、毎日のようにレイプか、それもどきのことが起きてた。職員も女の子と〝恋仲〟になったフリしてヤってた。バレたらクビだし、逮捕される。それでもみんなセックスに夢中だ。だが俺には、その衝動がわからない。錯乱してるとしか思えない」

　利根は返事ができなかった。

「セックスを試したことはある。性交はできたが、いいもんじゃない」

　利根は童貞だった。恋人とはっきり言える人は、派遣社員をしていた時の同僚の女性だけだ。同じ年齢だったが、バツイチの子持ちで、深い仲になれなかった。利根はそういう時に〝押せる〟タイプではない。関係は派遣切りとともに、自然消滅した。

　まるでお試しのように、セックスを経験している阿久津に少し腹が立っていた。

　焼酎を注ぎたしてグビリと飲んだ。

「〝一〇〇〟はなくても〝一〟でも欲求はあるし、できるんですよね？」

「まあ、そうだな」

「友紀さんのこと、好きじゃないんですか？」

「好きだな」

「友達として、ですか？」

「半分以上は、そんな感じだ」

「どういうことですか？　友紀さんは、はっきりと阿久津さんのことが好きって言ってました。そしてずっと片思いしてるって。阿久津さんには〝迷惑だよね〟って言ってて、切なくて泣きそうになりましたよ」

　阿久津は目薬のようなものを、ポケットから取り出して、口の中に一滴たらした。

「お互いに好きで、一緒に暮らしてるんなら、結婚したっていいじゃないですか」

「一緒に住むのは、抵抗したけど、押し切られた。友紀さんが、ドンドン荷物を運び込んじゃって……」

阿久津は、毒が効きすぎているのか、目を閉じて顔をしかめた。

「なぜ、そこまで嫌がるんですか？」

「嫌がってるんじゃない。俺は結婚できないんだ」

「なぜです？」

阿久津が薄く笑みを浮かべた。

「俺には生殖能力がない。無精子なんだ」

「あ」と利根は、言葉を失ってしまった。

「それだけじゃない。俺の腹の中には未成熟な子宮まである。外貌的には男だが、この腹の中には、女がいるんだ」

利根は以前、直感的に阿久津を〝中性的だ〟と感じたのだった。

「知ってると思うが、友紀さんは子供が好きだ。俺にはその能力がない。結婚はできない。俺から離れてくれって言ってるが……」

阿久津の顔が、苦しげにゆがむ。阿久津にも葛藤《かっとう》があるのだ。

「でも、今は精子バンクとかあるし……」

「それは、友紀さんにも提案された」

阿久津の顔が、異様なほどにしかめられた。吐き捨てるように続ける。

「俺は嫌だ。友紀さんに、別の男の精子が入りこむなんて、絶対、嫌だ。だったら一緒にいない方がいい」

阿久津の言葉に、利根は震えるほどの怒りを感じた。

「そんなに好きなんじゃないですか！　友紀さんのこと愛してるんですよ！　じゃなきゃ、そんなこと思いませんって！　なにが〝半分以上は友達だ〟ですか！　格好つけてんじゃないよ！」と利根の声が大きくなる。自分でも驚いたが、落涙していた。

阿久津は黙ってしまった。

「友紀さんを、あのままにしないでください。結婚って形にこだわるのは変かもしれませんけど、友紀さんは阿久津さんと、夫婦として暮らすことを望んでます」

阿久津はやはり黙っている。またポケットを探って毒を口にしようとした。

「やめてください！　それは、その毒は、逃避ですよ！」

毒を手にしたまま、阿久津は動きを止めた。やがてポケットに毒を戻した。

「僕は、中学生で施設に入ったから諦めてたけど、阿久津さんは待ってたんじゃないですか？　幼いころから施設に居たんだったら」

阿久津の顔に、暗い影が差した。

「どこかで、ずっと思ってたはずです。優しい夫婦が現れて、引き取ってくれるんじゃないかって」

阿久津は視線をそらすと、静かに頭を振った。

「俺が選ばれるわけがないことは、幼いころから知ってた」

褐色の肌を持った子供を選ぶ夫婦は、まずいないだろう。

「それでも心のどこかで、待っていたはずです。中学生の僕でも、そんな夢を見てました。金持ちで優しい両親に〝選ばれて〟なに不自由なく勉強できて、一流大学に進んでって。でもそんなことを考えてると、死ぬ間際に泣いて謝ってた母さんを、思い出しちゃうんです。僕のために働いて働いて、病気が手遅れになるまで働き続けて、死んじゃった母さんが、最後に僕に謝ったんです。ゴメンね、太作、貧乏させてゴメンね、一人にしてゴメンねって……」

新たな涙が、利根の頬を伝っていく。

「そんな妄想にふけるのは、母さんを侮辱してるような気がしたんです」

利根は涙を拭って頭を下げた。

「すみません。脱線しました」

阿久津が、間延びした声を出した。

「その気持ち、わかるよ……」

阿久津が大きくため息をついて、天井を見上げた。

「このナリだから、小さいころからイジメられたし、大人からも馬鹿にされた。誰からも愛されなかった。だから思ったんだ。強くならなきゃってな。強くなったよ。それで、ますます嫌われた。俺も誰かに愛されて、引き取られるって妄想に浸ったこともある。だけど、それも俺は捨てた。それが俺を強くしたんだ。強くなるってのは、誰にも頼らないってことだ。邪魔するヤツらは、はねのけるってことだ」

阿久津の目が、利根にまっすぐに向けられた。

「不思議なんだが、あんたにはちょっと心が緩む。同じ施設出身とかってことじゃない。俺は施設でも誰ともなれ合わなかった」

利根は、阿久津の目を見つめ返した。

「友紀さんには、緩まないんですか？」

阿久津は驚いたようで、目を見開いた。

「友紀さんにも緩んでますよ。僕以上に。友紀さんを気づかってる目が、優しくなっちゃってますから。それに自分で気づいてないんですか？」

「いや……」と阿久津は、珍しく言いよどんだ。

「結婚なんて、紙切れ一枚のことじゃないですか？　なぜそんな形にこだわるんです？　阿久津さんらしくない。結婚すれば、施設の子供を養子にできます」

「いや……」と阿久津は、また言葉に詰まった。

「友紀さんは、阿久津さんが好き。阿久津さんも、友紀さんが好き。友紀さんは子供が好き。子供も施設で優しい両親を、夢見ながら待ってる。それを阿久津さんも嫌になるほど知ってるはずです。ためらう必要なんて、ないじゃないですか？」

「……ん」と阿久津が、唸ったまま固まってしまった。

「一つ、聞いてもいいですか？」

阿久津は返事をしない。

「聞いちゃいますけど、友紀さんとセックスしたことあるんですか？」

阿久津は驚いたようで、顔を上げたが、口から言葉が出ないようだ。

「キスは？　ハグしたことは？　手をつないだことは？」

阿久津は黙ったままで、首を横に振った。

「それでもお互い好きなまま、なんですよ。中年童貞の僕が言うのも、なんですけどね。いや、だからこそ言えるのかもしれないけど、そんなものは、暮らしていく上では、些細《ささい》なことです」

阿久津が、ぽかんと口を開けた。

「阿久津さんは、慣れてないだけですよ。愛したり愛されたりすることに。強くなることに夢中で。でも慣れますよ。きっと慣れる。僕から見たら阿久津さんと友紀さんはラブラブです。〝結婚の形〟なんて、くだらない」

阿久津は口を開いたままだ。

「僕なんか、誰にでも媚《こ》びちゃうのが、処世術みたいなところがあるから、阿久津さんみたいな、自立した強さに憧れるところがありますけどね」

利根は自嘲《じちょう》気味に笑った。

阿久津はしばらく口をきかなかった。なにか考えているようだった。

やがて利根にかすれる声で問いかけた。

「……子供は恐がらないだろうか？　俺みたいなのが父親だったら……」

利根は阿久津の黒い顔を、まっすぐに見つめた。

「慣れますよ」

利根が満面の笑みを浮かべると、見たことのないほどの大きな笑みが、阿久津の顔にも広がった。

やがて二人は、クスクスと笑いだし、その笑い声は次第に爆笑になった。

第六章

1

三月になって、スギ花粉飛散がピークを迎えていたが、レストランは盛況だった。

だがその日は、ランチが終わると、客足がぱたりと止まった。

まかないを食べ終えると、友紀に〝部屋で休んでていいよ〟と言われて、利根は待機することになった。

自室に戻ると、阿久津が、床に寝そべっていた。今日は毒を飲んでいないようだ。

「ここのところ、ウチに入り浸りですねぇ」と利根は、からかう口調になった。

「ちょっと話があってな。待ってたんだ」

「なんですか？」

「卓がな」

「ああ、卓くん、そろそろ一時保護所から別に移るんじゃないですか？」

「そうなんだ。茅ケ崎の児童養護施設に移ることが決定した」

「んじゃ、例の下着やスウェットなんかを差し入れしますけど、やはり直接持っていった方が……」

その時、レストランで、ドアにつけているベルが鳴るのが聞こえた。

客が来たからには、休んではいられない。

「じゃ、すみません。その話は後で……」と利根は、外に出ようとドアノブに手をかけたが、動きを止めて耳を澄ました。

「あ、結構な数の人たちが上がってきます」と小声で阿久津に告げた。

「なんで？　下、ガラガラだろ？」

女性の声がした。

〈ごめんなさい。ちょっと込み入った話なんです。お店の方にも、お聞かせすると心苦しいし。じゃ、来なければいいじゃないって話なんですけど、久しぶりにヴェレーノ行きたいねって、ごめんなさい〉

聞き覚えのある声だったが、利根は思い出せなかった。

〈本当にお気になさらず。暇で困ってたんで、嬉しいです。ありがとうございます〉

友紀が答えて、特別室のドアを開けている。

利根も部屋を出ようとしたが、阿久津に引き止められた。

阿久津は辺りを見回すと、落ちていた紙切れに〝なつこさんの店で会ったあかりさんだ〟と書いた。たしかにそうだった。上尾たちが、水曜日に店に現れなくなってから一カ月以上が経っていた。

〈でさあ、朱里ちゃん、なんなの？　上尾さんの件？〉

朱里ではない声が、尋ねている。特別室と隔てるものは薄いベニヤ板一枚で、話し声は筒抜けだ。

〈ボヤ、出したって知ってるでしょ？〉

〈うん〉〈ええ〉などと、返事をする声から推すに、五人ほどのグループのようだ。

上尾――独演会の女王――がボヤを出した？

利根は、音を立てないように静かにベッドに腰かけた。

〈〝上級国民〟とかって、ネットで言われてるの知ってる？〉

朱里の声だ。

〈ああ、あれだよね。自動車事故起こしても逮捕されないおじいちゃん。元は高級官僚だったから、逮捕されないいんじゃないかって〉

〈上尾さんのご主人も、政府系のオーダー仕切ってるじゃない。だから本当にそうなんだなあって〉

〈なんなの？〉

〈エーテルって知ってる？〉

朱里が声をひそめる。

〈なんだっけ？　麻酔の薬じゃなかった？〉

〈あ、正解！　上尾さん、アレ吸ってたんだって〉

〈なんで？〉

〈昔から〝エーテル遊び〟っていうのがあるのよ。エーテルを吸ってハイになるらしい。それやってセックスすると最高なんだって〉

淫靡《いんび》な含み笑いが広がる。

〈失礼します〉と友紀の声がした。

〈どうぞ〉と何人かが同時に、答えた。

友紀がコップを置く音がする。

〈オーダー決まりましたら、そこのブザーを押してください〉

〈いつもの白ワインを二本と、前菜を適当に見《み》繕《つくろ》ってもらえます？〉

〈あら、お車じゃないんですか？〉

〈今日はタクシーなんです。思いっきり呑ませてもらいます〉

一同が笑いさんざめく。

〈少々お待ちください〉と友紀が、出て行く音がした。

利根が立ち上がろうとしたが、阿久津が無言で、座れと手で合図した。

〈上尾さん、それやって浮気してたってこと？〉

〈それはないみたい。エーテルって体温ぐらいの温度で揮発して、ガスになるそうなの。それが静電気なんかで簡単に引火しちゃうんだって。それでボヤ騒ぎ〉

〈上尾さん、まだ入院してるんでしょ？〉

〈長引いてるみたい。そんなにひどくないらしいけど、精神的なショックがねぇ〉

〈朱里さん、その情報どっから？〉

〈消防署から古大化学に、お尋ねがあったんだって。エーテルの購入者を探索したら、古大化学が出てきたんだけど、届け先が上尾さんの自宅になってた。エーテルって個人で購入できない仕組みらしいのよ。ゆるい縛りらしいけど〉

〈え？　古大化学の名前を、無断で使用してたってこと？　違法じゃないの？〉

〈違法らしいけど、不問に付されたって、ダンナが言ってた。上級国民の奥様だからじゃないかって〉

阿久津が紙切れに音を立てないように書きつけて、利根に見せた。

〝エーテルは麻酔に使われる薬。甘い匂いが特徴〟

読んで利根は、驚きで目を見開いた。阿久津を見ると大きくうなずいてみせた。

隣からひそめた声が聞こえた。

〈上尾さんの息子さん、引きこもりでしょ？　どうしてるの？　食事とか〉

〈わからない。でも完全な引きこもりじゃないらしいから。平気なんじゃない？〉

〈そうそう。大学を中退しちゃってから、しばらくコネでサービスに置いてもらってたって、聞いたことある。働けるなら、完全な引きこもりじゃないよね〉

その声に阿久津と利根は、顔を見合わせた。

古大サービスのことだろう。紫のスーツのような作業着……。

〈ワインと、鯛のカルパッチョです。特盛りにしておきましたあ〉

友紀と井野が、料理を特別室に届けている。

ワインを呑みはじめてからは、上尾の悪口ばかりが飛び交っていた。上尾が卒業した一流大学は、実は短大であり、国際線ではなく国内線のキャビンアテンダントだったことなどなど、上尾の過去の話は少しずつ虚飾が施されているのだった。聞いているうちに利根はうんざりしはじめた。

だが阿久津は辛抱強く聞いている。二時間もそのまま聞き続けていた。

朱里たちがにぎやかに帰って行くと、阿久津はスマホで検索をはじめた。

「お」と声をあげた。

「なんですか？」

「先月だな。〝藤沢市本辻堂二〟の戸建て住宅でボヤって記事があった」

上尾たちが、店に現れなくなった頃だ。

「〝二一〟って二丁目ですか？」

「うん。住人の五〇代の女性が、顔や手足に火傷《やけど》を負った。同居する二〇代の男性は無傷。また世帯主の五〇代の男性は、出張中で、自宅にはいなかったそうだ」

「火事の原因とかって……」

「カセットボンベが、爆発したってことになってる」

「ちょっとちゃんと、お聞きしてもいいですか？」

「まずエーテルだ。歴史がある古い麻酔薬だ。古すぎて俺も思い当たらなかった。朱里さんが言っていたように、案外簡単に手に入る。これで陶酔する遊びが海外で大昔に流行《はや》った。比較的安全な薬だ。これを注文したのは、恐らく上尾の息子だ。母親を殺そうとしていたんだと思う」

「え？　なんでですか？」

「本当にエーテル遊びのために上尾が注文したのか？　と疑問に思った。〝簡単〟と言っても法を犯さなきゃならないんだ。あの女が、その危険を冒すとは思えない」

〝独演会〟での上尾の姿を思い出して、利根はうなずいた。

「だとしたら、誰だ？　と考えた」

「引きこもりで、DVも噂されているっていう上尾の息子ですか？」

阿久津はうなずいた。

「朱里さんの話から推すと、息子は母親を嫌悪している。動機はある。その時、江の島プロレスの件が頭をよぎったんだ。あれもエーテルを使った事件じゃないかってな」

「え？　上尾の息子が両方やったってことですか？」

「そうだ。情報は少ないが、学生のような若い男性ってのは一致する」

「でも……」と利根は納得できなかった。

「動機もある……」と言いかけて、阿久津は首をひねってから続けた。

「いや、そんなのはどうでもいい。多分、もう一度試したくなったんだ。ヤツも毒に取りつかれてる。完全犯罪をやり遂げて、興奮してやがるんだ」

「なんで、そういうことになるんですか？　ぶっ飛んでません？」

「かもしれない。しかし、甘い香りに引っかかった。気化したエーテルは空気より重い。地下室に充満させるのは簡単だ。だが甘い香りがするんだ。それで気づかれてしまう。それをごまかすために、甘い香りのするランを土産に持ってきたんじゃないか、と踏んだ。謝罪に鉢植えって異様じゃないか？」

　話が突飛すぎて、利根は、にわかには信じがたかった。

「だって、一酸化炭素中毒の事故ですよねぇ？　エーテル関係なくないですか？」

「そうだ。典型的な中毒事故だったから、検視官も臨場していない。遺体の血中ＣＯ濃度を計っただけだろう。解剖もしてない。だが、中毒になる前にエーテルを充満させて、彼らの意識を奪ったんじゃないか。エーテルは意識を奪っても、自発呼吸をなかなか損なわないことで有名な麻酔薬なんだ。つまり麻酔された状態で、一酸化炭素を吸い込んで中毒になる。一酸化炭素でエーテルの痕跡を覆い隠したってことだ」

「麻酔してから、一酸化炭素中毒にしたってことですか？」

「ああ、手が込んでる。恐らく薬物のマニアだ。犯行の手段を予想するだけでも、異様なほどだ。エーテルを気化させて、たぶん換気口から流入させた。レスラーたちが全員、意識を失ったのを確認して、地下室に忍び込んで工作した」

「工作ですか？」

「タンクに水を混入したストーブを点火して、道場に用意されていたチャンコをコンロにかけ火を入れた。そして換気扇のモーター部に水をたらして漏電させて、犯人は逃げ出した。そこでなつこさんのダンナと出くわしたんだろう。そんな時のための作業着だった。古大サービスに勤めた時に作業着をガメてたんだな……」

利根は考えていたが、いくつか疑問が湧《わ》き上がった。

「漏電させるまでは、換気扇が回ってたんですよね？　エーテル流入しても吸い出されちゃうんじゃないですか？」

阿久津も考える顔になった。

「換気口も換気扇も上部にあった。エーテルは空気より重いから、下から順に溜《た》まってくる。あまり影響はなかったろう。だがあそこは外から分電盤で、換気扇だけ止めることができたよな。俺ならそっと換気扇だけを止めておく」

「でもあそこのシャッターって、止めるとガシャンって凄い音がして……」

「つっかえ棒でも、かませとけば音はしない」

「全員がエーテルで一瞬にして、意識失っちゃうってあるんですか？　誰かが倒れたり具合が悪くなったら、なんらかの対処をして……」

「エーテルは導入までに時間がかかる。だから瞬時におかしくなることはない。ただ喉や鼻の粘膜に刺激があるから、咳《せ》き込んだりした人もいたはずだ。だが人は異変には、なかなか気づかない。エーテルの最初の大きな症状は、筋肉の弛緩《しかん》なんだ。動けなくなる。一人が倒れるほどの濃度になっていたら、全員が意識朦朧として換気に気が回らない。そして介抱したりしているうちに、全員が昏倒する」

利根は「あ」とあることに気づいた。

「爆発するんじゃないですか？　エーテルって」

「ああ、それは犯人も賭けだったろう。だがあの地下室にはキッチンがない。おまけにレスラーたちが、地下室で大汗をかいてる。湿気が高いんだ。静電気が発生する可能性も低かった。犯人はそこまで考えていたし、調べていたと思う。だからチャンコを用意する前に、エーテルを入れた」

「でも、それがそうだったとしても、その後に犯人は、ストーブとかチャンコのコンロとかを、地下室で点火してますよね」

「それは犯人が換気してから行ったんだろう。入り口のガラスドアを開けて、換気口から外気を送り込めば排出されたはずだ。エーテルを流入した時に、きっとなにか送風機のようなものを使っている。それをもう一度使った。それでも空気より重いから、エーテルが地下室に少しは残っていたんだろう。あの牛乳配達の男が、戸を開けた時に、エーテルの成分が漏れだして、それを俺の身体が感じたんだ」

阿久津の推理は筋が通っているように利根には思えた。もし犯罪だとしても、あまりに〝手口〟が異様だった。利根は〝砂上の楼閣〟を思い描いてしまった。立派に積み上げたように見えるが、その足下はぐらぐらと不安定なように感じたのだ。

利根は頭から阿久津の推理をたどってみる。

利根は人を待たせることも苦手だった。それは大抵の場合、人を不機嫌にするからだ。だが、利根は思い切って黙考した。

うつむいてしまった利根を、阿久津は黙って見つめている。

長い時間が経過していた。

やがてゆっくりと利根は顔をあげて、阿久津に視線を移した。

阿久津の顔には微笑があった。それは確信を感じさせる余裕の笑みだ。

利根はその笑みに少々の反発を感じながら、頭に浮かんだ疑念を口にした。

「エーテルを地下室に満たして麻酔かけてるんですよね？　換気しちゃったら、麻酔が覚めちゃうんじゃないですか？」

阿久津は一瞬、考える顔になった。だがすぐに利根にうなずいてみせた。

「エーテルは比較的覚醒しにくい麻酔薬だ。だがエーテルの過剰投与で殺してしまえば、一酸化炭素中毒の偽装ができなくなる。犯人はそこは慎重だったと思う」

阿久津が口を閉じてうつむく。考えているようだが、すぐに続ける。

「もし俺なら最初はエーテルの濃度を薄めにして自由を奪い、換気をしてから、一人一人の麻酔の状態を確認する。覚醒しかけている者がいたら、顔をガーゼで覆って、そこにエーテルの滴《しずく》を垂らす。そうすることで麻酔状態を維持できるんだ」

利根は阿久津の言葉に納得してうなずいた。今度は視点を変えて、犯人の動きを追ってみる。すると気づいたことがあった。

「あの地下室の換気口って、エントランスのすぐそばでしたよね。あそこで送風機を使って、犯人がなにかしていたら、人通りもあるだろうし、見つかりませんか？」

「いや、五時から練習をはじめてるんだ。まだ真っ暗だ。犯人は、暗いうちに片づけたかったんだ」

「だから練習時間が普段より短くなったんですかね？」

「ああ、結果的に短くなったように〝見えた〟だけだな。それに俺が引っかかった。これがなかったら俺も気づかなかった」

うなずきつつも、利根はなにか引っかかっていた。

「……でも、マンションのエントランスには、照明がありましたよ。暗いうちでも、あそこでなにかしていれば見つかります」

「通行人に見られたとしても犯人は作業着だぜ。疑わない。さらに言うなら、ヤツは送風機でエーテルを送り込んでいる時に、エントランスにいなかったと思う。朝闇に紛れて、脇道からガラス越しに地下室で練習するレスラーたちを眺めていたはずだ。一人がおかしくなり、次々と倒れていく姿を見て、きっと笑っていた」

その姿が目に浮かぶようだった。明るい地下室からは、闇に潜む犯人の姿は見えないはずだ。そして倒れた中の一人は、まだ幼い子供なのだ。

犯人像が浮かびあがることで利根の中に確信が生まれつつあった。阿久津の推理に〝基礎〟ができたように感じていた。

「謝罪に来たっていうのも、もしかしたら……」

「そうだ。その時には、すでに犯行計画は完成していたはずだ。室内の最終確認と、甘い香りのランを届けるためだ。クリスマスに自転車の件があってから、ずっと道場を調べていたんだと思う。換気扇、換気口、地下室、外にある分電盤、古いストーブ、朝の練習の段取り、チャンコの時間……。それでエーテル麻酔と一酸化炭素中毒の犯行を思いついたんだ。毒としては一番入手しやすいし、発見されにくい」

たしかに阿久津の言う通りだとすれば、可能だ。だが……。

「自転車を止められて、プロレスラーに囲まれて、みんなに笑い者にされたってのが動機ですかね？　ちょっと普通は考えられませんけど」

阿久津は、なぜか笑った。

「それは小さな引き金でしかない、と俺は思ってる。多分、動機はそれほど重要じゃない。ヤツの目的は〝コントロール〟だ。肉体的には絶対に敵《かな》わない、あの巨漢レスラーたちを、毒の力で制圧してしまうことに、悦びを感じたんだと思う」

中学時代のイジメの復讐を、一二年かけて計画していた男の話を思い出した。彼の場合はもちろん、イジメられたという動機がある。だが彼もまた復讐を計画し、毒ビールや爆弾を作ることに、暗い悦びを感じていたのではないか、と利根は推察した。

そしてイジメっこを、毒で攻撃した阿久津も同じだろう。

「母親……上尾も殺そうとしたっていうのは……」と利根が問いかけた。

「同じ手段で殺そうとしたんだ。父親が出張するのを待っていた。そして母親が一人で眠っている寝室に、エーテルを流し込んだ。練炭でも用意してたんだな。それで一酸化炭素中毒による自殺に、見せかけようとでもした。だが静電気が発生してエーテルが爆発したんだ。民家だとしたら、堅牢な作りじゃない。ガラスが吹き飛んだって、記事には書いてあった。派手だが、母親は大した怪我も火傷もしてないはずだ。失敗だよ」

「母親は息子の仕業《しわざ》と、気づいてますかね？」

「いや、それはわからない。でも息子が引きこもりであることを、ごまかすために独演会をやっちゃう女だからな。気づいたとしても、なにも言わないだろう。カセットコンロの話も自分で画策したのかもしれない」

火傷を負いながらも、カセットコンロを寝室に運び込む上尾の姿が、利根の脳裏に浮かんだ。

「消防署はエーテルが、爆発したんだって知ってるんでしょうか?」

「痕跡で簡単に調べがつく。エーテルの入手ルートを探ったら、古大化学と上尾の住所が出てきたんで、消防が問い合わせたんだ。古大化学が古大商事に、お伺いを立てた。すると住所から、常務取締役の名が出てきた。朱里さんが言うように、古大商事がもみ消したんだろう」

エーテルの違法な入手自体は微罪だが、恐ろしい話だ。

「どうします?」

利根の問いかけに、阿久津は「うむ」と腕を組んで黙り込んでしまった。

「警察は……」

「なにをしても絶対に動かない。保証する。むしろこっちが捜査される」

阿久津は腕組みをしたまま、動かなくなった。

「本辻堂二丁目って駅前ですよね? 古大不動産の開発した場所ってありますか?」

「ない。駅前のタワーマンションだけだ。交番に尋ねてみるか……でも今日は三班かあ。あいつらは教えてくれないか」

「交番に尋ねないんですか?」

「折り合いの悪い連中なんで教えてくれない」

〝ごんぞう〟仲間にも確執があるのか、と利根は噴き出しそうになった。

また阿久津が考え込んでしまう。だが直後に阿久津の顔が輝いた。

「記事には〝爆発で吹き飛んだガラスの破片が、隣の公園に降り注いだ〟ってあったな。公園に隣接している民家は、それほど多くない」

利根がスマホで地図を見はじめた。

「二丁目には二つしか公園はありません。周りにある民家は五軒ですね」

「公園に行って見回せば、爆発した家は、わかるはずだ」

「上尾の息子は、今も家にいるんでしょうか？」

「わからない。そこも含めて確認してきてよ」

「え？　僕がですか？」

「俺、これからゴルフ客のお迎えだから」

「僕だって仕事ですよ」

阿久津は腕時計を見た。

「まだ五時前だ。バイク使っていいから、明るいうちに確認してきて。ゴルフ客が来るのは五時過ぎだろ。友紀さんには、俺から言っておくから」

渋々利根はうなずいて、立ち上がった。

「一応、言っておくけど、ピンポンしたりするなよ。殺人犯だからな」

「絶対、しませんって」


バイクで辻堂駅前に向かいながら、利根は一つの疑問にとらわれていた。阿久津は〝上尾の息子の存否を確認しろ〟と言っていた。しかし〝ピンポンするな〟とも言った。だとしたらどうすればいいのか。考えていたが、なにも思いつかなかった。

駅に一番近い公園は、桜がほころびはじめている。陽に照らされて美しかった。

桜の木の下に立って、周囲を見回してみる。その家はすぐに見つかった。真新しい二階建ての木造建築だ。建築に興味などない利根にも、豪華な造りなのがわかった。

二階の窓に、ベニヤ板が張られていて、壁にいくらかすすけたような痕跡がある。ガラスが吹き飛んだだけなのだ。上尾も大怪我はしていないだろう。

公園の金網のフェンスまで近づいて、家を覗き込む。一階部分は金属製の雨戸がすべての窓を覆っていて、中の様子は探れない。勝手口のドアにガラス部分があるが、模様のついたガラスで、中は見えない。それでも、室内に灯がないことはわかった。

二階もかなりの部屋数がありそうだが、灯などは見えない。

どうするべきか、と悩んだ末に利根は阿久津に電話した。

「上尾の息子が、いるかどうか、わからないんですけど」

〈住所を確認して。表札なんかも確認な。上尾の息子の名前がわかるかもしれないから。そしたら、近所のピザ屋を調べて、適当に見繕って上尾んチに届けさせて〉

また犯罪行為を命じられた、と思いながらも公園を出て、上尾家の門前に向かった。

立派な門構えだった。横にスライドさせる大きな金属製の門は、車用なのだろう。飛び上がって高い門越しに中をチラリと覗くと、車回しがあった。会社の車が重役を送迎するのか。

大きな門の脇に木製の通用口がある。そこに〝上尾〟と表札があった。

住所もその下にある。

利根は住所をスマホにメモして、駅前に移動した。そこにあった公衆電話からピザ店に電話して、一番安い一八〇〇円のピザを注文した。罪悪感が利根を襲う。

一五分後には、ピザ屋が上尾家のインターフォンを押していた。

利根は通行人を装って、ゆっくりと上尾家の門の前を通過して行く。

〈はい〉とインターフォンから声が応答した。

「ピザーテで〜す。ピザのお届けにあがりました〜」

〈いや、頼んでないです〉

「二一九一四一の上尾さんですよね？」

〈そうですけど、頼んでいません。家族も誰もいませんし〉

「いたずらですかね。失礼しました」

案外にそっけなくピザ屋は、三輪バイクにまたがって帰って行く。よくあることなのか、と少し罪悪感が薄れた。

インターフォンの声は、若い男だった。

完全な引きこもりは、インターフォンに応答することはない、と利根はテレビで見た覚えがあった。自分の存在を、完全に消してしまうらしい。

スマホに着信があった。阿久津だ。

「いました。インターフォンで若い男が応じました」

〈んじゃあ、引きこもりっていうより、パラサイトって感じだな。部屋にこもって、毒ばかりいじってんだろうな。一応、家の外観を写真で撮って送って〉

「はい」

〈そしたら大急ぎで戻ってきて。今日、ゴルフ客が四組も来やがって、大忙しで友紀さんが〝利根さんどうしたの！〟ってカンカンに怒ってるから〉

「なんでですか、阿久津さんが、ちゃんと言っといてくれるって……」

最後まで聞かずに電話は切られていた。

レストランに到着すると、慌てて着替えて店に出た。ゴルフ客ばかりなので、みんな焼酎をオーダーする。阿久津がキッチンに入って、酒の専属係として働いていた。

阿久津は酒を作るのが嫌で、利根に早く帰って来てもらいたかったのだ。

「友紀さん、怒ってないじゃないですか」

阿久津は薄ら笑いを浮かべると「あんたの部屋で待ってるよ」と言い残してキッチンを出た。

友紀は怒っているどころか、ウキウキと上機嫌でさえあった。

「友紀ちゃんも呑もうよ」と最後に一組だけ残った、ゴルフ客の一人が誘った。

いつもはやんわりと断っていたし、店で友紀が呑む姿は、見たことがなかった。

「そうだなあ。今日はご馳走《ちそう》になっちゃおうかな。でも呑んだらもう料理作らないよ。もし食べたくなったら、あそこの素人の利根さんが作るから。いいですね？」

「ああ、いいよ。おいで、おいで」と常連は嬉しそうだ。椅子まで用意している。

友紀は座ると「利根さん、私は焼酎の水割り。濃いめで」とオーダーした。

「友紀ちゃんが、お誘いに乗ってくるなんて珍しいじゃない。彼氏にふられたか？　だったら俺が立候補しちゃう」

「その逆。彼氏ができましたあ！」

「おお」「おめでとう！」などと客たちは、はやし立てる。

やはり阿久津が告白した……というより、友紀の求愛に応えたというべきか。

友紀のいつになく、はじけた笑顔が美しかった。

「利根さん、ボヤボヤしてないで、早く持ってきて！」

友紀に催促されて、利根は慌てて焼酎の水割りを濃いめに作った。

友紀はすっかり酔っぱらってしまって、八時過ぎには客を見送らず、部屋に戻って寝入ってしまったほどだ。

残りの片づけをすべて終えて、利根が部屋に戻ると、九時を回っていた。

阿久津は、テレビでニュースを見ていた。

「阿久津さん、友紀さんとお付き合いすることにしたんですか？」

「ああ」と阿久津は、照れくさそうに笑った。

「上尾の息子、どうします？　本当に犯人なのかな」

阿久津が身を乗り出してきた。

「一つ、引っかかってたんだけどさ。江の島プロレスに謝りに来た時に、自分のことを〝二村田〟って名乗ってたろ」

「ああ、そうでした。忘れてた。やっぱり違うんじゃないですか？」

「ネットで調べたらさ。日本に五人くらいしかいない、珍しい名前なんだって。しかも長野県に一人、東京に四人だけ」

「そうなんすか。そんなに詳しくわかるんですか」

「ああ、裏付けも取れた」

「珍しい名前ですよね」

「あんた、二村田って聞いたことない？」

「いえ」

「学術会議のメンバーで、大学病院の偉い医者の名前が二村田だった」

「なんの関係があるんすか?」

「その医者のインタビューが、ネットにあったんだ。長野の山奥で育って、貧乏だったらしいんだが、お母さんが偉い人で、なけなしのお金で、息子三人に教育を与えて、三人とも東大に進学させた。長男はそのお医者さん、次男は財務省の官僚、そして三男は古大商事の取締役になってる」

「え?」

「記事には三男の名前は、書かれてなかった。二村田家から上尾家に、婿に来たんじゃないかって。上尾一族は近隣じゃ知らない人のいない土地持ちの資産家だ。三男なら考えられる」

「でも、商社のエリートって、プライド高くて、お婿さんになるイメージってないですけどね」

「そのプライドを持ってるのは、息子だけだったみたいだ。〝ニムラダ〟でググったら出てくる、出てくる。SNSで、このハンドルネームの男が大自慢してんだ。〝商社でトップ張ってるウチの父親が手がけてきたプロジェクト知ったら、お前らション便漏らして、泣き崩れる〟とか〝マジで金融資産は金、株、国債、外貨建て預金……数十億ドル。相続税勘弁してくれ〜〟とかな。ズラズラ書き込んでるが、ほぼ無視されてる。最初の頃に〝嘘コキ野郎、黙れ〟って反論されて、ムキになって食ってかかってた。〝上尾正《ただし》でググってみろ、このクソカス〟ってな」

「父親の名前を、さらしちゃってるんですか……」

「それだけじゃない。反論したヤツが実際に調べて〝古大商事の常務じゃん。全然トップじゃねぇだろ。お前のスネだって証拠でもあんのか?〟って言われてキレて〝クソ虫母親と、その上尾一族に蹂躙《じゆうりん》された名を、私は名乗る。勇者ニムラダ!〟ってな」

「ははあ。なんでそんなに、母親を嫌ってるんでしょう？」

「書いてあったよ。大事にしてたゼギアスとかいうおもちゃだかを、成績が悪かったせいで、壊されたんだそうだ」

「ゼギアスって、アニメですね。一〇年以上前ですよ。ヤツが小学生の頃です」

「施設暮らしは最悪だ、と思ってたけど、エリート一家も地獄だなって思ったよ」

「少なくとも、それで上尾と二村田は、つながりましたね」

阿久津はうなずいたが、そのまま考え込んでしまった。

「証拠がない。なつこさんのダンナの目撃証言は弱いしなあ。再捜査すれば、道場からエーテルの痕跡が出るかもしれないが。絶対にあり得ないだろうし……」

阿久津は腕組みして考え込んでいる。

「あんたさあ、また忍び込んでくれる？　息子の行動確認しておきたいんだ」

「ええ、ただ、見たところ防犯システムは入っていないようでしたが、あれだけ金持ちそうな家なので、なんらかの対策をしてそうで……」

阿久津は首を振った。

「あそこに家が建ったのはここ一、二年だ。つまり、引きこもりが常に家にいる状態だ。外部の目を嫌うから、警備会社なんかは入ってないだろう」

「でも、もし……」

「契約書にも書いてあったろ？　あんたが捕まったら、俺が恐喝強要したって自首してやる」

阿久津は笑っていない。本気だ、と利根は思った。だが一つ厄介なことがあった。

「やっぱり引きこもりがいる家は恐いです。まして殺人犯ですよ」

「俺がおびき出す。エーテルを送りつけて、ある程度、犯行の手口を書き込んで〝バラす〟って脅したら、どうだろう?」

「ああ……でも、のこのこ出てきますかね。自分を危険にさらすじゃないですか」

「そうだな。でも、あいつはマニアだ。俺が完全犯罪を見破っているのかを、知りたがるはずだ。少なくとも、俺がどんなヤツか知りたがると思う」

「出てこなかったら……」

「別の手を考える。今は、それしか思いつかん」

阿久津は立ち上がると、出て行こうとして、一瞬立ち止まった。口の中で「ありがとう」とつぶやいてから、ドアを開いて出て行った。

盗撮のことを感謝したのか……と思いかけて、いや、友紀のことだ、と考えなおした。

「また感謝されちゃったよ」とつぶやいて、利根は一人で笑ってしまった。


翌日も非番らしく、阿久津は朝食を終えると、どこかにバイクで出かけた。

阿久津は昼前にレストランに戻ってきた。

「よお、エーテルの小瓶と手紙を、宅配便で送ってきた。でも、あいつの下の名前がわからないって気づいてな。ただし書きに〝ゼギアス在中〟って書いといた」

阿久津の言葉に、利根は思わず笑ってしまった。

「予定通りに、月曜日、夕方の五時にアイツを槌打《つちうち》公園に呼び出した」

上尾の家は駅の南側だが、槌打公園は北側だった。三〇分は時間を稼げそうだ。

「母親は、退院してないんでしょうか?」

「なつこさんに頼んで、朱里さんに確認済みだ。とっくに退院してたが、大船に兄夫婦が住んでて、そこで暮らしてるらしい。息子に殺される、と恐れてるんだろうな」

「父親は？」

「それはわからなかった。だが五時に帰ってくることはないだろう。専属の社用車で帰ってくるだろうから、門を開く大きな音がする。そしたら逃げ出してくれ」

「いや、それは危ういですよ……」

「だから、俺が恐喝強要してるんだって」

「はい」と利根は従ってしまう。

「あの家の前にハンバーガー屋があったろう。あんた、四時半には、そこでお茶でも飲んでてくれ。外でブラブラしてて、警官に職質かけられると、ヤバいからな」

警官に職務質問されて、ピッキングの道具を発見されたら、確実に引っ張られるだろう。まして盗撮用のタップまで携帯しているのだ。

2

上尾家の前に利根が到着したのは、月曜日の午後四時二〇分だった。ハンバーガー店は休みで閉まっていた。他に上尾家を見張れるような店はない。

道端で突っ立っていると目立つ。しかも駅前交番は、目と鼻の先だ。

仕方なく上尾家の裏にある公園にやってきた。

フェンス越しに上尾家を見ると、かろうじて門がうかがえる。門の開け閉めする音でわかるだろう。だが公園に利根以外、誰もいない。ただ突っ立っていると不審者だ。悩んだ末に、利根は公園の真ん中でラジオ体操をはじめた。滑稽な姿だったが、一人で公園で立ち尽くしているよりは良かった。

だが四時五〇分になっても、門の音はしないし、出入りする気配もない。槌打公園まで一〇分以上かかる。おびき出すのに失敗したか。

利根はフェンスに近づいた。その時、車用の門を開ける音がした。

門を押し開いている男がいた。自転車を塀に立てかけて門を開けているのだ。足を引きずるので、自転車で移動している、と〝やっちゃん〟が言っていたのを思い出した。たしかにわずかだが足を引いているように見える。

自転車にまたがると、かなりの速度で走り去った。身長は一六〇センチほど、小柄のやせ型、青いジャケットにジーンズ。黒髪で肩までのストレートの長髪。

その旨をラインに書き込んで阿久津に送った。

利根は上尾家の門に向かった。

最新型のインターフォンだ。カメラがついている。訪問者の映像が記録されるタイプだ。決して押さない。周囲に目を配ってから、ゴム手袋を着ける。指紋を残すな、と阿久津に言われていた。

通用口のドアノブに手をかけた。鍵がかかっている。

隣にある車用の大きな門に、手をかけて引いてみる。なんなく開いた。

素早く滑りこんで、閉じる。

まっすぐに玄関に向かう。両開きの引き戸の玄関だった。左右に大きく開くのだ。四枚のアルミサッシの引き戸があって、シリンダー錠が左右に二つある。

利根は戸を引いてみた。しっかりと鍵がかかっている。

ピッキングの道具を取り出す。

鍵を開けるのに、五分もかからなかった。

引き戸を開けて、広い玄関に足を踏み入れる。

引き戸を閉めて、鍵をかける。万一誰かが帰って来た時に、わずかとは言え時間稼ぎになるのだ。

靴を脱いで、バックパックに入れる。これは以前の窃盗で学んだことだ。いざとなったら、どこからでも逃げられるようにしたほうがいい。

雨戸が閉まっているので、中は真っ暗だが、照明は点けられない。

目の前に大きな階段がある。そこから光が射しこんでいた。

上尾の部屋があるとすれば二階だろう、と踏んで階段を上がって行く。

その部屋はすぐにわかった。左手の奥にある部屋には南京錠がつけられている。

外出中に両親が部屋に入ることを、警戒しているのだ。

利根はピッキングの道具を取り出した。南京錠は久しぶりだ。手間取ってしまった。

一〇畳ほどの広い部屋の中は、整然としていた。

机、ベッド、本棚……。天井まである大型の本棚には、毒の本が目立つ。さらにかなり昔の漫画や、アニメのコミカライズ本などが、ぎっしりと並べられている。

冷蔵庫、冷凍庫、ステンレス製のデスク。その上には試験管やガスコンロなどが置いてある。部屋の隅には洗面台もあった。

巨大なスチール製のロッカーがある。学校の理科室にあるような大きなものだ。

金庫式のダイヤル錠がついている。利根には開けられない。触らない方がいいだろう。ダイヤルを下手《へた》に動かすと、侵入がバレる可能性があった。

恐らく中には毒の類が、詰めこまれている。

利根は部屋の写真を撮っていく。阿久津に命じられたのだ。

コンセントは、異常なほどに部屋中《じゅう》にあった。

冷蔵庫用のコンセントは上部にある。ここからならステンレスのデスクも、机も見えるはずだ。

冷蔵庫のプラグを抜いて、そこに盗撮タップを仕掛ける。

もう一台、下部にはなるが、ベッド脇のコンセントにもタップを差しこんだ。視線は低いが、これで部屋のほとんどをカバーできる。

スマホで確認すると、ほぼ問題なかった。

次は机の確認だ。スチール製の事務机だ。

机の上には、なにもない。平たい引き出しを開けてみた。ほとんど空だ。筆記用具に新品のノートなどの文房具があるだけだ。

サイドにある引き出しを見た。一番上の引き出しが施錠されている。

すぐにピッキングの道具で開錠する。

開けると、ノートが一冊と名刺ケースがあった。名刺には紫色のロゴマークがある。株式会社古大サービス、住宅管理課の〝上尾克俊《かっとし》〟とある。男の本名だろう。ケースの中から一枚抜き出してポケットに収めた。

ノートを手にして眺める。膨らんでいて使い込まれている。

開くと細かな文字がびっちりと書き込まれていた。

文字は丁寧だ。時折、簡略化された図のようなものも手書きしている。

江の島、砂場通り、プロレス、毒、エーテル……。

それは、江の島のプロレス道場の毒殺計画を記したものだった。

一〇ページにわたって、びっしりと計画が書き込まれている。

さらに母親の毒殺計画もあった。だがこちらはわずかに半ページほどだ。

スマホをかざしてノートを写真に収めようとしたが、ラインに投稿があることを、スマホが振動して知らせた。見ると〝そっちに行った。すぐに出ろ〟と阿久津からの警告だった。

ノートには先があるようだった。慌ててノートを繰った。

青井《あおい》さぎな、エーテル、図書館……。

だが、そこまでだった。もうモタモタしていられない。

ノートを、持ち出してしまうことも考えた。

瞬時迷ったが、時間がなかった。侵入したことを克俊に悟らせないために、ノートを引き出しに戻して、施錠しなければならない。

迷った末にノートの最初のページだけ写真に収めて、引き出しにノートを戻した。

自転車なら、猶予は三分ほどか。手が硬直する。

さらに盗撮プラグを、玄関付近に付けろと阿久津に、命じられていた。

どうにか引き出しを施錠した。部屋を見回して確認する。

パソコンもどこかにあるはずだが、探している時間がない。

今にも、門を開ける音が聞こえそうで、走って部屋を出た。

忘れずに南京錠を閉める。

玄関まで駆け下りて、見回す。使われていないコンセントが、下駄箱の上にあった。

視界は良好になるが、目立つ。

克俊の出入りをチェックしたい、というのが阿久津の要望だった。

階段の脇に、ぼんやりとコンセントらしきものが見えた。

プラグが差さっている。行灯《あんどん》風の足元ランプだった。

下部からの映像になるが、プラグを抜いてタップを差しこむ。

スマホで確認すると、玄関のあたりが白黒で映し出された。

靴をバッグから出して履くと、引き戸の鍵を開けようとした。その手が止まった。

門の開く音がしたのだ。

慌てて靴のまま、上がって階段の奥に向かった。公園から見た時に、勝手口が見えた。この方向のはずだ。

門を閉じる音が聞こえた。

奥の引き戸を開けると、そこはキッチンだった。その奥に勝手口があった。

勝手口の鍵を開けて出た。金属製のドアの音が大きく響く。身がすくんだ。

玄関の引き戸を、開く音が聞こえてきた。

勝手口を施錠しようとするが、焦ってしまってうまくいかない。

廊下を歩く音がした。かすかに足を引きずるような左右非対称の歩く音。

カチャリとやけに大きな音がして、勝手口の鍵がかかった。耳を澄ます。克俊は気づかなかったようで、階段を上がって行く音がする。

外はまだ暗くない。しばらく裏庭で身を潜めていた。

しばらくすると〝チクショウ！〟と怒鳴る声がした。金属を叩く音が数回続いた。

三〇分ほどさらに待って、夕闇《ゆうやみ》に紛れて利根は公園のフェンスに向かった。高さは三メートルほどだ。コンクリートの塀を足がかりにして金網に取りつくと、フェンスが揺れて音を立てる。気づかれる、と周囲を見回す。隣の民家との塀が、盛り土のせいで低くなっていた。

また〝クソッ！〟と克俊の叫び声が聞こえた。

続いてドンドンと壁を叩くような音がした。

今だ、と利根は走った。塀はわずかに一メートルほどだ。だが隣家の庭に下りるには三メートル近い高さがあった。

身を乗り出して塀にぶら下がる。思い切って手を放した。大きな衝撃は感じなかった。利根は走った。隣家の庭のガレージには車がなく、ゲートが開いていた。

利根は夢中で走った。駅前まで走ってようやく振り向くことができた。

追っ手はない。

利根は息を整えると、階段を上がって行った。

バスに揺られて戻ると、部屋では阿久津が利根を待ち構えていた。テレビに克俊の部屋を映し出している。克俊は机に向かって、なにか書き物をしているようだ。

時折顔を上げて天井を見上げ、なにか考えている。細くてはれぼったい目に、大きくてタラコのような唇。母親とはまるで違う顔だ。父親似なのだろう。

「うまくいったようだな」

「いや、出ようとしたら、彼が帰って来ちゃって、慌てて裏口に逃げたんです。その時に、土足で家の中を歩いたんで、足跡が残っちゃったかもしれません」

「普通は気づかないよ」

「だといいんですけど」と利根はポケットから克俊の名刺を取り出した。

さらに部屋の様子を撮影した写真を、阿久津に送った。

名刺を見て「これでほぼ確実だな」と言って、スマホに目をやった。

写真を見ていた阿久津の顔が曇った。

「やけに綺麗だ。机の中を見た時に、モノの配置を変えたりしてないか？」

「……はい」と答えながらも、利根は自信がなかった。

「コイツ、部屋に戻ってすぐに、いろんなところを点検してやがった。きっと以前に親が無断で侵入して、毒を探られたんだ」

「親も知ってるってことですか？」

「爆発事故が起きた時、両親は真っ先に克俊を疑った。だから母親は逃げ出した」

「父親もですか？」

「わからないが、今夜帰ってくるかどうかだな。俺なら帰らない」

「で、カメラって、見つかっちゃったんですか？」

「いや、点検を終えても、カメラに気づいた風はなかった。一度もカメラに視線を向けたりしない。点検を終えると、興奮しだした。怒鳴って、あのスチールのロッカーや壁を、殴ったり蹴ったりしはじめたんだ」

「それ聞こえました。阿久津さん、あいつになんて言ったんですか？」

「読み通りだったんで、ちょっと嘘ついた。そして脅した」

ニヤリと笑ってから、阿久津は語りだした。

＊

槌打公園の奥まった場所に遊具があった。ブランコ、滑り台、ジャングルジム……。阿久津はジャングルジムの上で上尾克俊を待っていた。阿久津がやってきた四時二〇分には、子供を遊ばせる親が一組だけいた。だが阿久津がジャングルジムに上がったのを見て、そそくさと帰って行った。異様な姿に恐怖を覚えたようだ。だがそれは阿久津が狙ったことだ。

克俊が毒の攻撃を仕掛けてくるかもしれない。誰かが巻き込まれることを危惧したのだ。

五時五分前に、克俊は自転車に乗って、公園に現れた。

ジャングルジムの前で、自転車にまたがったまま、阿久津に顔を向けて笑った。

「本当に黒いんだな。塗ってるの？　日焼け？」

「生まれつきだ」

「へえ」と克俊は自転車をこいで、ジャングルジムの周りを回りはじめた。

「俺は、あのプロレス道場の事件の第一発見者の一人だ。そこで俺はエーテルの匂いをかぎ分けた。だがしばらくは、それがエーテルだとは気づかなかった。お前の母親がエーテルで事故を起こしたことを知って、どちらも事故ではなく事件だと判断した」

「へえ」と他人事《ひとごと》のように返事をして、なおも克俊は自転車を漕ぎ続ける。

「まずお前は、エーテルの匂いをごまかすために、甘い匂いを放つランを道場に送った」

「手が込んでる」とやはり楽しげに克俊は言った。

「寒くなった日を選んで、換気扇をエントランスにある分電盤で止めて……。あの換気扇のシャッターが、凄い音をたてるのを知ってたんだな。つっかえ棒かなにかで押さえておいた」

「そりゃ、凄い」

「換気扇を止めておいて、エーテルを流しこんだ。全員が倒れたのを確認後、エーテルを排出。ストーブのタンクの中に水を混入、用意されていたチャンコをコンロにセットし、両方に点火してから、逃げた」

「なんで警察に言わないの?」

「俺は警官だ」

克俊は自転車を停めた。阿久津に笑みを向ける。

「冗談だろ?」

「あそこに鳩裏交番ってあるの知ってるか? あそこの警官だ」

「逮捕に来たわけじゃ、なさそう」

「ああ、違う。自首を勧めに来た。お前、あそこで換気扇に水をたらして漏電させてから、外に出ようとして、エレベーターから降りてきた男性と出くわしただろ?」

「そうなんだ」と笑っている。

「あの男性は俺の知り合いでな。お前が古大サービスの紫色の作業着を着ていたのを覚えていた。しかも胸のポケットのフラップに、上尾って名前が刺繍してあったのも覚えていた」

阿久津ははったりの効果を見極めようと、上尾の顔を見据えた。

上尾の顔に、わずかに動揺が走った。それをごまかすように自転車を漕ぎだした。

「で、警官のあなたが、なんでとっ捕まえずにわざわざ自首を勧めてるの?」

「毒のマニアなんだ。あんたと同じく」

「同好の士だから、温情ってわけか。嘘だろ？」

阿久津は、なにも答えない。

「今の話を聞いて推測すると、証拠がないんじゃない？　ちゃんと捜査してないんだな。一酸化炭素中毒だったよね？　プロレス道場の事故」

「ああ、そうだ」

「疑いようがない一酸化炭素中毒事故だから、ちゃんと捜査してないんじゃない？　決めつけは警察が一番しちゃいけないことなのに。しかも警察は一度事故だ、と決めちゃうと、ちょっとやそっとのことじゃ、再捜査はしないんでしょ？」

阿久津は返事をしなかった。

「ほら、そうだ。あなた、どこかにレコーダーでも忍ばせてるんじゃない？」

阿久津は静かに首を振った。

「あなたは、事件の手口に、当たりはつけたけど、警察は動かないのを知ってるから、僕にあたって、罪を着せようとしてるわけだ。凄い情熱ですね」

阿久津は黙って、自転車で走る克俊を目で追っている。

「もし僕がやるなら、大体その線でやったと思うけど、僕がやるなら違うって思ったことを、何点か指摘しておきたい」

克俊は自転車を止めた。だが、またがったままだ。

「まず一つ。つっかえ棒でシャッターを押さえるのは危なっかしいな。僕なら確実に強力なガムテープでシャッターを押さえておく。音もしないし。そしてそっと閉じておく。それと漏電させるために換気扇に水をたらしたりしない。不確実だからね。感電したら危ないし。分電盤があるなら、ことが済んでから、そこの漏電ブレーカーを押し下げるだけでいい。その時にシャッターの音もわざと響かせる。周囲に漏電が起きたアピールができる。警察は無能だから、漏電ブレーカーが落ちてたら、漏電の原因をちゃんと探らない。でも通電してない換気扇を水浸しにはしておくな。それで充分」

「そうかい」と阿久津は、自慢げな克俊を見据えた。

「もう一点。一酸化炭素って、空気より軽いの知ってる?」

「ああ」

「だったら、換気口を塞ぐって想像しなかったの?」

「してない」

「僕なら、そこにフタをするな」

たしかに気にはなった。だが換気口の大きさと、ストーブ二台の一酸化炭素の供給量を考えた時、それは大きな問題ではない、と阿久津は判断したのだ。

「お前ならどうする?」

「氷のかたまりを持って行くな。それで換気口を塞げば、しばらくは密閉状態が保てる」

阿久津は換気口の周囲が、濡れていたのを思い出した。結露ではなかったのだ。

阿久津は小さく首を振って、あきれたような顔になった。

阿久津の様子を見ながら、克俊はさらに自慢げな声音になった。

「名前入りの作業着なんて、着ない。そんな間抜けなことを、僕なら絶対にしない」

断言した克俊の顔には、勝ち誇ったような笑みがあった。

阿久津は嘲笑を浮かべた。

「お前がやったことは完全犯罪じゃない。知的でもない。むしろ逆だ。手口があまりにも異様で、尋常じゃ考えられないくらいに変態的で、馬鹿馬鹿しいから、スルーされただけだ。そもそも人殺しの動機が妙チクリンだ。レスラーたちに取り囲まれて怖《お》じ気《け》づいて震えてるのを、周囲の人たちに笑われたのが動機なんだろ？　引きこもりのお前が、朝昼晩と夢中になって、あの道場をリサーチして、考え出した手口。倒錯っぷりが素敵だ。チンチクリンで変態のお前でも、あんなにデカイヤツを倒せるんだぞってか？　ついでに子供も殺しちまうし、お前、おかしいよ」

克俊の目が鋭くなって、怒りのためか、身体が小刻みに震えている。

やがて克俊が、いびつな笑みを阿久津に向けた。

「それをわかるあなたも、同類ってことだ」

「ああ、そうだ。だがお前のように卑屈じゃないから、やらない。お前のようにゆがんでないから、やらない。まして毒で母親を殺そうとするなんて、ド変態だ」

克俊が低い声ですごんだ。

「うるせえよ」

阿久津は、せせら笑った。

「ゼギアスのおもちゃを壊されたからか？」

「うるせぇ！」と克俊は、鋭く言葉を投げつけた。

阿久津は静かな声で告げた。

「いいか？　お前、このまま逃げきれると思うなよ。俺がお前を裁いてやる。俺の毒の知識を総動員して、お前を懲らしめてやる。脅えて暮らせ」

克俊が阿久津をにらみつけた。

「その汚い顔、どれだけ目立つと思ってんの？　絶対に僕には近づけない」

「いや、こうして近づいたぜ」

克俊が「殺してやる」と阿久津に投げつけて、自転車を漕ぎはじめた。

「おい、お前、なんで自転車から降りないんだ？」

克俊が自転車を停めた。

その背中に阿久津が悪態をぶつけた。

「チビがバレないようにか？　それとも、その足のせいか？」

克俊が怒りを込めて振り返った。恐ろしい形相だった。

「絶対に殺してやるからな」と言い捨てて、克俊は猛スピードで去って行った。

＊

「それヤバいじゃないですか？　なんで勤務先を言っちゃうんですか」

阿久津の話を聞いていた利根が嘆く。

阿久津は笑うばかりだ。

「そんなに怒らせたら、本気で来ますよ。実際に六人も、殺してるんです」

「本気で来なきゃ、面白くない」

「でも、あいつは徹底的に相手を、リサーチしてんですよ。そしたら、この場所だって特定されて、僕だって……いや、友紀さんだって危険になるんじゃないですか？」

「それは細心の注意を払うつもりだ」

「〝細心の注意〟って。阿久津さんが二四時間見張ってくれるわけじゃないでしょ。見張れないじゃないですか？　店の料理に、毒でも仕込まれたら大変ですよ」

「幸い、あいつには、あんたのような鍵開けの能力がない。だが、こっちにはある。それが強みだ。注意を怠らなければ勝てる」

やけに自信ありげな阿久津の態度に、ようやく利根は気づいた。

「まさか、阿久津さんが、囮《おとり》になろうとしてるんですか？」

「プロレスの件は無理だ。だから、次の犯罪をやらせて、その現場を押さえてやろう、と思ってたんだ」

「それは危険すぎます」

「このまま、あの野郎を、野放しにしておくわけには、いかない」

阿久津の克俊への挑発ぶりは、尋常ではなかった。激しすぎた。自分を標的にさせるためだ。克俊の行動を監視するためにも、盗撮が必要と判断したのだろう。

その時、ようやく利根はノートの存在を思い出した。スマホを取り出す。

「ちょっとこれ……あ、ダメだ。まともに写ってない」

ノートを写真に収めたつもりだったが、手振れで、一文字もまともには読めない。

「なんなの？」

覗き込みながら阿久津が尋ねる。

「犯行の計画ノートです。うまく撮れませんでしたけど、ざっと見ました。エーテルとかCOとか、江の島、プロレス、地下とか、単語だけ拾っても、あれは間違いなく犯行計画のノートでした。びっちり、一〇ページくらいありました」

「それ、どうした？　ちゃんと元に戻したか？」

「ええ、侵入したことがバレたらヤバいと思って、元に戻して鍵もかけてあります」

「そうか。でかした」

「母親のあのエーテルの犯行計画もありました。記述はほんの少しでしたけど」

「だから失敗してんだな」

「でも、その先に、もう一個……」

「なにか計画してたのか？」

阿久津の目が鋭くなる。

「ちゃんと読む時間がなかったんで、目を通しただけで、わからないんですけど、覚書みたいな感じで、単語が羅列して書いてあったんです。〝青井さぎな〟〝エーテル〟〝図書館〟って……」

「それだけ？」

「ええ。焦ってたんで、それだけしか目に入ってこなかったんです」

阿久津が、テレビに目を向けた。

テレビの中では克俊が、一心不乱にノートに向かってなにか書きつけている。覆い被《かぶ》さるようにしているので、手元は映らない。

「机の引き出しを鍵で開けてた。取り出したのがこのノートだ。恐らく怒りに任せて俺の情報なんかを書きつけてるんだろう」

「そうすると、優先順位が変わってくる可能性ありますね。その青井さんは置いといて、阿久津さんを先に狙う」

「うん、だけど、一応、調べとかないと」

そう言って阿久津は、スマホを手にした。

「青井、なんだっけ?」

「青井さぎな」

「さぎな?　なぎさ、じゃないの?」

「僕も見間違えたか、と思って見直しましたから、間違いないです」

「ふ〜ん」と入力してから首を傾《かし》げた。

「ヒットしない。ゼロ件だ。最近の子は本名をさらさない。特に変わった名前の子は」

「そうですかあ。じゃ、〝図書館　青井〟じゃ、どうでしょう?」

スマホを操作していた阿久津の動きが、止まった。

「あった。小学生の職業体験の新聞の記事だ。図書館で司書の仕事を体験した子供が、写真を撮られてる。そこに〝司書の青井さんと〟ってキャプションがある」

「本辻堂市民図書館じゃないですか」

両手に本を抱えた男の子が二人、その隣で笑っている女性が〝青井〟だとある。

「なんだ?　次のターゲットが彼女ってことか?」

「このノートが殺害計画のノートだとしたら、そうなりますよね」

「忙しいひきこもりだな、まったく。殺人計画となると、ほっとくわけにもいかないな。探ってみるか」

阿久津が時計を見た。もう六時を回っている。そもそも図書館は月曜が休館日だ。

「明日は俺がダメだな。明後日《あさって》の、昼休みにでも、図書館に行ってみよう。俺は夜勤明けだし」

「え?　僕もですか?」

「俺がいきなり行くと、絶対にビビられるから。あんたみたいなソフトな優男が同行すれば、向こうも和む」

〝優男〟という言葉の意味を、阿久津が説明してくれたのを思い出した。

「阿久津さんってインテリっぽいですよね。いろんなこと知ってるし、公務員だし、施設育ちのエリートですね」

「まあ、勉強はしてたよな」

「なぜですか？　僕がいた施設では、勉強しようって環境じゃなかったです」

「まあ、ウチもそうだ。俺が中一になる時に、高校を卒業した先輩がいたんだ。優しくて面白い人でな。地域のトップの高校に進んでた。きっと偉くなってる」

「その人を目指したんですか？」

「まあな、その人は剣道やっててな。施設を出て行く時に、俺に剣道の防具と竹刀《しない》なんかを、一式全部くれたんだ。嬉しかったな」

「アレって、たしか結構高いですもんね」

「ああ、だから中学で剣道部に入った。剣道に夢中だった。そこそこ強かったんで、私立から誘いもあったりしたけど、公立のそこそこの高校に進んだ。そこで警察に剣道で強いヤツが入れる〝特練員〟って枠があるのを知った。そんで警察を目指したんだが、特練員は無理でなあ。普通に公務員試験の勉強したんだ」

なるほど、と思いながらも釈然とせずに、思わず利根は尋ねた。

「苦労して入ったのに、なんで〝ごんぞう〟なんですか？」

阿久津は顔をしかめた。

「ま、一言で言うなら〝腐っちゃってる〟ってトコだな。俺も、警察も」

阿久津は立ち上がると、背伸びをして部屋を出て行こうとして、立ち止まった。

「今日や明日じゃ危険はないだろうけど、一応、戸締まりと夜道には気をつけてくれ」

そう言ってニヤリと笑うと部屋を出て行った。

利根は背筋が冷たくなるのを感じた。

3

翌日も、上尾家には動きはなかった。両親が帰ってくる気配はない。克俊だけが、部屋にこもって、恐るべき集中力で、ノートになにかを書き続けている。

食事の支度をするのは、日に一度だけだ。冷凍食品のチャーハンを、キッチンで大量に温めて、部屋に戻って口に押し込んでいる。


克俊に動きがあったのは、その翌日だ。

玄関を出て行く姿をカメラが捉えていた。

深夜、午前一時過ぎだ。

その映像を利根が確認したのは、午前七時だった。

阿久津に知らせなければならない、と思ったと同時にラインに阿久津から電話があった。

「阿久津さん、克俊が家を深夜に……」

〈俺も見てた。同僚に頼んで、交番の周辺を何度も警邏してもらった〉

「いたんですか？」

〈ああ、交番の前にある中古車屋の車の陰に潜んでいる克俊を早朝に発見して、職務質問をかけたが、引っ張れなかった〉

やはりターゲットを阿久津にしたのだろうか。

「職務質問しても、なにも出なかったんですか？」

〈克俊は、素直にカバンの中身もポケットの中身も全部見せた。不審なものは持ってなかった。同僚が〝こんなところで何してた〟って聞いたら〝自転車で早朝に運動するのが日課だけど、急に胸が痛くなって休んでた〟って、交番で水でも飲んで休んでいけって同僚が誘ったが、〝学校があるんで〟と断って去ってしまった。〝ありゃ、職質に慣れてる〟って同僚が言ってた〉

克俊は交番を見張って、阿久津を尾行し、住まいや行動を確認しようとしているのだろう。

〈でも、しつこいヤツでな。今、俺は克俊に尾行されてる〉

阿久津はさらりと言ってのけて笑っている。

「殺人犯ですよ。なに笑ってるんすか？」

〈俺は辻堂駅にバスで向かってる。克俊は自転車をぶっ飛ばしてバスを追尾してるんだよ。大した根性だ〉

「だから笑い事じゃないですって」

〈同僚が職質したのが六時。俺が勤務を終えて、藤沢南署で装備を解いてから克俊の部屋の映像を確認したのが七時。自転車で交番からなら克俊の部屋まで一〇分もかからない。しかし、克俊が部屋に戻ってないんだ。玄関の映像にもその姿がなかった。ヤツは俺をまだ尾行してるって確信した。バイクは署に置いたままで、少し歩いてからバスに乗ってスマホで後方を動画撮影してみた。アイ

ツは怒りに満ちた顔で自転車を漕いでやがったよ。でもアイツは俺が知ってるってことを知らない。俺は圧倒的に有利だ〉

「どうするつもりですか?」

〈辻堂のショッピングモールの中に映画館があって早朝割引のロードショーをやってるんだ。俺はそこに行く。そこで二時間ばかり映画を見る。その間にやって欲しいことがある〉

利根は恐れおののきながらも「はあ」と相槌《あいづち》をうった。

〈メモしてくれ〉

利根は慌ててテーブルにあったレシートを引き寄せボールペンを手にした。

〈友紀さんがプレハブの南京錠の鍵を持ってる。もし見つからなかったら、あんたがピッキングしてくれ。プレハブに入って右側にある棚のPの一四と一五、Eの五、Sの一、それとMの二ってステッカーの貼ってある箱がある。それぞれの箱に薬瓶が入ってる。一本ずつ取り出してくれ。それとAの一八って箱には小さな紙袋がいくつか入ってる。その紙袋を十個。取り出してきてくれ。忘れずに手袋をするんだぞ。マスクもしてくれ。唾液が飛ばないようにだ〉

「ど、毒ですか?」と利根が生唾を飲んだ。

〈大きな瓶に入ってるのは覚醒剤の原料だ。フェニル酢酸やエフェドリンなんかだ。そして小さい方が精製した覚醒剤。やっぱり大きな薬瓶は二本ずつにしてくれ。たくさん持ってる方が〝営利目的〟で罪が重くなるし……〉

「ちょっと待ってください。違法なドラッグじゃないですか。僕がそれをどうするんですか?」

〈倉庫の奥に、ステンレスのテーブルがある。その脇にアルミ製のケースがあって、薬瓶をきっちり収納できるように内装されている。それに入れて運んでくれ。覚醒剤も一緒にそのケースに入れ

といてくれ〉

「それ、僕がどこかに運ぶんですか？」

〈俺は映画見てなきゃなんない。出入り口は一つしかないんで抜け出せない。それに克俊の部屋に忍び込むスキルがないからな〉

それでようやく利根にも話が見えてきた。

「阿久津さんが映画見てる間は、克俊を足止めできるってことですね」

〈そう。その間にあんたが、克俊の部屋に忍び込んで覚醒剤と、その原料をしこたま置いてくる。それで覚醒剤の営利目的の製造の出来上がり。無期もしくは三年以上の懲役だよ。製造の機器も揃ってるしな。シャブの売人や常習者のリストも仕込みたいところだが、ちょっと時間的に無理だな〉

利根はしばらく黙って考えた。安請け合いするには、リスクが高い。

「覚醒剤を仕込めたとして、捜査とか逮捕とかに結びつけるのってどうするんですか？」

〈うん。あんた、克俊のチャリンコを覚えてる？〉

「ええ。イタリア製で五〇万円もするんです。調べちゃいました」

〈あのサドルのところに、小さいバッグみたいなのがぶら下がってたろ？〉

「ああ、サドルバッグって言うんです。赤いヤツでしたね」

〈そう、それ。あそこに覚醒剤を二つぐらい入れといてくれよ。そしたら俺が克俊を連れ回して、仲間の警官に待ち伏せさせて職務質問の罠《わな》にかける〉

利根は息をのんだ。血の気がひくのがわかった。

「罠ですか？　でもその覚醒剤をどうやって自転車のサドルバッグに仕込むんですか？」

〈お、駅に到着した〉

辻堂駅に到着した、というバスの音声アナウンスが聞こえてきた。続いて阿久津が歩く音がする。

〈話してる方が怪しまれないから、このまま続けるぞ〉

「はい」

〈モールの開店前は駐輪場が一部しか開かないんだ。一番北側にあるところ〉

「花屋さんがあるところですね」

〈そう。あそこはそこら中に〝監視カメラ作動中〟って張り紙があるんだ。大切な自転車だろうから克俊は、多分そこに停める。すぐに見つけられるさ〉

「監視カメラですか？　僕が映っちゃいます」

〈ああ、そっか〉

考えているらしく、阿久津の足音が聞こえるばかりだ。

〈克俊は次のターゲットである俺の行動確認をしてるわけだ。つまり〝悪事〟を働いてる自覚があるはずだ。監視カメラが作動しているところに、わざわざ自転車を停めないんじゃないか〉

「だとしたら、自転車を見つけるのは困難ですよ」

阿久津が「うん」と唸ったが、すぐに続けた。

〈でもあいつは足が悪いのを見られるのを嫌がる。モールのそばに自転車を停めようとするだろう。隣の完台《かんだい》公園にも駐輪場があった。あそこは監視カメラがない。一か八かになるが、あの周辺を探してくれないか。自転車が見つかったら覚醒剤を仕込んで、それから克俊の部屋に忍び込んでもらって、原料と覚醒剤を置いてくる……〉

利根は顔をしかめた。

「それって危険すぎませんか。ちょっと僕は……」

〈確かにあんたにやってもらうことが多い。リスクもある。でも、あいつを野放しにしておけない。頼む〉

利根は考えていたが、やがて口を開いた。

「やってみますけど……なんか、僕たちが完全に事件をでっち上げちゃって……無期懲役ってのが引っかかって……」

阿久津も思うところがあるらしく、しばらく沈黙した。

阿久津の足音が止まった。

〈映画館に到着した。チケットを買う。しばらく俺も考える。だが恐らくこれが最初で最後のチャンスだ。覚醒剤の仕込みの準備だけはしておいてくれ〉

「わかりました」

〈すまん〉

詫びる阿久津の声がいつになく真剣だった。利根は驚きながら通話を終えた。

阿久津が心配した通りに、友紀はプレハブの南京錠の鍵の在《あ》り処《か》を忘れていた。

「え？　そんなの預かったっけ？」と最初に驚いていたほどだ。慌てて探してくれたが、見つからなかった。

ピッキングで南京錠を開けた。指示された通りに利根はマスクとゴム手袋をつけ、さらに髪をタオルで覆った。

メモを見ながら、薬瓶を棚から集めて、ステンレスのデスクの上に並べていく。

利根はやはり気が重かった。確かに克俊は恐ろしい人間だった。六人を殺害し、母親をも殺そうとした。さらに図書館の青井さぎな……。そして恐らく阿久津もターゲットになっている。

その罪を裁くのではなく、無実の罪を着せて克俊を刑務所に〝隔離〟するというやり方に利根は違和感を覚えていた。自分の身にも危機が迫っていることを考えても、その違和感が消えないのだ。

それでも指示通りにアルミのケースに薬瓶を収めていく。ケースの中はウレタンフォームで内装されていて、薬瓶がぴったり収まるスペースがある。全部で一〇本。アルミのケースは二つあり、それぞれに五本ずつ収納して、さらに覚醒剤が入っている紙袋を一〇個ケースに追加した。

ケース自体にもかなりの重量があり、重い。ショルダーベルトで両肩に背負ってみるが、これで長距離を歩くのは辛い。なによりアルミケースを両肩に下げていると目立つ。阿久津の自転車の荷台にくくりつけて運んでもいいものだろうか。

迷っていると、阿久津から着信があった。

「はい」と利根は応じた。

〈今どこだ?〉

「プレハブです。薬をケースに収めて、これから出ようと思っていました。自転車に積んでいっても大丈夫ですか？　揺れとか……」

〈中止する。克俊が自宅に戻ったようだ〉

「ようだ、ですか?」

〈あんたに言われた言葉がひっかかってな。映画館の暗がりでずっと考えてた。あんたの言う通り、やり口が汚い。それにあんたばっかりがリスクを負うことになる。中止することにした。映画を途中で抜けてあんたに電話しようとしたら、克俊に出くわした。それでちょっと話しかけたら気分を

害したようで帰って行った〉

　阿久津の声が、重く沈んでいる。いつもの、からかっているような調子がない。

〈帰ったら、話すわ。とりあえず中止だ。アルミのケースはそのままにしといてくれ。そろそろ朝飯の時間だぞ〉

　時計を見ると八時を過ぎていた。

「わかりました」と利根は電話を切った。


　阿久津が克俊に尾行されていることを、利根は友紀に告げなかった。ただ映画を見ているから、阿久津は朝食に間に合わない、と伝えた。

「映画？　珍しい」とだけ言って友紀はいつものように、朝食後のお茶をすすった。

　食事を終えて利根が部屋に戻ると、いきなり阿久津の足音が聞こえた。まだ九時前だ。

　利根の部屋を訪れた阿久津の表情が冴《さ》えない。部屋に入るといきなり座り込んだ。

「克俊は部屋に戻ってる。映像で確認した」

「ええ」と返事しながら、利根もスマホで確認する。

　克俊は部屋の机でノートパソコンを操作している。表情は険しい。画面は見えないので何をしているのかわからなかった。

「克俊に何を言ったんですか？」

「脅したんだ」

　浮かない顔で阿久津は告げた。

＊

阿久津が映画館から一人で出てきた。劇場の中から女優の哀切なセリフが聞こえたが、すぐに扉が閉まって消えていく。

モールの映画館はいわゆるシネマコンプレックスだ。スクリーンが大小合わせて一〇もある。早朝割引ロードショーが行われているのは一つだけだ。

阿久津は厚いカーペットを踏んで、トイレに向かった。

トイレには人の姿はない。阿久津は中に入ると、個室のドアを一つずつ開いて中を確認していく。克俊が隠れていないかを確認しているようだ。

阿久津は出入り口に向かった。他に出入り口はない。

チケット売り場に売り子の女性が一人だけいる。目をやると阿久津に会釈した。

劇場に案内されるまでの待機場所に、いくつか大きな椅子があるが、人の姿はない。

シネマコンプレックスを一歩出た。

阿久津はスマホを確認する。克俊の部屋に人の姿はない。

店舗はほとんどが一〇時以降にオープンするため、天井からネットを下げて、映画客が店舗部分に立ち入れないようにしている。照明も落とされていた。

左に進めば、店舗部分に立ち入らずにエレベーターで地上に降りて、外に出られる。

阿久津は照明の落とされた店舗部分に目を凝らした。

阿久津の目が見開かれる。

通路の中央にいくつか長椅子が置かれているのだ。そこに克俊の姿があった。

長椅子に寝そべっている。

阿久津はネットをたくし上げてもぐり込むと、足音を忍ばせて、克俊が横になっている長椅子に向かった。

克俊は眠っていた。口を開いて眠りこけている。

深夜からの交番の見張りに加えて、バスを全力で追跡して疲労困憊《こんぱい》しているのだ。ひきこもりに持久力があるとも思えない。

しばらく阿久津は克俊の眠る顔を眺めていたが、克俊にささやきかけた。

「こんなところで、口開いて眠ってるなんて、無防備すぎるだろ」

途中で、克俊はガバリと身を起こした。だが椅子から立ち上がれない。

阿久津の顔を見て、動転して口を開いたままだ。身動きすることもできないようだ。

阿久津は冷笑を浮かべる。

「素人が尾行なんてするな。バスを自転車で追っかけるなんて目立つだろ～が」

克俊はまだ口を開いたままだ。状況が飲み込めないのだろう。

「大口開けて眠ってたからさ。〝薬〟を口ん中に垂らしといた」

克俊の顔が歪んで、床に唾を吐いた。何度も何度も。

「汚い。やめろ。嘘だ」

克俊はそれでも信用できないのか、唾を吐き散らしながら立ち上がって、エレベーターに早足で向かって行く。

その背中に阿久津が声をかけた。

「どうだ？　約束した通りだろ？　お前に気づかれずに近づけたぞ。何度でも可能だ。もうすぐお前の家も特定できる。本辻堂だろ？　気をつけろ。部屋で寝るときも口を閉じた方がいい。お前が気づきもしないような毒と方法で、お前を懲らしめてやるからな」

エレベーターが到着するまで、克俊は阿久津に背を向けたままだった。それでもまだ唾を吐き続けている。

エレベーターの到着を知らせる軽やかな音がした。

すると克俊は振り返った。

「殺してやる！」と克俊が叫んだ。取り乱している。そして明らかに脅えていた。

その表情を見ながら、阿久津の顔から冷たい笑みが消え無表情になった。

克俊はエレベーターに乗り込むと、焦って「閉」のボタンを激しく連打している。

扉が閉まるまで、克俊は脅えを貼り付けた顔で、阿久津を見つめていた。

＊

「恐かったんでしょうね」

利根が阿久津の話を聞き終えて感想を漏らした。

阿久津は首を振った。

「ああ、先手を打てたんで、調子に乗って脅しすぎた」

「いいんじゃないですか。ビビらせておけば阿久津さんのことを探るのが恐くなるでしょうし」

「そうだな……でもな……」と阿久津は苦い顔でスマホに目をやった。

利根も見た。やはり克俊は怒りの形相でパソコンを操作している。

「何を調べてんだ?」

利根がスマホを操作して、盗撮カメラの向きを変えた。しかし、パソコンの画面を映し出せない。

さらにズームしようとした。

「待て」と阿久津が利根に手を挙げた。

画面を見ると、克俊がパソコンから目を離していた。部屋の下部に目を向けている。だがカメラは克俊の視線の先にあるものを映し出せない。

「カメラに気づいたんじゃないか? あの盗撮カメラは、カメラを動かすとモーター音がしたか?」と阿久津が尋ねる。

「横浜でテストした時は無音だと思いましたが、あそこは完全に静かな状態じゃなかったですから」

息を詰めて、利根と阿久津は画面に見入った。

克俊は突然に長髪をかきむしった。

〈ア〜、もう、八時間かよ〉とかなり大きな声を出した。

克俊が、がたりと大きな音を立てて椅子から立ち上がり、荒い足音を立てて部屋を出て行く。

「盗撮カメラじゃなくて、ベッドサイドにある時計を見てたんだと思います。たしかあそこに目ざまし時計がありました」

「そうか。八時間って、外出してからってことか?」

「まあ、そうですかね」

「午前一時に家を出て、それからずっと張ってたんだからな。そりゃ、眠くもなるわな」

軽い調子だったが、阿久津の顔はしかめられている。

利根はスマホで克俊の部屋を見て「阿久津さん」と呼びかけた。

阿久津も画面を見る。

パソコンが少しずれて、画面の一部が見えるようになっているのだ。地図が表示されている。

地図の中にわずかに文字が見えた。鵠沼《くげぬま》の梅《うめ》ヶ丘《おか》地区の地図だ。〝二〟という数字も見える。

「なんだ？」

阿久津の問いかけに利根は首をひねった。利根には縁も縁もない住宅街だった。

やがて阿久津が時計を見てからスマホで電話している。

「お疲れ。ちょっと調べてほしいんだけどさ。鵠沼の梅ヶ丘二丁目に青井さんって家があるかどうか教えてくれ。ああ、すまん。頼む」

電話を切ると、阿久津が利根に笑みを向けてきた。

「交番のごんぞう仲間だ。こいつらとは仲がいい。藤沢市の詳細な地図が警察にはあるんだ。それを調べてもらってる」

「青井ってさぎなさんですか？」

「ああ、青井ってのも、そう多い名じゃない。俺にビビッたんで、青井にターゲットを変えたんじゃないかってな」

着信があって阿久津がスマホを耳に当てた。

「ああ、悪い。そうか。うん。送ってくれ」

阿久津は電話を切った。

「やはり青井って家があった。最近、アパートに引っ越してきたばかりだそうだ。今、住所を送ってくれる。だが今日は水曜日か。さぎなは図書館に行ってるはずだな。計画通りに今日、図書館のさぎなを訪ねて、克俊との接点を訊きだそう。昼休みに付き合ってくれ」

「ええ、わかりました」

「克俊、遅いな。なにしてんだ?」と画面を見ながら阿久津が不安げな声を出した。

玄関の映像にも克俊の姿はない。

だがしばらくすると軽やかなリズムが響いた。家電品の音のようだった。

その直後に克俊が大きな皿を手にして、玄関を横切って行く姿があった。

克俊は部屋に戻ると、前日と同じように皿に山盛りになったチャーハンをまずそうにかきこんだ。

阿久津が画面を見つめながらつぶやいた。

「この野郎、何を考えてやがるんだ?」

利根は答えられなかった。罪悪感が利根を包んでいた。克俊が阿久津から青井さぎなにターゲットを変えたことで、どこかでほっとした気持ちになっていたのだ。

阿久津も同じような罪悪感を抱いているのではないか、と利根は思った。


利根が昼休みに入ると、ワゴンの前で待ち構えていた阿久津が、手招きしていた。

車に乗り込んで利根は、運転する阿久津の横顔を見た。

「夜勤明けなんですよね? 眠くないんですか?」

阿久津は苦笑した。

「たっぷり寝てるからな。フトン敷いて」

「え?」

「事故でもあれば、起きるけどな。用がないのに起きてるなんて馬鹿らしい」

午前一時から阿久津の行動確認をしようとしていた克俊は、その大半を無駄に過ごしていたわけだ。それは痛快でさえあったが、事故が起きないように、見まわったりするのが、警官の務めなんじゃないか、と利根は思った。しかし告げても無駄だと思って話題を変えた。

「ヴェレーノってどういう意味なんですか？」

ワゴンを発進させながら、阿久津が楽しそうに笑った。

「毒って意味のイタリア語。誰も知らないだろ？」

「なんで、そんな名前……」

「薬も過ぎれば毒だしね。うまい料理を出す店には、洒落《しゃれ》た名前じゃないか？」

「はあ、食べ過ぎは、毒ってことですか」

「そういうこと」と阿久津は機嫌よく笑っている。

「もう一ついいですか？」

「なんだよ。俺に興味津々だな」

「いや、毒も過ぎれば阿久津さんも危険なんじゃないですか？」

阿久津がうなずいた。

「確かにそうなんだ。毒の量を増やしすぎると〝二日酔い〟になる」

「それって〝オーバードーズ〟ってヤツじゃないんですか？」

阿久津の表情が暗くなった。

「まあ、そうだな」

「お医者さんに検査とかしてもらったことないんですか？」

「ない。でも自分なりに調べたりはした。毒を代謝する機能は、人間は誰でも持ってる。〝薬物代謝〟や〝解毒〟なんてのは聞いたことあるだろ？」

「ええ。二日酔いした時に、水をガブガブ飲んだりして……」

「そうそう。正にそれだ。毒の代謝は〝変性〟〝抱合《ほうごう》〟〝排出〟ってのが体内で起こって、ションベンなんかで排出される仕組みがある。そこに大きく関わってるのが〝酵素〟ってやつだ。人が持つ酵素は人それぞれだ。分かりやすいのは酒を呑めるヤツと呑めないヤツだ。俺はアルコールはあまり呑めない」

「ええ」と利根はうなずいた。

「俺はアルコールを代謝する酵素が少ないんだな。でも毒物を代謝する特殊な酵素を持っている。そしてアルコールと同じように陶酔を覚える。そんなことじゃないかって思ってる」

「毒ならなんでも〝陶酔〟するんですか？」

「いや、はじめて興味本位で少しだけ舐《な》めたのが、ベラドンナだった。いきなり快感に襲われて驚いた。以来、植物由来のアルカロイド系の毒を少しずつたしなむようになった。だがそれ以外の毒は試してない。特に細菌が産生する毒には手をつけてない。毒としての作用が植物由来の毒と違うから、恐いんだ」

「ああ、聞いたことあります。破傷風って土の中の細菌が作った毒だって」

「そう、それだ。毒の強さによって得られる快感が上がるってのは経験として知っている。恐らく毒素として最強なのは、細菌の産生する毒だからな。興味はあるが」

運転する阿久津の横顔に、官能的な笑みが浮かんでいるのを見て、利根は恐ろしくなった。

「た、試さないでください」

「俺も馬鹿じゃない」

そう言ったものの阿久津の顔には、まだうっとりしたような笑みがあったが、それ以上、利根は追及できなかった。

目的地の本辻堂市民図書館が近づくにつれて、利根は恐怖に包まれた。

「阿久津さん、図書館って上尾家のすぐそばですよ」

「ああ、そうだ」

「店の名前の入ったワゴンで、阿久津さんが運転してたら、すぐに身元がバレちゃうじゃないですか。ついでに僕が助手席に座ってるのも……」

「一応、ヤツは引きこもりだろ？　ブラブラしてねぇよ」

そう言って阿久津はハンドルを切った。

そこは図書館の駐車場だった。

「でも、ま、一応、確認しとくか」と阿久津は、スマホを取り出して、上尾家の映像をチェックした。

利根も阿久津の画面を覗き込む。

まるで時間が止まってでもいるかのように、克俊はパソコンを操作し続けている。恐ろしいまでの集中力だ。

利根が助手席のドアを開いた。

「待て」と阿久津が利根を引き止めた。

阿久津は画面に見入っている。

ドアを閉めて、利根も画面を覗き込む。

三つに分割された画面の一つを阿久津がタップして拡大した。

上尾家の玄関に、人の姿があった。スーツ姿の五〇代の男性だ。細い目に分厚い唇。その顔は驚くほどに、克俊に似ていた。間違いなく父親の上尾正だ。

その後ろから、大柄で体格の良い男が現れた。ジャンパーにスラックスの姿で、堂々としている。年齢はやはり五〇代くらいだ。

お付きの運転手か、と利根は思ったが、正が〈どうぞ、二階です〉と手で案内している。〈はい〉と男は用意されたスリッパを履かずに上がった。

玄関の引き戸の向こうに、ワンボックスカーが止まっているのが見えた。送迎用の社用車には見えない。スライドドアも開け放したままだ。

「なんでしょう?」

阿久津は「わからない」とだけつぶやいて、画面に見入っている。

阿久津がスマホをタップして、克俊の部屋の二台のカメラに切り替えた。

克俊はパソコンから目を離して、部屋の入り口に目を向けたまま、固まったようになっている。物音が聞こえたのだろう。

部屋のドアをノックする音がスマホから聞こえてきた。

〈克俊、開けなさい〉

固まったまま克俊は、返事もしない。だが素早く動いてテーブルの上のノートをジーンズの腰に隠すように差しこんだ。ノートパソコンも机の引き出しに押し込み、財布もポケットにねじこむ。

〈手荒い真似《まね》はしたくない。開けなさい〉

その言葉に、克俊は動いた。ドアの鍵を開け、開いた。

画面には克俊の後ろ姿と、その前に立つ二人の男の姿が、映し出されているが、下部のカメラで下半身しか映らない。

〈君には治療が必要だ。今日はこれからおじさんの病院に向かってもらう。入院だ〉

克俊が、一歩後ろにあとずさった。

〈入院に必要なものは、ここに書いてある。すぐに支度しなさい〉

〈嫌です〉

かすれた声で克俊が答えた。

〈君に選ぶ権利はない。君は母さんを傷つけた。いや、殺そうとした〉

正が断言すると、克俊は泣き声で反論した。

〈本当に、あの女を傷つけたことが、いけないことだって、父さんは思ってるんですか？　あんな女……父さんは大事になんて、ひとかけらも思ってないはずだ〉

〈そんなことを論じている場合ではない。犯罪者を、この家から出すわけにはいかない。そのための措置だ〉

〈僕を隔離するつもりですか？〉

〈そうだ。私のためにそうしてくれ、と頼んでいる。君が犯罪者になったら、私の会社での立場が失われる〉

〈嫌です〉

震えているが、克俊の声はこれまでになく大きいものだった。

しばらくの沈黙があった。やがて正が口を開いた。

〈本辻堂図書館の青井さんを知っているな？〉

克俊の足が一歩下がるのが映し出された。顔を見ることはできないが、動揺しているようだ。

克俊のノートに書きつけられていた名前だ。目の前の図書館に勤務している女性だ。今、正に阿久津と共に訪れようとしていた青井さぎな。

克俊の動揺を目にしているであろう正が独りごちた。

〈情報に間違いはないようだ〉

やはり克俊は黙ったままだ。足が震えているのがわかった。

〈内々に人事の打診があった。近々、私は社長になる。異例の二〇人抜きだ。当然、社内での風当たりが強くなる。身辺を綺麗にする必要に迫られた。母さんのエーテルの件は、完全にもみ消しているので問題ない。一番心配なのは君だ。また、なにかしでかすのではないか、と危惧《きぐ》して、この方を通じて調べてもらった〉

正は後ろに控えている大柄な男を手で示したようだ。

〈君はそこの図書館の青井という女性に、つきまといを繰り返していた。警察から何度か〝警告〟が出されたが、さらにつきまとい行為がエスカレートし、公安委員会は危険と見なして〝禁止命令〟を出して、その通知書類が届いているはずだ。間違いないか?〉

克俊の足がガタガタと震えている。

〈この〝禁止命令〟を無視して、さらにつきまといを続けると、禁止命令等違反罪に問われて、捜査、起訴される。二年以下の懲役、または二百万円以下の罰金だ〉

しばらく沈黙が続いた。

〈君はどうするつもりなのか。きっぱりストーカーをやめるつもりなのか。それとも捕まってもいい、とでも思っているのか。それとも別な手段でも考えているのか。いずれにしろ……〉

正の足が一歩前に踏み出される。克俊は動けずに震えるばかりだ。

〈君は危険だ〉

たしかに危険だった。青井という女性の名は克俊の殺害計画ノートにすでに記されている。ストーカー行為を通報されての逆恨みだろう。実際に住所も調べていた。引っ越したばかりとも阿久津は言っていた。克俊のストーキングから逃れるためだ。

克俊はあとずさった。

〈……そんなことしません。もうやめてます……〉

克俊の声があり得ないほどにか細く震えていて、耳を澄まさないと聞き取れない。

〈君の言葉を信用するに足る言動を、かつて一度も君から得られたことがない。この状態のままで社長職を引き受けることはできない〉

〈父さんが仕事を辞めたって、家には資産があるし……〉

すると正は、にべもなく言い放った。

〈何を馬鹿な。この家に資産などあるわけがないだろう〉

〈でも……〉

〈君が一生、遊んで暮らせるような〝資産〟などない〉

克俊は沈黙した。

〈入院の着替えなどは後で届けさせる。とりあえず、すぐに、病院へ向かおう〉

正が部屋の中に入って、克俊の腕をつかんだようだ。克俊は抗《あらが》う素振りを見せない。

そのまま廊下を歩いて行く克俊の後ろ姿が、画面に映る。

「おじさんの病院って、あの……」

利根の問いかけに、阿久津がうなずいた。

「正の兄貴の医者が、勤務している大学病院だろう。精神科の入院病棟があったように記憶してる」

「あの同行してる男って……」

「恐らくプロの〝運び屋〟だ。元警官なんかがやってると、噂に聞いたことがある。精神病が悪化して手をつけられなくなったヤツや、薬物で暴れるヤツなんかを、家族に依頼されて、病院まで運ぶんだ。多分鎮静剤の注射器や拘束具を、どこかに忍ばせてる。限りなくグレーだが、警察に依頼すると厄介な案件が、たくさんあるようだ。タフな仕事だ」

玄関のカメラは、三人が連れ立って、玄関に出てきたのを映し出している。

正と〝運び屋〟が靴を履いている時だった。克俊が鋭く動いて逃げ出そうとした。

だが〝運び屋〟が機敏に動いて、瞬時に克俊を抱きとめた。

暴れる隙も与えないほどの力で、克俊を抱えあげて、ワンボックスカーの中に押し込んだ。このために戸もスライドドアも開け放してあったのだろう。プロの仕事だ。

克俊の絶叫が一瞬聞こえたが、すぐに途絶えた。父親が車のドアを閉めたのだ。

しばらく車が揺れているのがわかった。

やがて、〝運び屋〟は後部席から降りてきた。克俊の姿はない。

「鎮静剤を打たれたな」と阿久津がボソリと言った。

正は助手席に乗り込み、〝運び屋〟が運転席に回ったようだった。

車は開け放したままの門を出て、走り去った。

玄関の引き戸も開け放たれたままだ。

「この展開は予想していなかった」と阿久津が吐息をついた。

「人を傷つけたりする恐れのある患者を、強制入院させる法律があったような気がしますが……」

「措置入院。だが公的機関が介入することになるから、あの親父は嫌だったんだろ」

「父親、冷たい感じでしたね」

阿久津は、うなずいた。

「これで、克俊を逮捕できなくなったな」

「精神病院って、どれくらいの期間、入院させられるんでしょう?」

阿久津は長く息を吐いた。

「保護入院なら医師が許可するまで、だ」

「え?　そうなんですか?」

「あの父親なら、医師を買収してでも、入院させておくだろう。つまり無期懲役だ」

「脱走しちゃいませんか?」

「昔は刑務所よりひどいって言われてたけど、今はかなり開放的になってるらしい。だが、今でも厳重な閉鎖病棟はあるようだ」

恐らく、あの父親なら閉鎖病棟に入れるだろう。

阿久津がため息をついた。長く重苦しい息だった。

終章

大忙しだったゴールデンウィークが過ぎて、レストランは落ち着きを取り戻した。

利根は、友紀に申し入れて、調理補助の仕事に加わるようになった。慣れない仕事だったが、友紀には「センスがある」と褒められる。素直に嬉しかった。

利根が朝食をとっていると、前に座っている友紀が、隣の阿久津に目配《めくば》せしていることに気づいたが、利根は知らぬふりをして、食事を続けた。

ここのところ、友紀と阿久津は、露骨にいちゃつくようになっていた。身体的な接触はない。ただ二人で視線を交わして、ニヤニヤするのだ。

嫉妬ではなく、利根は弱っていた。両親がいちゃついてるのを見たとしたら、こんな気分になるのかもしれない、と思った。

克俊が拘束されて以来、阿久津は何件か、要盗撮案件を利根に持ちかけてきていたが、いずれも忍び込みまでの必要がなく、収束したようだった。

利根は、阿久津が〝幸せボケ〟しているのではないか、と疑っていた。いちゃつく阿久津と友紀を尻目に、利根は自動車教習所に通うために立ち上がった。

「六月二一日の日曜日、店休むから」

阿久津に言われて利根は驚いた。これまで、土日に店を閉めたことがなかった。

「どうしてですか?」

「ちょっとな……」

利根は、阿久津の変化に気づくようになっていた。顔が赤らんでいるのだ。

「ご結婚ですか?」と逆に利根が、尋ねた。ここのところ、休日や仕事終わりに、二人で連れ立って出かけることが多かった。結婚の準備をしていたのだろう。

阿久津の顔がさらに赤黒くなり、隣の友紀も頬を赤くして、うなずいた。

「そうですか。良かった。おめでとうございます」

阿久津は、赤黒い顔のままボソボソとつぶやいた。

「その日、式をやるんでな。あんたにも出席してほしい。予定を入れないでくれ」

「僕もですか?」

「暖川《のがわ》神社で一〇時からだから。それとあんたには写真係も頼む」

「ええ、それは、なんでもしますけど、神社で結婚式ですか」

友紀の白無垢《しろむく》姿は、さぞや美しいだろう、と利根は友紀の横顔に見とれた。

その時、利根はあることに気づいた。

「和風の割りには、ジューンブライドなんですね」

利根の指摘に、友紀がまた顔を赤くした。

「縁起の良さそうなのは、古今東西、総動員ってこと!」と友紀は笑った。

阿久津は、浮かない顔でぼやいた。

「式の時は俺も和服だから、いいんだけどさ。式のあとに知り合いのレストランでパーティーやるんだ。タキシードに着替えさせられるんだよ」

「いいじゃないですか、阿久津さんスタイルいいし、きっと似合いますよ」

利根は励ましたつもりだったが、阿久津はさらに深くため息をついた。

「全身、真っ白のタキシードなんだぜ。靴も白のエナメルだし。今どき演歌歌手でも、そんなカッコしないだろ」

「嫌なら、黒のタキシードにすればいいんじゃないですか？」

「そう言ったよ。そしたらコーディネーターが〝ダメです。そんなカッコしたら、お父様に見えちゃうから絶対に白〟って決めつけてよお。ピエロじゃん」

利根は阿久津の滑稽な姿を想像して、密かにほくそえんだ。


その翌日のことだった。

阿久津と友紀のめでたい話が台無しになる、と思ったが我慢できずに利根は、昨夜ネットで見つけてしまった嫌な記事を、朝食の席で伝えた。

「今の精神病院って閉鎖病棟って言っても、ずっと閉じ込めておくわけじゃないそうなんですよ。経過観察の上で自傷他傷の恐れがないと判断されると、デイケアとして行われている庭での園芸作業なんかが許されてるそうで、そうなったら簡単に逃げ出せてしまうんです。実際、この記事にあるように、かなりの数の脱走者が出ているそうなんです」

阿久津はうなずいた。

「克俊は精神障害じゃない。人格障害だからな。大人しくして頃合いを見計らってる可能性は、たしかにあるな」

「え？　脱走できちゃうの？　それって警察は指名手配とかしないの？」と友紀の声がかすかに震

えている。

「病院から脱走の連絡を受けた家族が通報しないかぎり、警察はなにもしない。通報したとしても犯罪者ではないから〝保護願い〟だ」

「その保護って、どの程度の捜査があるんです？」と利根が尋ねる。

「ま、警官に一応、情報は行き渡る。だが事件じゃないから、手柄にならない。警察には期待できない」

阿久津がスマホを取り出した。上尾の家の映像を見ている。

盗撮タップは、上尾家に仕掛けたままだった。もう三カ月近くになる。克俊が入院してから、すぐに母親も父親も帰宅するようになっていたのは、確認していた。特に母親は介護の仕事を辞めてしまったようで、毎日家にいる。朝、お迎えの車で会社に向かう正を送り出してから、ほとんど外出しない。時折、短時間の買い物に出かける姿などを、玄関のカメラが捉えていた。だが克俊の部屋には、誰も一度も足を踏み入れていない。両親にとって克俊の部屋は、禍々《まがまが》しく忌避したい場所なのだろう。

つまり、盗撮タップを回収することが困難だった。

「ほら」

阿久津がスマホを、利根と友紀に見せた。

そこに映っていたのは、克俊の母親だ。玄関から入ってきて、上がり框を上がっていく。手にはポストから取ってきたのであろう新聞がある。

そこに緊迫感はまるでなかった。

「もし、克俊が脱走していたことがわかったら、殺されかけた母親は真っ先に逃げ出すだろう。だが、その兆しは見えない」

しかし、今日にも克俊が脱走する可能性はあるということだ。

「病院からの脱走は家族に通知されるんですよね？」

「ああ、そうだ。この映像を見ていれば、なにかの動きを感じ取ることはできるはずだ。だが、見逃す可能性がある。そうなったら、克俊に攻撃準備の時間を与えてしまう。対策は必要だな」

ダイニングに重苦しい沈黙が居すわってしまった。

利根は一日中、レストランで接客しながらも、恐怖に脅えていた。阿久津に命じられて施錠の確認と、換気システムの停止をしていたが、営業中のレストランの換気扇を止めるわけにはいかなかった。

少しでも嗅ぎ慣れない匂いがしたりすると、息を止めてしまう。

日が落ちてからはレストランの大きなガラスの向こうが気になった。暗闇に潜んで克俊がレストランの中を観察して、ニヤニヤ笑っている姿を想像してしまうのだ。

友紀も不安げな様子で、何度もガラスの向こうを見やっていた。

結婚式は予定通りに行うのだろうか、と何度も利根は友紀に尋ねたくなったが、かろうじて飲み込んだ。

帰宅したら阿久津に問いただしてみよう、と心に決めた。

その晩、警察から戻った阿久津が、利根と友紀をダイニングに呼び出した。時刻は一一時を回ったところだった。

「今日、〝運び屋〟から情報を受け取れた。やはりヤツは元刑事だった」

阿久津の表情は穏やかだった。それを見て取った友紀がからかう。

「え〜、警察関係の人から情報得られたの？　はみ出し者の阿久津さんが」

阿久津は照れくさそうに頭を掻《か》いて笑った。

「こっちも必死だからね。平身低頭して尋ね回ったら、以前に〝運び屋〟と同僚だった刑事に当たった。ずいぶん嫌なこと言われたけどな。怒るわけにもいかない。なのにヤツの連絡先は教えてもらえなかった」

「え？　それじゃどうしたの？」

「仕方ないから、その刑事を通じて間接的に情報を取った。最初はそれも嫌がったけど、俺は克俊に命を狙われているって話したら、案外にすんなりとつないでくれた。その刑事、生活安全課なんだ。克俊の図書館員へのストーカーの案件を知ってたんじゃないかな。相当ヤバいストーカー行為をしてたんだろう」

「聞きたくない」と友紀が顔をしかめる。

「訊きだそうとしても、刑事は絶対に俺には教えてくれない。そもそも……」

脱線しかけている、と利根が割って入った。

「入院してる病院の管理体制とかもわかったんですか？　厳重でしたか？」

阿久津は首を振った。

「克俊の脱走を恐れた父親は〝特別な施設〟を〝運び屋〟に所望したそうだ」

「え？」と友紀が聞き返す。

「神奈川某所のビル最上階のワンフロアに、その施設はあるそうだ。だがエレベーターは、その最上階には止まらない」

「ビル？　病院じゃないの？」

「違う。そのフロアには、窓のないホテルのような部屋が、いくつもある。だが外から施錠されていて、自分では外には出られない。〝運び屋〟の情報じゃ〝私設の刑務所〟だ」

「そんなの違法でしょ？」

「ああ、違法だ。薬物中毒者や家庭内暴力小僧、精神病患者、ヤクザ案件の監禁、軟禁、匿《かくま》いまで、違法でも対応する。監視する人間が常駐していて、高額らしい」

「それ、マンガで読んだことあります。ホントにあるんですねぇ」

「ああ、警察では〝噂〟レベルだが、知られたことだ。生活安全課の刑事も当然のことのように語ってた」

「お金さえ払いつづければ、ずっと監禁されるの？」

問いかけた友紀の表情が険しい。

「払い続ければ〝死ぬまで出られない〟んだと」

克俊の父親は可能な限り、その支払いを続けるのだろう。恐らく、自分が死ぬまで……。それが二〇年なのか、三〇年なのか。

またも、どんよりと重い空気が、ダイニングを支配していた。

だが少なくとも、安全は確保された。

「式、どうする？」と友紀が青ざめた顔で、阿久津に尋ねた。

「確認したが、その施設からの脱走はこれまでに一件もないそうだ。やろう」

友紀が嬉しそうに微笑んでうなずいた。

「これで、阿久津さんの白いタキシード姿が、見られますね」

利根の軽口に、阿久津と友紀は冷たい視線を向けた。


結婚式を翌日に控えた阿久津が、利根の部屋を訪れたのは、夜の一一時だった。

「上尾の家の映像、最近、見た？」と阿久津は座り込みながら、利根に尋ねた。

利根は阿久津の向かいに座りながら「見てません」と答える。

「まあ、ずっと動きがないし、俺も結婚式関連で何かと忙しかったんで、ここのところ、見てなかったんだが、今日、念のために確認したんだ。そろそろ回収しないとマズイしな」

「でも、なかなか忍び込めない状況ですよね。克俊の母親、いつも家に居るし」

「玄関の映像が映らないいんだ」

「え？　故障かな。克俊の部屋は、どうですか？」

「そっちは動いてるんだが、玄関だけ映らない。俺も故障かと思って、映像のストックを見てみた。二週間前に、克俊の母親の歩いてる足が映ってるんだ。その直後にガタガタって音がして黒い物がカメラにぶつかってる」

「なんですか？」

「わからない。だが何かがぶつかって、コンセントからカメラがはずれちゃったみたいだな」

「意図的に外したんじゃないんですかね？」

「いや、その前の映像も見たが、誰かがカメラを覗き込むような映像はなかった。恐らく偶然の事故だ」

納得しつつも、利根を恐怖が包む。震える声で阿久津に尋ねた。

「……克俊の部屋の映像に、克俊が映ったり……」

「それはない」

「じゃ、克俊がやったんじゃないんですね？」

「そういうことになるな」

阿久津が腕組みをして「う〜む」と唸った。

「玄関の映像がないと、もう、あの家に忍び込めないよな。回収できないか」

「そうですね。恐いです。インターフォンも映像残るタイプだし」

「電話してみて、留守だったら大丈夫だろ？」

「電話で留守を確認したって、僕はやりませんよ。確実じゃないし、留守だったとしてもいつ帰ってくるかわからないですから。阿久津さんが制服で見張ってくれたって、絶対やりません」

阿久津は諦めたようで、ため息をついた。

「しゃあねぇか。新しいカメラを買うよ」

だが利根は一つ気になることがあった。

「でもあの玄関にタップが抜けて転がってたら、気づきますよね。気づいたらタップを差してくれるんじゃないですか？」

「いや、それは今のところないな。どっかにしまっちまったのかもしれん」

そう言うと阿久津はあくびをした。

「じゃ、明日、頼むよ」

「はい」

利根は正座をして、両手をついて頭を下げた。

「おめでとうございます」

「ありがとう」と阿久津はニコリと笑って部屋を出た。

梅雨の真《ま》っ只中《ただなか》の六月二一日は、見事な快晴になった。気温もぐんぐんと上がり、午前九時には二五度を超えていた。予想では三〇度を超えると言われていた。

新調した夏用の礼服を着て、利根は久しぶりにネクタイを締めていた。

結婚式の参列者というより、新郎新婦の親族のように、利根は働きづめだった。

免許取り立てながら、友紀のサーフィン仲間を、レストランのワゴンで迎えに行って、暖川神社にピストン輸送で送り届けたのだ。

一〇時までに何度も、湘南各地と暖川を往復した。

車を降りると、利根は真夏のような青い空を見上げて伸びをした。

阿久津と友紀は打ち合わせのために、暖川神社を訪れて、リハーサルを行っていたが、阿久津はいまだに手順が覚えられない、と文句ばかり言っていた。

白いタキシードも試着したようだが、阿久津は〝コメディアンのようだ〟と心底苦り切った様子だった。利根はますます、その姿を見ることを楽しみにしていた。

神主と巫女《みこ》に先導されて、白無垢の友紀と羽織袴《はおりはかま》姿の阿久津が、参道から本殿へと向かって行く。

その後ろに、友紀の両親の宏と時子が続く。宏は泣きっぱなしだ。手放しで涙を流し続けている。

利根は仏頂面以外の宏の顔を見たのは、これがはじめてだ。

その後ろに保護司で、友紀の祖父の時雄がついている。隣には祖母の姿もあった。

本殿の中は撮影禁止と言われていたので、参道を歩く姿を利根が、カメラに収めていく。宏の泣き顔は、もちろんアップだ。

照れくさそうにしている阿久津が、利根に苦笑して見せた。友紀は白無垢姿が美しい。綿帽子に文金高島田、と友紀が嬉しそうに言っていた。可憐《かれん》だ。

本殿に入るのは親族だけだが、阿久津の側は友人も職場の同僚も、もちろん親族も一人も式に列席しない。だから友紀のサーフィン仲間を、親族のように仕立て上げて、本殿で行われる式に参列させている。利根は井野と共に、やはり新郎側の席に座った。

新郎と新婦が、最後に本殿に入る。

神主の眠りを誘うような、祝詞《のりと》が終わると、利根にも馴染《なじ》みの儀式がはじまった。

巫女が、朱塗りの盆を運んできた。

大きな金の派手派手しい長柄のついた銚子《ちょうし》や、朱塗りの盃《さかずき》が三枚載せられている。

三三九度がはじまるのだ。

巫女が、盃に金の銚子でお神酒《みき》を注ぐ。

しずしずと巫女が進んで、まず阿久津に盃が渡された。両手で捧《ささ》げ持つ阿久津の手が、震えているのがわかる。かなり緊張しているようだ。

利根が笑いを嚙みしめていると、井野に肘でつつかれた。

「厳粛な場なんだから」とささやき声で叱られた。それがまた笑いを誘ってしまった。口を手で押さえても、笑い声が漏れてしまいそうになる。

腹が痛かった。

阿久津が習った通りに、三回にわけてお神酒を飲み干す。

阿久津が、うやうやしく干した盃を、巫女に返した。

巫女は下がって、同じ盃にお神酒を注ぐ。

その盃を今度は友紀に渡す。盃の上げ下げが白無垢が重くて大変なのだ、と友紀がぼやいていたのを、利根は思い出した。また笑いが込み上げる。

利根は、はたと気づいた。二人の結婚が嬉しくて、はしゃいだ気分になっていることに。

友紀の細くて長い指が美しかった。この二カ月は、サーフィンに行く時もしっかりとグローブをして日焼けを防いだそうだ。

その時、異変が起きた。

「グギギギ」と阿久津が歯を食いしばって唸ったのだ。

急に背中を反り返らせて、天井を見上げるような姿勢になった。

腕も足も硬直して、ブルブルと震えている。

巫女も神主も驚いて、固まってしまった。

突然、阿久津は、友紀が手にしていた盃を、乱暴に払いおとした。

赤い盃が床に転がる。

友紀が脅えて阿久津を見ている。

身体を震わせながらも阿久津が、本殿の中を見回した。

とっさに利根は理解した。阿久津は毒を盛られているのだ。

利根も本殿を見回した。

いた!

阿久津の位置からでは、見えないだろう。

本殿の横に下げられた、御簾《みす》の向こうに男の姿がある。小柄だ。御簾が風に揺られて、その顔がチラリと見えた。礼服姿の上尾克俊だった。震える阿久津を見ながら楽しげに笑っている。

「阿久津さん！」と利根は、立ち上がって御簾を指さした。

利根の指さす方向を見た阿久津は、袴をたくし上げると、御簾に向かってジャンプした。人間業とは思えないスピードと跳躍力だった。

阿久津が、飛び蹴りで御簾を吹っ飛ばす。克俊の姿があらわになった。

阿久津が襲いかかる。その一瞬、克俊の顔にあった笑みが、恐怖に変わった。

阿久津は克俊の腕をつかんで、ぐるりと回した。すると綺麗に円を描いて、克俊の身体は地面に叩きつけられた。

阿久津が克俊の胸ぐらをつかんで、片手で身体を起こし、そのまま持ち上げてしまった。克俊の足は地面から浮いている。

克俊の顔には恐怖と同時に、驚愕《きようがく》があった。

「なぜ死なない」と苦しげな声で、克俊が尋ねた。

本殿の中は騒然となった。だが、誰も阿久津たちに近づけなかった。席から立ち上がっただけで、身動きできない。

「なんの毒だ？」

阿久津が、克俊を乱暴に揺すった。

ウグ、と克俊が唸る。

「言え！」と阿久津が怒鳴って、胸ぐらをつかんでいる手をひねった。

そうすると首が締まるようで、克俊は苦しそうに顔を歪めている。

「ボツリヌストキシン……」

利根も聞いたことのある名だった。ボツリヌス菌のことだ。

「なぜ死なない」と克俊が、もう一度尋ねた。

「すげぇパワーだ。ボツリヌス菌か！　これは新しい！」と阿久津は、ハイになっている。

菌が産生する猛毒は恐ろしくて試したことがないのだ、と阿久津が言っていたことを利根は頭の片隅で思い出して、これまたなぜか笑いが込み上げてきた。

「なぜだ？」と克俊が、苦しそうな息で尋ねた。

阿久津は「これで白いタキシードを着なくて済むぜ」と、克俊に小声で告げて、さらに胸ぐらを締めあげる。

その直後に克俊は気絶した。

阿久津は克俊の身体を、どさりと床に落とした。

「あんた、警察に通報」と阿久津は利根に命じると、巫女たちに指示した。

「俺が落とした盃にも、こぼれた酒にも触れるな。酒がかかった人はいないか？　一滴でも口に入っていれば危険だ」

阿久津が全員を見回した。誰も返事をしない。固まっている。

「その酒にボツリヌス菌が産生した猛毒が……」

そこまで言うと阿久津は、笑みを浮かべた。蕩けるような笑みだった。

陶酔に襲われているのだろう。

その場に崩れ落ちるようにして、阿久津は膝をついた。

「阿久津さん！」と友紀が駆け寄る。

「ダイジョブ～」と阿久津は、間延びした声で答えた。

阿久津は仰向けに、その場に倒れこんで、身悶《みもだ》えをはじめた。時折「アア」と喜悦の声を上げながら。

それはなんともエロティックだった。だがそう感じたのは、利根だけだったようだ。

友紀をはじめ神主も巫女も、参列者も全員が心配そうに阿久津を見つめている。

利根だけは噴き出してしまいそうになるのを、必死に堪《こら》えていた。

遠くでパトロールカーのサイレンが、小さく聞こえてきた。


克俊は、二週間前に〝施設〟からの脱走に成功していた。

「みっちり取り調べされたよ」と事情聴取を終えて戻った阿久津が、利根と友紀を前に、ダイニングで説明している。

「逆に、こっちが取り調べしてたようになったけどな」と阿久津は笑った。

「警察には、克俊の脱走が知らされてたんすか？」

「いや、違法な監禁施設だからな。警察に通報なんかできない。でも両親には知らせたようだ。両親は、二週間前から自宅に戻っていないそうだ。逃げたんだな」

「二週間前って言うと……」と利根が口を開くと、阿久津が大きくうなずいた。

「上尾家の玄関に設置した盗撮タップからの映像が、途絶えた日だ」

「じゃ、克俊が気づいて外したんじゃ……」

「いや、それはない。映像をよく見たらわかったよ。黒くて丸い物が映ってた。なんだかわからなかったが、その映像をネットで検索したらすぐに出てきた。スーツケースのキャスターだ」

「キャスター？　どういうことですか？」

阿久津が一つうなずいた。

「克俊の脱走を知った母親が、スーツケースに着替えなんかを詰め込んで、慌てて家を出たんだろう。その時にぶつけて外してしまった」

「ああ、そうかあ。その期間の映像があったら、克俊の脱走に気づけてたかもしれませんね」

「でも俺たちは、克俊があの施設に監禁されたことで安心してしまっていた。家の映像も確認してなかった。式の前日にチェックはしたが、映像が途絶えたのは何かの拍子に外れただけだと判断してしまった。それに、たとえキャスターがぶつからずに、玄関の映像があって、克俊の父親や母親の姿が見えなくても、さかのぼって不在をチェックしなかったと思う。見ないことにしていたような気がする」

その二週間、脱走した克俊は丹念に阿久津の行動をチェックしていたのだろう。そして結婚式のことを知ったのだ。無防備だった二週間を思って利根は顔から血の気がひくのを感じていた。

利根には一つ気になることがあった。

「あの家には、家宅捜索で警察が入ってますよね。玄関に転がってる盗撮タップが警察にバレてませんか？」

「手袋は着けてたよな？」

「はい」

「盗撮機ってバレたら没収だろうな。でもＷｉ‐Ｆｉ切っておけば、俺らまでは探れないけど、やっぱり新しいの買わなきゃダメだな。もったいない……」

友紀が痺《しび》れを切らしたようで「ねぇねぇ」と話をさえぎった。

「警察が家宅捜査をしてるってことは、その違法な〝私設の刑務所〟も捜査されてるんじゃない?」

阿久津は「ああ」とうなずいた。

「あの施設のことは克俊がペラペラしゃべってる。ヤツは場所を知らされていないはずだが、脱走した時にわかったんだな。運営してたのは、ヤクザのフロント企業だった。表向きには倉庫会社だ。〝私設の刑務所〟はお取り潰しになるそうだ」

「閉じ込められてた人たちはどうなるの?」

「一五人もいた。一人ずつ調査してしかるべき施設に移送されるらしい」

「しかるべきって……」と友紀はため息まじりにつぶやいた。

たしかに行き場がなく違法に拘禁されていた人々の受け皿が、簡単に見つかるとは利根にも思えなかった。

利根は気になっていたことを尋ねた。

「克俊は、どうやって脱走したんですか?」

「けいれん発作を起こし、失神した。医師も看護師もいない施設で、救急車の要請も許されてない。違法な施設だからな。監視役が上司に相談して、克俊の手を結束バンドで拘束した上で、車で病院に運んだそうだ。隙を見て、克俊は逃げ出した」

「気絶してたんじゃないんですか?」

「施設では各部屋の様子を二四時間撮影していたそうだ。死角はない。その映像も押収されていた。刑事はその映像を見たそうだ。克俊はベッドの中に潜って、長いこともぞもぞしてたらしい。そしてフトンを剝いで、けいれんして失神した。そんな芝居をするヤツを担当刑事は、数々見てきたそうだが〝芝居じゃない〟と言っていた」

「なんなんです？」

「発作を起こしたのは、監視役の数が減る深夜だったそうだ。恐らく不慣れな監視役の時を克俊は狙ったんだろ」

「でも、芝居じゃないんですよね？」

「ああ、刑事と俺の意見は一致した。過呼吸をわざとやったんだ。詐病だよ」

「過呼吸って、パニックでなったりするヤツ？」と友紀が驚いている。

「ああ、一番安全で、リアルで、派手な症状が出る。一〇分ぐらい早い呼吸を続けると、けいれんを起こして、失神できる。命を落とす危険は少ない。失神もすぐに回復したはずだ。だが失神したふりを続けて、逃げる機会を狙ってたんだ。そしてまんまと成功した。結束バンドを外すのはハサミが一本あればいい」

阿久津が、ため息をつく。言っていた通り、警察に〝取り調べられた〟というより阿久津が警察に〝事情聴取〟したようなものだったのだろう。

友紀が首をかしげた。

「あの男、脱走してから、どこにいたの？　あのなんとか菌を作るためには、家に戻らないと設備とかがないいんじゃない？」

友紀の問いかけに阿久津がうなずいた。

「家には戻れない。脱走を知った母親がビビって警察に通報したりすると、警察が保護のために家を訪れる可能性があるからな」

「それを克俊は知ってたんですかね？」

「そうだろうな。脱走したその日に、克俊は茅ヶ崎でウィークリーマンションを契約している」

「え？　アレって安くないよ。一カ月で一〇万以上はするし。病院から脱走したまんまじゃ、お金とかないでしょ？」

「いや、ヤツの銀行口座には三五〇万円があった。計画的な脱走だから、財布を持ち出してたようだ」

「え？　働いてないのに？　ヤだヤだ」と言って友紀が顔をしかめる。

「ウィークリーマンションのことは克俊が自白したんですか？」

「いや、部屋は証拠の宝庫だからな。黙秘してたが、カードでネット通販をガンガン使用してたんで、そのマンションが割れた。様々な実験道具を通販で購入してたんだ。その中に持ち運び可能な真空培養装置があった。この装置でボツリヌス菌を培養してたんだ」

「でも、二週間ですよねぇ。こんな短い時間で、培養とかできるもんでしょうか？」

「ああ、四日もあればボツリヌス菌は培養できる。しかもヤツは一〇日間かけて大量に毒素を生産してた。物凄い量の毒素をお神酒に混ぜてやがった。量が多いほど発症までの時間が短いと言われてる。通常の食中毒レベルなら、最速四時間だ。だが今回は、量があまりに多かったから、即座に俺の身体は反応した。死ぬかって思うほどあれは強烈だった」

友紀が息をのんでいるのがわかった。利根も絶句していた。克俊の強烈な憎悪を感じさせる。

「マンションの部屋から押収された犯行計画ノートには、三三九度について、まず新郎からお神酒を口にし、同じ盃で新婦に回す、という手順に大きく赤丸があったそうだ」

「ひどい」と友紀が青ざめる。

「ヤツにとっては最高の復讐の機会だからな。絶対に、どうしても、結婚式でやりたかったんだ。

憎《にっく》き俺とその結婚相手を、同時に殺せる」

恐る恐る、利根が尋ねた。

「毒は、ボツリヌス菌は、どうやって入れたんですか？」

「お神酒は、神主が早朝にはらい清めて、本殿の脇に用意されたテントに盃なんかと一緒に置かれてた。誰でも毒を混入できる状態だ。ノートに記してあったそうだ。下調べをしてたんだな」

「それが物証になったんですね？」

「いや、あいつは毒を持ってなかった。だが、ボツリヌストキシンの付着したプラスティック容器が、神社のごみ箱から押収された。そこから克俊の指紋が出た。ヤツは失敗するとは思ってもいなかったんだろう」

「それで逮捕されたんですね」

「いや、それだけじゃない。真空培養装置、プラスティック容器、お神酒、それぞれからボツリヌス菌と毒素が出た。いずれそれらの遺伝子が一致していることが判明するよ。それに犯行計画ノートの押収だな。それでも克俊は頑強に、犯行を否定しているそうだが、起訴は確実だな」

阿久津への殺人未遂事件は落着しそうだ。克俊の父親の動静は聞こえてこないが、家族から重罪犯が出たら、社長就任はなくなる。そればかりか会社に居られなくなるだろう。

深いため息をつくと、利根は立ち上がって、キッチンに向かった。食事を用意するように友紀に命じられていたのだ。友紀の下での、料理人修業の一環だ。今日のメニューはホタテとブロッコリーのパスタだ。

鍋に火を入れ、食材を用意すると、阿久津に問いかけた。

「克俊って取り調べで、阿久津さんを狙った理由とか、話してんですかね？」

阿久津が苦笑した。

「俺については、だんまりのようだな。悔しいんだろ」

「だって名指しでノートに計画があったんでしょ?」

「ああ、担当刑事に〝なんでお前が狙われたんだ?〟って聞かれたんだけど、面倒くさいから〝わかりません〟って言っといた。案外簡単に引き下がったよ」

友紀が「ん?」と声をあげた。

「毒を飲んだのに症状が出なかったことは?」

「飲んでないって言った。変な匂いがしたんで、飲まなかったって言ってある」

「ふ~ん。匂いするんだ?」

「いや、実はボツリヌストキシン自体は無味無臭だ。だが誰も確認したくないだろ? 医者も症状がないって診断したしな。追及はされなかった」

阿久津と友紀のやりとりを聞きながら、利根は火加減を調節しつつ問いかけた。

「プロレス道場の件は、ノートに綿密に書いてありましたよね? そっちはどうなんですか?」

「ああ、さすがに重い腰を上げて、再捜査が決定したよ」

「証拠って出てくるんですかね」

「血液は採取して凍結保存されているそうだ。そこから計画ノート通りに、エーテルが検出されるはずだ」

「六人ですよね。それに殺人未遂が一人、いや、阿久津さんだけじゃなくて友紀さん、克俊の母親も……未遂が三人だ。それに青井さぎなへのストーカーの件も追及されるのか」と利根は息をのんだ。

阿久津が吐息とともに答えた。

「起訴されれば、死刑判決だ」

「エーテルだけで、起訴できるんですか?」

「あいつ、手袋なんかしてないんだぜ」

「指紋がそこら中に……」と言いかけて、利根は言葉を飲み込んだ。

「なんだよ?」

「僕も、あそこの分電盤の漏電ブレーカーを素手で触って、拭き取るの忘れてました」

「それは逮捕されるな。前科があるし」

阿久津が笑う。

「冗談じゃないですよ……」

「ちゃんと、拭いといたよ。安心しろ」

「本当ですか?」

「先に車に戻ってろって言ったろ。あの時に分電盤は全部拭いた」

たしかにそう言われた覚えがあった。疎外感を覚えたことまで思い出した。

「そしたらさあ、犯人の指紋も、阿久津さんが拭き取っちゃってるんじゃない?」

友紀が疑問を呈した。

「そうだな」と阿久津が平然と答える。

「じゃ、ダメじゃない」

「いや、現場は、事故物件で、借り手がつかなくて、そのまんまだ。克俊は、道場の中に入って、ストーブやチャンコなんかを運び込んでる。計画ノートの通りに指紋が検出されたら逃げられない。

道場からもエーテルの痕跡が出るだろうな」

沈黙が訪れた。

さらに利根は新たなことに思いが至った。

「阿久津さん、あの現場の第一発見者の一人じゃないですか。名乗ってませんでしたけど、阿久津さんの顔は警察で知られてるし……」

阿久津が笑った。

「いきなり事故だって断じちゃってるから、第一発見者に当たって不審人物の有無なんて聞いてねぇんだよ」

「でも、これで再捜査になるなら、あのお兄さんたちゃ牛乳配達の人に、さらに詳しく尋ねたりするんじゃゃないですか?」

「うん、まあな。〝黒い顔の人が現場検証みたいなことしてた〟って彼らが言ったら、俺のトコに来るかな?」と阿久津は腕組みして考えていたが、不敵に笑った。

「いや、来ないな。そもそも、死体を最初に見つけたのは、あの牛乳配達のあんちゃんだったろ?」

「たしかに。でも、不審人物として阿久津さんの話が出たら……」

「いや、俺と上尾克俊に何か因縁があるのを警察は克俊のノートを見て知っている。だが、触っただけで掘ってこなかった。俺があの現場の第一発見者の一人だと知っても、触れてもこないだろう。自分たちの捜査の不備を俺に告げるのが嫌なんだよ。それどころか〝ごんぞう阿久津〟の手柄になりかねないって、気づいてんじゃないかな」

友紀が「相変わらず嫌われてんのねぇ」と笑った。

利根は、パスタを茹ではじめた。様子を見て、ホタテにも火を入れる。

「でも認めちゃったら、彼は死刑なんでしょ？」と友紀が眉をひそめる。

「ヤツは、必死でプロレスの件も否定してるらしい。泣いたり怒鳴ったりで、大騒ぎしてるって。平気で人を殺してるくせに、自分が死ぬのは嫌なんだな」

「殺した人は殺されるのか……。それが安全のためって言う人もいるけど、ヤだな」

「ヤツは危険すぎる」

「あの人に何があったんだろう？」と友紀の表情が晴れない。

阿久津が「毒なんてモンに魅了されて、溺《おぼ》れるってのは、小さい自殺を繰り返してるみたいなもんだな」と自嘲的につぶやいた。

友紀の顔が鋭くなった。

「そんなこと言わないで！」

友紀が大声で怒ったのを、利根ははじめて目にした。

「もう絶対に、そんなこと言わないで！」

友紀の目に涙が溢れている。

「スマン。もう言わない。そんなことは本気で思ってない」

阿久津が詫びて、友紀に手を伸ばした。

友紀は、すがりつくようにして阿久津の手を握った。

「もうすぐ、養親セミナーがはじまるんだよ」

阿久津の手を引き寄せて、友紀は自分の額に押し当てた。

「忘れないで。私もあなたも、親になるの」

「ああ、わかってる。馬鹿なことを言った」

阿久津が、友紀の手を引き寄せてキスをした。

その瞬間に利根は、ようやくわかったような気がした。

なぜ阿久津が、苦境にある子供たちを、必死で救おうとしたか、を。

その時、突然に友紀が、阿久津の手を振りほどいて、利根を指さした。

「焦げてる！」

利根が見るとフライパンから、煙が上がっている。

すっかりホタテが、焦げてしまっていた。

すぐに友紀が立ち上がって、キッチンにやってきた。

「そういう時は、まず火を止めるの。それが一番。失敗しながら料理は覚えるものだけど、こういう失敗はダメ！　料理に集中して。これ、ただのミスだから……」

怒り続ける友紀を、阿久津が笑いながら見ている。その目には愛《いと》しさが溢れていた。

その視線は、やがて、この家にやってくる養子にも、注がれるようになるだろう。

苦境にある子供たちを救い出したのは、阿久津の愛の形なのだ、と利根は確信していた。

毒を弄《もてあそ》ぶため、ではない。それは阿久津にとって武器の一つでしかない。

「……だから、よそ見してないの！　叱られてるってわかってる？」

また友紀に利根は叱られた。

「すみません！」

「作り直し！」

「ハイ！」

「オオ、腹減った」

友紀のぼやきに、思わず利根は笑ってしまった。

その瞬間に利根は、ふと思った。阿久津の優しい視線は、自分にも向けられることがあるのか、と。

「お？」

「阿久津さん」とフライパンを、流しに運びながら利根は呼びかけた。

「最初に、僕に契約書にサインさせたの覚えてます？」

「ああ、大事に保管してるよ。俺が急死したりすると、アレが自動的に警察に送られることになってるから。ハハハ」

楽しそうに阿久津は笑った。

「あの時、僕の焼酎に、薬を入れましたよね？」

阿久津の表情を、利根は凝視した。

「仲間に毒を盛るわけないだろ」

そう言って阿久津は笑った。

その笑みに優しさがあるかどうか、利根には計りかねた。

ただ、毒を盛ったのは確実だな、と思った。

だけど、と利根は思いなおした。そもそもアルコールも毒なのだ。

毒は薬、薬は毒。

※本書は、書き下ろしです。

〈参考文献〉

『毒と薬』
鈴木 勉・監修（新星出版社）
『史上最強カラー図解 毒の科学 毒と人間のかかわり』
船山信次・著（ナツメ社）
『最強の「毒物」はどれだ？
―気になる物質の頂上決戦・五番勝負―』
斉藤勝裕・著（技術評論社）

※本作品はフィクションであり、登場する人物・団体・事件等はすべて架空のものです。本書に登場する毒の効能には個人差があります。絶対に摂取しないでください。

佐野　晶（さの・あきら）

東京都中野区生まれ。会社勤務を経て映画ライターに。ノベライズ作品に『そして父になる』『三度目の殺人』『アルキメデスの大戦』『シグナル　長期未解決事件捜査班』など多数。『ゴースト アンド ポリス GAP』で、第1回警察小説大賞を満場一致で受賞しデビュー。本作が本格的長編第2作となる。

編集　幾野克哉

毒警官

二〇二一年十月二十日　初版第一刷発行

著者　佐野　晶
発行者　飯田昌宏
発行所　株式会社小学館
〒一〇一－八〇〇一　東京都千代田区一ツ橋二－三－一
編集　〇三－三二三〇－五九五九　販売　〇三－五二八一－三五五五
DTP　株式会社昭和ブライト
印刷所　萩原印刷株式会社
製本所　株式会社若林製本工場

造本には十分注意しておりますが、印刷、製本など製造上の不備がございましたら「制作局コールセンター」（フリーダイヤル〇一二〇－三三六－三四〇）にご連絡ください。
（電話受付は、土・日・祝休日を除く九時三十分～十七時三十分）

本書の無断での複写（コピー）、上演、放送等の二次利用、翻案等は、著作権法上の例外を除き禁じられています。

本書の電子データ化などの無断複製は著作権法上の例外を除き禁じられています。代行業者等の第三者による本書の電子的複製も認められておりません。

©Akira Sano 2021 Printed in Japan　ISBN 978-4-09-386616-3

警察小説大賞をフルリニューアル！

大賞賞金
300
万円！

第1回
警察小説新人賞
作品募集

選考委員

相場英雄《あいばひでお》氏（作家）

警察小説大賞の選考では、〈この手があったか！〉〈まさか、この結末か！〉と選考委員を仰天させる作品があった。リニューアルに際して、もっと我々を驚かせてほしい。

月村了衛《つきむらりょうえ》氏（作家）

警察小説のリアリティレベルは刻々と上がっている。下手をしたら読者の方が警察組織について熟知している。そんな時代に、如何にして新しい世界を切り拓くか。果敢なる挑戦を今から大いに期待している。

長岡弘樹《ながおかひろき》氏（作家）

選考会ではいつも「キャラクター造形」が評価の大きなポイントになりますが、キテレツな人物を無理に作る必要はありません。あなたの文章を丹念に積み重ねてさえいけば、自然と新鮮な警察官（ヒーロー）像が立ち上がってくるはずです。

東山彰良《ひがしやまあきら》氏（作家）

警察小説に関してはまったくの門外漢です。勉強量の多さを誇るものより、犯罪をめぐる人々の葛藤や物語性を重視した作品を読ませてください。知識欲を満たしてくれるものよりも、魂にとどく物語をお待ちしてます。

募集要項

募集対象	エンターテインメント性に富んだ、広義の警察小説。警察小説であれば、ホラー、SF、ファンタジーなどの要素を持つ作品も対象に含みます。自作未発表（WEBも含む）、日本語で書かれたものに限ります。
原稿規格	▶ 400字詰め原稿用紙換算で200枚以上500枚以内。 ▶ A4サイズの用紙に縦組み、40字×40行、横向きに印字、必ず通し番号を入れてください。 ▶ ❶表紙【題名、住所、氏名（筆名）、年齢、性別、職業、略歴、文芸賞応募歴、電話番号、メールアドレス（※あれば）を明記】、❷梗概【800字程度】、❸原稿の順に重ね、郵送の場合、右肩をダブルクリップで綴じてください。 ▶WEBでの応募も、書式などは上記に則り、原稿データ形式はMS Word（doc、docx）、テキストでの投稿を推奨します。一太郎データはMS Wordに変換のうえ、投稿してください。 ▶ 手書き原稿の作品は選考対象外となります。
締切	**2022年2月末日**（当日消印有効／WEBの場合は当日24時まで）
応募宛先	▶郵送 〒101-8001 東京都千代田区一ツ橋2-3-1　小学館 出版局文芸編集室　「第1回 警察小説新人賞」係 ▶WEB投稿 小説丸サイト内の警察小説新人賞ページのWEB投稿「こちらから応募する」をクリックし、原稿をアップロードしてください。
発表	▶最終候補作　「STORY BOX」2022年8月号誌上、および文芸情報サイト「小説丸」 ▶受賞作　「STORY BOX」2022年9月号誌上、および文芸情報サイト「小説丸」
出版権他	受賞作の出版権は小学館に帰属し、出版に際しては規定の印税が支払われます。また、雑誌掲載権、WEB上の掲載権及び二次的利用権（映像化、コミック化、ゲーム化など）も小学館に帰属します。

警察小説新人賞　検索

くわしくは文芸情報サイト「小説丸」で
www.shosetsu-maru.com/pr/keisatsu-shosetsu